MÓNICA GUTIÉRREZ ARTERO nació en Barcelona y es licenciada en Periodismo y en Historia. Ha sido galardonada con varios premios y menciones en concursos de narrativa breve y poesía, y desde hace unos años también escribe ficción, especializándose en el género *feel good*. Es autora de once novelas: *La editorial del señor Bennet* (2025), *Una Navidad escocesa* (2023), *Club de lectura para corazones despistados* (2023), *Sueño de una noche de teatro* (2021), *Próxima estación* (2020), *El invierno más oscuro* (2018), *Todos los veranos del mundo* (2018), *La librería del señor Livingstone* (2017), *El noviembre de Kate* (2016), *Un hotel en ninguna parte* (2014) y *Cuéntame una noctalia* (2012). Todas ellas han recibido una calurosa acogida por parte de los lectores y cuentan con centenares de reseñas positivas en la red.

En la actualidad, desde su página personal (monicagutierrezartero.com) comenta libros, lleva a cabo actividades culturales de diversa índole y recoge las opiniones de los lectores sobre sus obras favoritas. Además, colabora como articulista en otros blogs, lidera un club de lectura para acercar los clásicos a los adolescentes y es profesora de narrativa.

Primera edición en B de Bolsillo: abril de 2026

© 2025, Mónica Gutiérrez Artero
© 2025, 2026, Penguin Random House Grupo Editorial, S. A. U.
Travessera de Gràcia, 47-49. 08021 Barcelona
Diseño de la cubierta: Penguin Random House Grupo Editorial / Martí Sanchís i Aibar
Imagen de la cubierta: © Miriam Bauer

Printed in Spain – Impreso en España

ISBN: 978-84-9070-988-7
Depósito legal: B-2.471-2026

Compuesto en Llibresimes, S. L.
Impreso en Black Print CPI Ibérica
Sant Andreu de la Barca (Barcelona)

BB 09887

La editorial del señor Bennet

MÓNICA GUTIÉRREZ ARTERO

Nota de la autora

Cuando terminé esta historia, el destino del Taller Masriera era todavía incierto. El Ajuntament de Barcelona y la Plataforma Masriera mantenían un diálogo sobre las posibilidades del edificio y sus potenciales usos para la ciudad y el vecindario, con la conservación del teatro Studium, la restauración de la mansión original y la priorización de una nueva funcionalidad que cubriese las necesidades del barrio como puntos sensibles de la negociación.

La idea de convertirlo en la sede de la fabulosa editorial del tío Bruno es culpa mía, por lo que pido disculpas al lector por la licencia poética y fantástica que me he permitido en la disposición interior del edificio para acoger a Dalia Ediciones. El exterior, con sus columnas corintias, el friso a dos aguas, la puerta del Erecteion y el extraño jardín tras las verjas de estrellas de cinco puntas es todo mérito del talento del arquitecto Josep Vilaseca i Casanovas y de la familia Masriera. Me gustaría pensar que los pies de Marina, de Carlos Ruiz Zafón, dejaron sus huellas en el polvo centenario de esta increíble mansión victoriana.

El arte de pronunciar keraunopatología

—Trabajo de noche y no puedo dejar de observar que me quedo a oscuras más a menudo que de costumbre. En casa se ha fundido una bombilla y, al salir del coche la semana pasada, a las tres de la madrugada, se apagaron todas las farolas del barrio antes de que me diese tiempo a alcanzar mi portería.

—Cuando todo está oscuro fuera quizá es porque no necesitas más luz que la propia.

ÁNGELA G. TORRES,
Consejos para insomnes

El tío Bruno decidió convertirse en editor una noche de tormenta. No lo hizo porque fuese un romántico —que lo era—, sino por su miedo patológico a morir alcanzado por un rayo. Había leído en *National Geographic* sobre las elevadas estadísticas de decesos durante una tormenta eléctrica y sobre la keraunopatología, la ciencia que investiga las consecuencias de los rayos sobre los seres humanos. Durante años, atesoró en su biblioteca títulos como *Sobre el granizo y los truenos*, de Agobardo de Lyon; *Treinta y dos preceptos para sobrevivir al galvanismo aunque no seas una rana*, de Alistair Raleigh, o *Guía del club del té para viajeros de los páramos escoceses*, de Siobhan Larraby. Pero lo único que había sacado en claro sobre lo que debía hacerse durante una tormenta eléctrica era la recomendación de soltar los palos y agacharse en un búnker en el caso de que fueras golfista. Como al tío Bruno no le gustaba el golf, consideró que había llegado la hora de tomar otro tipo de medidas.

Llevaba el tiempo justo ejerciendo de abogado en un bufete especializado en entidades bancarias como para no tener la conciencia demasiado tranquila cada vez que se desataba una tormenta sobre su cabeza. Comprendió que si moría al día siguiente, su vida no habría sido más que un revoltijo de trajes carísimos, libros raros y mucha culpabilidad. Cuando en la primavera de 1999 los cielos barceloneses se derramaron en un terrible temporal, bajó las persianas, corrió las cortinas y se atrevió a mirar en lo más profundo de su alma. Para su alivio y sorpresa, encontró evidencias de que todavía no la había vendido al mejor postor y se fijó en el único resquicio que aún brillaba un poquito: su amor por los libros. Tanteó la idea de convertirse en bibliotecario, escritor, librero o crítico literario, hasta que su corazón le recordó, en medio de la oscuridad de su carísimo piso en la parte alta de la Diagonal, sus anhelos de juventud. El tío Bruno siempre había querido ser editor; probablemente porque consideraba que los lectores se merecían muchos más libros sobre meteorología y menos sobre asesinatos.

Se despidió del bufete, donó todos sus trajes a la compañía teatral de su buen amigo Max Borges y se sentó frente a la pantalla del ordenador para echar cuentas. Disponía de un buen pellizco ahorrado, lo suficiente para mudarse un año a Headington, Inglaterra, completar el máster sobre edición de la Oxford Brookes University, volver a Barcelona e invertir el resto del dinero en poner en marcha su editorial. Bruno Bennet siempre había sido el excéntrico de una familia con antecedentes poco convencionales, por lo que su cambio de rumbo profesional fue visto con cierta indiferencia por parte de su única hermana, como una lamentable estupidez por parte de su cuñado, y con entusiasmo por parte de su sobrina

Beatriz, quien, por aquel entonces, trabajaba en una librería a media jornada mientras terminaba el bachillerato.

Bruno volvió de Headington con un prestigioso título que lo acreditaba como editor, seis meses de prácticas en Penguin UK, toneladas de ilusión y sir Carter Blackstone, un joven taciturno de pasado misterioso, madre española y padre inglés, que habría de convertirse en el traductor del otrora abogado. Alquiló una oficina en el floreciente barrio de Poblenou, contrató a una pizpireta estudiante de Turismo como telefonista recepcionista y trasladó su extensa y querida biblioteca personal —sin olvidar ni uno solo de los títulos sobre rayos y truenos— desde su piso hasta la sede editorial. Si le alarmó que Carter instalara un sofá cama en su despacho y una ducha en el cuarto de baño de la nueva oficina, nunca lo mencionó. La mañana en la que fue al Registro Mercantil de la ciudad para dar de alta su sociedad cayó en la cuenta de que todavía no había pensado en un nombre y, recordando el candoroso entusiasmo de su única sobrina, la llamó.

—¿Cuál es tu flor preferida?

—La dalia —contestó Beatriz.

—¿De qué color? —preguntó el futuro editor, secretamente aliviado porque no hubiese preferido los ranúnculos.

—No importa, tío Bruno. Todas son mis favoritas.

Dalia Ediciones, S. L. U. quedó registrada en los archivos legales la mañana de un 12 de noviembre. Unas horas después, Beatriz recibía en la librería un ramo de dalias multicolores con una tarjeta de su tío:

Imposible encontrarlas en otoño. Ven esta tarde a c/ Perú, 306 para preguntarme cómo las he conseguido mientras admiras mi editorial y brindamos por mi apabullante éxito. Trae pastel de calabaza.

Los primeros años de la editorial costaron todos los ahorros del tío Bruno, un crédito avalado por su piso en la Diagonal, una úlcera estomacal y la aparición de varios mechones blancos en cabeza y barba. Para su fortuna, además de la elegante prosa de sir Carter Blackstone, el editor novato contaba con los sabios consejos de Sioban Clark, una encantadora editora londinense que había sido su profesora durante dos semestres en Headington. Su amistad con Clark se había fraguado en la cafetería del campus, donde el té era tan espantoso como si lo hubiese preparado uno de los Borgia, por lo que Bruno solía llevarse sus propias bolsitas de Fortnum & Mason y pedir solamente agua caliente a las malhumoradas cantineras. Una mañana, la profesora lo había encontrado enfrascado en su ritual sagrado del té y le había ofrecido compartir su crema de leche a cambio de una de esas bolsitas. Los unió su pasión por las bebidas excelentes, una esperanza desmedida en el futuro de los clásicos y la admiración por J. R. R. Tolkien y Ursula K. Le Guin.

En Inglaterra, Bruno descubrió las ventajas del equívoco de su apellido: Bennet cambiaba de acento según en qué lado del canal de la Mancha se encontrase. Los ingleses preferían poner la tónica en la primera sílaba, lo que resultaba muy útil para iniciar una conversación sobre si se escribía como el apellido de los escritores Arnold o Alan Bennett, o si, al igual que la ingeniosa protagonista de *Orgullo y Prejuicio*, había perdido una t al final. Bruno supo que estaba ante una persona original cuando la profesora Clark no se inmutó ni por su acento ni por su apellido, por lo que compartió su crema de leche con la certeza de que el universo al fin lo había encaminado por los senderos correctos.

Algunos años después, la editorial de Sioban Clark, Symbelminë, conseguiría cierto renombre y premios de reconocido prestigio, en parte gracias a la cuidada reedición de la selección de Humphrey Carpenter de las cartas de J. R. R. Tolkien. A la editora nunca se le subió a la cabeza, ni empezó a mirar por encima del hombro a sus antiguos amigos. Mantuvo el contacto con Bruno y le dio los dos consejos más valiosos de su vida profesional: que empezase publicando clásicos descatalogados cuyos derechos de autor hubiesen expirado, y que hiciese un solo pedido anual a Fortnum & Mason para reducir los gastos de envío.

Dalia Ediciones inició su andadura de la mano de una carísima y excelente distribuidora, de una joven empresa de ilustración y diseño con chispa y encanto, y con su único fundador y socio descubriendo que las jornadas maratonianas en el bufete no habían sido más que un entrenamiento para lo que estaba por venir. Sir Carter Blackstone, todavía taciturno, imperturbable y con un sentido del humor tan inglés como si se apellidase Chesterton, tradujo a su español materno todo lo que Bruno le enviaba por correo electrónico, lidió con las quisquillosas correcciones de diversos filólogos e ignoró con elegancia cualquier sugerencia de su jefe y amigo de que ya iba siendo hora de que encontrase un lugar propio donde vivir.

Casi veinte años después de aquel 12 de noviembre, Dalia Ediciones no era ni más famosa ni más reputada que la mañana en la que Bruno Bennet había inscrito su empresa en el registro legal correspondiente. Mantenía sus contratos con la imprenta, la distribuidora y los diseñadores, y había ampliado la plantilla con dos correctores residentes: Pérez y Pedraza, uno ortotipográfico y de taller, y el otro de estilo; aunque ni siquiera el editor era capaz de diferenciar sin equivocarse quién era quién. Sus tiradas seguían siendo pequeñas, ni su traductor ni sus libros habían recibido premio alguno, sus críticas en medios eran casi inexistentes y el interés de los libreros no iba más allá de la cortesía, aunque apenas podían disimular su asombro en las ocasiones en las que un cliente les pedía algún libro de Dalia. Bruno fantaseaba sobre la identidad de sus lectores, verdaderos ratones de biblioteca demasiado tímidos para explicar en redes sociales lo mucho que habían disfrutado de los títulos de su editorial, celosos guardianes de sus deliciosos tesoros literarios. En las pocas ocasiones en las que comentaba esta hipótesis en voz alta, nadie, ni siquiera Carter, lo contradecía. Pero con timidez o sin ella, con el asombro de los libreros o sin él, los clásicos del tío Bruno se vendían, solo que lo hacían despacio; resultaron ser *long sellers*. La empresa salió adelante y, aunque los beneficios tras descontar gastos eran más bien trágicos, con el paso de los años, el editor fue saldando las deudas con el entusiasmo intacto.

El tío Bruno prefería trabajar con autores muertos porque, al no frecuentar círculos espiritistas victorianos, no le daban ningún quebradero de cabeza. Solo en primavera sucumbía a la crueldad de abril y caía en la tentación de ampliar su catálogo con obras inéditas de cinco escritores que todavía respiraran. Era tan cuidadoso en la elección de esos manuscritos, se ajustaban tan bien a sus gustos literarios, que por muy cortas que fuesen las tiradas las librerías terminaban por devolverle casi todos los ejemplares. Cuando el pequeño almacén alquilado a las afueras de Barcelona amenazaba con rebosar, Bruno donaba los libros devueltos a los centros cívicos de los barrios más desfavorecidos de la ciudad. Tenía la esperanza de que sus peculiares elecciones literarias solo encontrarían comprensión entre las filas alejadas de los capitalistas más desalmados. Sir Blackstone jamás se atrevió a confesarle su teoría sobre la correlación entre esos centros cívicos y el tamaño y altura de las llamas de las hogueras que en esos barrios se prendían, para jolgorio de sus vecinos, durante la verbena de Sant Joan.

Fue tal vez su labor cívica como donante de libros ilegibles lo que impulsó que un despistado funcionario del Ajuntament le ofreciera la oportunidad de trasladar las oficinas de Dalia Ediciones a uno de los edificios más extraordinarios de Barcelona. El Taller Masriera había sido una de las primeras edificaciones del Eixample barcelonés y, probablemente, la más extraña, aunque con el trascurrir de los años había quedado encajado entre otros edificios hasta pasar casi desapercibido en el número 70 de la calle Bailén, un poco más arriba de la fabulosa librería Gigamesh. Era un templo neoclásico y anfipróstilo, de friso a dos aguas y columnas corintias, inspirado en la Maison Carrée de Nimes, en el Erecteion de Atenas y con cierto aire al Templo de Augusto de Barcelona. Fue diseñado por José Vilaseca i Casanovas, uno de los arquitectos europeos más destacados en la transición del neoclasicismo al modernismo de finales del siglo xix, enamorado de Grecia, artífice del Arco de Triunfo de la Exposición Universal de Barcelona de 1888 y colega de Lluís Domènech i Montaner.

Vilaseca terminó la peculiar mansión en 1882, por encargo de José, Francisco y Lluís Masriera, hermanos orfebres, escultores y pintores que buscaban un lugar especial donde albergar su colección de arte. La familia Masriera la conformaban empresarios de éxito, parte de una burguesía al alza muy implicada en el movimiento cultural de la Renaixença que enviaba a sus hijos a hacer el Grand Tour tras terminar los estudios superiores. Durante su viaje por las grandes capitales europeas, los tres hermanos tomaron nota de los amplios y luminosos talleres de los artistas y de los salones en los que mecenas y pensadores intercambiaban ideas e inspiración. De vuelta en su ciudad natal, decidieron construir su propio taller: un lugar de exposición y de trabajo, pero también de encuentro para todo ese movimiento artístico e intelectual de la época.

En 1913, los herederos de los Masriera ampliaron el taller

con dos naves laterales; en 1932, albergó el teatro Studium, y durante los años cincuenta, acabó convertido en una especie de sede religiosa que hacía las veces de centro cívico cuando en Barcelona todavía no existían como tales. En 2009, abandonado a su suerte, deshabitado y destrozado, pura ruina y decadencia, fue calificado como bien cultural de interés local y puesto bajo la protección de las autoridades pertinentes que, mientras decidían su próximo uso al servicio del barrio y de la ciudad, lo habían incluido en la categoría de inmuebles susceptibles de convertirse en sedes gubernamentales o empresariales. Antes de que el tío Bruno les diera un entusiasta sí, el Taller Masriera había sido rechazado por quince departamentos distintos de la administración pública y ciento veinticuatro empresas privadas. Tal vez, si la bella mansión victoriana inspirada en los templos de la Grecia clásica que tanto admiraba su arquitecto hubiese sido construida en un país consciente del valor histórico de su patrimonio, se habría conservado y restaurado, con su mobiliario y sus claraboyas, con sus paredes interiores forradas de bellísima tela estampada y sus azulejos originales, en honor a su enorme riqueza cultural. En lugar de eso, se sumergió en el polvo del olvido, con todos sus preciosos muebles modernistas arramblados contra las paredes y su interiorismo original desfigurado sin piedad por las cicatrices de distintos usos sucesivos, como un tétrico monstruo de Frankenstein olvidado.

Tras una retahíla de formularios y terribles amenazas legales vinculantes —que al editor le causaron una profunda inquietud al recordarle su oscuro pasado en el bufete— en el caso de que perjudicase, de alguna forma posible o fantástica, la estructura o la memoria de la bella mansión, se le cedieron las llaves del edificio y Bruno Bennet inició la mudanza tras la deficiente limpieza municipal. Se le advirtió de que no podía tocar la pronaos ni la naos, ocupada por el teatro Studium, que había usurpado el corazón del taller de los hermanos casi cien años antes. El resto de la mansión quedaba a su disposición: el *foyer*, donde los espectadores se reunían en el entreacto para tomar una copa de champán, las habitaciones de la segunda planta y la sala del *teatre íntim*, en la que la familia Masriera se reunía para asistir a representaciones privadas y donde una vez Federico García Lorca había recitado sus versos en privadísimo secreto.

Durante las siguientes semanas desde la entrega de llaves, las autoridades municipales y el departamento de conservación de patrimonio recrudecieron sus advertencias sobre las terribles condenas que caerían sobre el editor, en esta y en cualquier otra vida, en caso de que olvidase las prohibiciones de redecorar, remodelar, reformar o convertir el palacio en una sede episcopal; como si todo ese horror no hubiese sucedido antes.

Cuando Bruno Bennet y sir Carter Blackstone entraron por vez primera en la fabulosa mansión neoclásica, tras la supuesta limpieza de los profesionales municipales, entendieron por qué el alquiler era tan barato, por qué otros empresarios más cabales lo habían rechazado como sede para sus oficinas y por qué el lema de *Jurassic Park* era que la vida siempre se abre camino.

—Bonita selva —observó Blackstone muy tranquilo.

—Necesitaremos un jardinero para las palmeras y los limoneros del patio de la entrada, pero...

—Me refería al jardín interior.

—No hay ningún jardín interior —lo contradijo Bruno consultando la copia de los planos de urbanismo que le habían cedido de mala gana los funcionarios.

Carter señaló los matojos que habían encontrado su hogar entre las baldosas sueltas del vestíbulo, las enredaderas que se colaban por las ventanas derramándose por las paredes y las finas lianas que se mecían como elegantes lámparas versallescas desde el parteluz cenital, y se disculpó por su ignorancia en decoración de interiores.

—Hay que limpiar un poco —aceptó el editor a regañadientes.

—He visto cotos de caza más desbrozados.

—Sigamos adelante, el teatro no es cosa nuestra. No sé si tiene mucho sentido una recepción después de atravesar la pronaos y la naos del templo, pero en algún sitio debemos poner a Sonia. Me gustaría organizar nuestros despachos en el ala oeste de la segunda planta y la biblioteca en el ala este, la que da al patio interior. ¿A quién llamas?

—A control de plagas.

—Estamos en el corazón del Eixample, pero no se oye el tráfico —suspiró ignorando a su traductor.

—No hagas movimientos bruscos, nos están observando.

—Son ardillas —concluyó Bruno, aunque sabía que la probabilidad de encontrar ardillas en aquella ciudad se aproximaba bastante a la de encontrar unicornios—. Se escucha el canto de los pájaros —insistió—. Mira ahí, esos nidos. ¿Qué crees que son?

—Buitres.

—Pensaba que todo inglés calza los zapatos de un ornitólogo.

—Solo soy medio inglés. Puedo avisar a David Attenborough, si lo prefieres, pero ya puedes olvidarte de fumigar si tenemos especies protegidas.

—Esta es la sala que te decía, es la más luminosa. Definitivamente quiero aquí la biblioteca. Mantendremos este enorme árbol sobre el que se han posado esos curiosos pajarillos.

Carter miró aprensivo a la pareja de señoriales cuervos sobre el roble que invadía la futura biblioteca de Dalia Ediciones, tal vez pensando en lo poco heroico que resultaría morir devorado por tres plagas distintas y que los oscuros pájaros diesen buena cuenta de sus vísceras.

La razón de la veterinaria

—Últimamente, todo lo que toco se convierte en mierda.

—Quizá haya llegado el momento de plantar flores; crecen maravillosamente bien entre el estiércol.

ÁNGELA G. TORRES,
Consejos para insomnes

La misma mañana en la que Bruno Bennet daba por terminada la mudanza de su editorial a la mansión neoclásica del Taller Masriera, su sobrina Beatriz presentaba un proyecto ficticio a la directora creativa de la agencia de publicidad Ollivander & Fuchs para defender su candidatura a un puesto en su equipo. La agencia de noticias en la que trabajaba desde que había salido de la facultad de Periodismo había cerrado seis meses atrás, dejando a todo el equipo desconcertado y sin empleo. Beatriz, que tenía conocimientos de comunicación audiovisual y cierta esperanza de cambiar de aires, había respondido a la oferta de trabajo de algunas agencias de publicidad. Ninguna de sus candidaturas prosperó, excepto la de Ollivander & Fuchs. Tras superar tres entrevistas, media docena de comentarios despectivos sobre las periodistas que se creen gurús de la publicidad y dos test psicotécnicos y de conocimiento de medios, había llegado a la fase final del proceso de selección. La última prueba consistía en la presentación de una campaña en medios para un producto ideado por el candidato frente a la implacable Silvia Durán, directora creativa de la empresa, y sus dos secuaces, que, o bien carecían de nombre, o bien de la habilidad para presentarse.

—Un entorno acogedor y luminoso en donde pasar un

rato agradable comiendo y bebiendo cosas ricas —resumió Beatriz cuando llegó a la última diapositiva de su proyección.

Desarrollar su franquicia de cafeterías con encanto le había llevado semanas y, aunque la mirada algo aburrida de sus tres jueces no llamaba a la esperanza, se sentía orgullosa de su trabajo. Se lo había pasado bien investigando y dando cuerpo a la idea, a la imagen de marca, buscando a su público objetivo y elaborando una estrategia de publicidad para clientes, pero también para inversores.

—¿Ha terminado? —preguntó el secuaz con gafas.

Casi sin darle tiempo a asentir, el otro secuaz, el que tenía aspecto de cama sin hacer, se apresuró a encender las luces de la sala. Beatriz parpadeó, volvió a la realidad y notó que estaba sudando dentro de su elegante traje de chaqueta gris.

—Pero ¿qué diferencia aporta su marca respecto al resto de las cadenas de cafeterías del mercado? —preguntó Silvia Durán en tono amable.

—El ambiente agradable, una decoración que…

—Ya —la interrumpió—. Eso es lo que muestra en su presentación. Ha hecho un buen trabajo.

—Gracias.

—Ya la llamaremos —suspiró poniéndose en pie. Parecía decepcionada por algún motivo que a Beatriz se le escapaba.

Como si de un conjuro mágico de desaparición se tratase, los dos secuaces se levantaron cual resorte con prisas por largarse, no sin antes cederle el paso a la jefa en la puerta. La directora negó con la cabeza, les indicó que se fueran y se quedó en el umbral, indecisa. Vestía un pantalón negro y una blusa celeste, casi del color de sus ojos. La implacable iluminación de la sala le atribuía una actitud sombría que contrastaba con la calidez de su voz.

—Beatriz Valerio Bennet —pronunció como si esperase que le confirmase que no se equivocaba de candidata—. He leído en su currículum que es periodista.

—Sí, pero también tengo formación en publicidad.

—No se trata de eso. —Con un gesto de la mano barrió cuatro años de estudios universitarios y doce de experiencia—. Sus entrevistas y su presentación son buenas. Nada que no hayamos visto antes, pero por encima de la media. Sin embargo, no se ha parado a pensar qué es lo que vendemos aquí.

—Ollivander & Fuchs es una de las primeras agencias europeas de publicidad.

—Ha hecho los deberes. —Sonrió por primera vez desde que había entrado en la sala y la miró a los ojos—. Aquí vendemos historias —explicó, siempre amable—. Una periodista debería tener una sensibilidad especial para entenderlo.

Beatriz, que nunca había sentido la vocación de reportera, no estaba segura de comprender adónde quería llegar la publicista. Al menos, no saldría de allí llorando, como en la desagradable entrevista de la semana anterior, o furiosa y con ganas de denunciar al entrevistador, como en la de hacía dos días. Se preguntó por qué a la dificultad de encontrar un buen trabajo se sumaba esa costumbre tan poco caritativa de machacar a los candidatos, de ponerlos al límite, de intimidarlos, de preguntarles la edad, el estado civil o la voluntad de tener familia en un futuro próximo, todas ellas cuestiones ilegales en los países más civilizados de Europa. Silvia Durán parecía ajena a esa prepotencia, e intentaba ayudarla en lugar de aniquilarla o discriminarla por su género, edad, salud o estado civil; lo que resultaba curioso, pues la periodista estaba ya bastante segura de que la había descartado para trabajar en su equipo.

—Cada campaña, cada anuncio, detrás de cada imagen de marca hay una historia —añadió Durán tras una pausa—. No vendemos productos sino emociones. Y no existe nada que emocione tanto a un ser humano, desde que se sentó por primera vez alrededor de una hoguera, como una buena historia. ¿Cuál es la suya? ¿Cuál es la historia detrás de este proyecto que nos ha presentado? Las buenas periodistas informan sobre los hechos, creen en la veracidad y en contrastar la información. Las novelistas hace tiempo que entendieron que solo las emociones son verdaderas y que todo lo demás depende. Depende, como decía Pau Donés, todo depende. Adivine qué prefiero en mi equipo.

—Pero yo no soy novelista.

La directora negó con la cabeza y le dedicó una última sonrisa antes de marcharse.

—Comunica bien y posee una poderosa imaginación. Atrévase a ser sincera consigo misma.

En el autobús, de vuelta a casa, cargada con el portátil y la desazón, llamó a Marta, su mejor amiga. Por la ventanilla veía pasar la Diagonal, siempre en obras, con el tráfico complicado por los carriles de bicicleta y transporte público, que seguían sin solucionar el grave problema de una movilidad económica y sostenible para todos, pero que al menos lo intentaban. La amplia avenida cruzaba la ciudad de punta a punta, bordeada por algunos de los edificios más bonitos de la arquitectura modernista. Si no fuese por el ruido y la contaminación de su incesante tráfico, a Beatriz le hubiese gustado recorrerla a pie una esplendorosa mañana de invierno. Aunque todavía no había terminado septiembre, visto lo bien que se le estaban dando los procesos de selección, sospechaba que para finales de año seguiría con el suficiente tiempo libre como para cumplir su deseo.

—¿Quedamos para cenar en mi terraza? —preguntó en cuanto Marta contestó la llamada.

—¿Tan mal ha ido?

—No creo que me ofrezcan el puesto. Me falta la historia.

—¿La de Grecia y Roma?

—O la del *Malleus maleficarum*, no lo sé.

El autobús giró por la calle Valencia y con el cambio de luz Beatriz se topó con su reflejo de larga melena indomable y expresión abatida en la ventanilla de la salida de emergencia. No recordaba la última vez que se había reído.

—Llevaré vino —concluyó Marta como si fuese capaz de leerle el pensamiento.

—Iba a decirte lo mucho que te echo de menos, pero ahora parecerá que es por el vino. Compraré pizza y helado para compensar —añadió.

—No sé quién echa más de menos a quién. Llegaré sobre las ocho.

A diferencia de Beatriz, que había comprendido ya en su

primer año universitario que no seguía los dictados de su pasión, Marta era una veterinaria vocacional. Habían dedicado una sorprendente porción del tiempo en el que vivieron juntas a discutir sobre la necesidad de traer a casa gatos convalecientes para que no se quedasen solos en la clínica durante el fin de semana.

Se conocieron cuando cursaban el último año de bachillerato, porque Marta se había cambiado de instituto, y les bastó una clase de Historia con el profesor Ricart, que farfullaba apuntes ininteligibles y se quedaba dormido cada vez que apagaba las luces para proyectar un powerpoint de espantosos gráficos y mapas, para iniciar una amistad que habría de prolongarse hasta el fin de sus días. Sensatas y decididas, compartían cierta impaciencia por entrar en la vida adulta y volar solas. Marta terminó sus estudios, completó su residencia en el Hospital Veterinari Universitari de Bellaterra y consiguió quedarse con un contrato indefinido y su don especial para diagnosticar a perros despistados y a gatos de excesiva inteligencia. Beatriz se licenció en Periodismo, se colocó como redactora en una agencia de noticias y cursó un par de posgrados en busca de una vocación que no encontraba. Marta adoraba su profesión; Beatriz, excepto a hablar en público con soltura, ni siquiera estaba segura de haber aprendido algo de utilidad a lo largo de su licenciatura.

Al cumplir veintiséis años, cuando al fin se resolvió el complicado legado familiar que llevaba enquistado durante décadas, Beatriz heredó la casa de sus abuelos maternos y le pidió a Marta que se mudase a vivir con ella. Era una casona de dos plantas, sombría y antigua como en las mejores leyendas, en la Plaça Mercadal del barrio barcelonés de Sant Andreu del Palomar. Pertenecía al conjunto porticado en forma de U que abrazaba el mercado, todo de estilo neoclásico y obra del arquitecto Josep Mas i Vila. La casa databa de 1849 y había sido edificada sobre un terreno conocido como l'Hort d'en Boladeres. Cuando llovía, a Beatriz todavía le parecía reconocer el aroma de la tierra mojada y de los frutales colándose por aquellas ventanas ruinosas que nunca cerraban del todo.

Siguiendo el consejo de su padre, auditor de cuentas de sociedades financieras, dividió la casa en dos viviendas. Alquiló la planta baja a una pálida desconocida de larguísimo cabello oscuro, que dormía durante el día y salía todas las noches con una enorme funda de violonchelo a la espalda; y le propuso a Marta que se mudase con ella a la planta superior a cambio de compartir los gastos. Aunque el piso de arriba padecía de una dolencia crónica de goteras y necesitaba con urgencia calefacción en invierno, que atenuara la humedad, y aire acondicionado para sobrevivir a los asfixiantes veranos de la ciudad, Beatriz lo prefirió a la planta baja. El motivo era la terraza sobre el tejado que, aunque no podía presumir de gran altura, tenía unas vistas preciosas de la plaza del mercado y de la hermosa cúpula neogótica de finales del siglo XIX de la iglesia de Sant Andreu del Palomar.

—Me quedo porque odio vivir con mis padres y porque te quiero —le dijo Marta la primera vez que entró en la casa tras la propuesta de su amiga—, pero que conste que si me mata el techo al derrumbárseme encima mientras duermo, mi espíritu te atormentará por toda la eternidad.

—Sube a ver el terrado.

—¿Te refieres a esa trampa mortal rodeada de macetas con cosas muertas que hay arriba?

—No sé qué te ha dado hoy con la mortalidad.

—Ni idea. Con lo alegre que es esta casa.

Con el escaso presupuesto común del que pudieron prescindir, pintaron las habitaciones, renovaron las ventanas rotas, repararon las goteras y despejaron la terraza. Una vez liberada de naturaleza muerta, la poblaron de plantas aromáticas con un desarrollado instinto de supervivencia, bajo una resistente y enorme pérgola de madera de teca que, con el trascurrir de los años, acogió con alegría fucsia y morada la proliferación de unas buganvillas trepadoras —con una tendencia descontrolada a florecer cuando les daba la gana— a lo largo de sus vigas. En cuanto aflojaba el calor sofocante y húmedo del verano, desempolvaban las sillas y los sillones de mimbre, los vestían con cojines multicolores y pasaban en aquella terraza la mayor parte del escaso tiempo que les dejaban sus estudios y trabajos respectivos. Hasta que, ya en la treintena, Marta conoció a Carlos, un veterinario de animales exóticos perseguido por la maldición de los loros con psitacosis, se enamoraron perdidamente y se fueron a vivir juntos, dejando sola a la periodista en la convivencia diaria y en la elaboración de teorías sobre la misteriosa inquilina de abajo.

Cuando se quedó sin trabajo, Beatriz llevaba casi tres años viviendo sola y estaba convencida de que no se le daba tan mal. Había aprendido a escuchar sus propios pasos subiendo la escalera de vuelta al hogar y sus pensamientos ahuyentando el sueño a medianoche. Sus pies bailaban al son de las oscuras melodías que ascendían del piso inferior al anochecer, comía fuera, cenaba sola delante de un libro y salía a la terraza para contemplar la ciudad desde escasa altura pero con infinita benevolencia. Las plantas a su cuidado seguían vivas, aunque alguna vez se había olvidado de regarlas y ya no recordaba si las había o no abonado. Tal vez, en las últimas semanas, huérfana de su rutina laboral, se le había hecho un poco extraña la soledad, y aunque no le preocupaban sus finanzas a corto plazo —además del subsidio por desempleo ingresaba el alquiler de la planta baja de la casa— le rondaba la inquietud de saberse a la deriva a sus treinta y seis años.

Era como si todo aquel tiempo en el que había evitado tomar decisiones vitales llamase de pronto a su puerta para echarle en cara la falta de iniciativa. Sus padres se habían divorciado cuando ella tenía quince años y desde entonces había sufrido una patológica necesidad de convertirse en la hija ideal de los dos, esforzándose por estar siempre a la altura de sus expectativas, aunque a menudo solo pudiese imaginarlas. Ser una desempleada no era algo que encajase en lo que la industriosa mentalidad de sus padres esperaba de ella y eso, pese a que había dejado muy atrás su abrumadora adolescencia, la incomodaba. Se sentía culpable, muy culpable, culpabilidad por todas partes. Culpa por no tener trabajo, culpa por quejarse pese a disfrutar de un fabuloso techo propio bajo el que dormir, de buena salud y de Marta.

A menudo la embargaba la sensación de que llevaba tanto tiempo intentando cumplir las expectativas de los demás que había perdido las suyas propias. Incluso la idea de presentarse a entrevistas de trabajo para agencias de medios y publicidad había sido de Marta que, inasequible al desaliento, pensaba que aquel parón laboral constituía una oportunidad única para reinventarse. Tal vez porque seguía haciéndose la sorda cuando Beatriz le confesaba que lo difícil no era empezar de nuevo sino encontrar aquello que se deseaba empezar. Nada parecía tocarla de cerca desde hacía mucho tiempo. En el fondo, estaba convencida de que solo el desapego y la templanza la salvarían de cualquier dolor.

Marta llegó con tres cuartos de hora de retraso, dos botellas de vino blanco que pedían a gritos una cubitera y un perro enorme y cabizbajo. Dejó a su amiga a cargo de la intendencia de la refrigeración de la bebida y se apresuró a subir a la terraza con su peludo invitado sorpresa antes de que Beatriz tuviese tiempo de protestar. Hasta que no se instaló a sus anchas bajo la imponente pérgola de teca, adornada con el verde saludable y las últimas flores veraniegas de las buganvillas locas, con una copa de vino en la mano y el perrazo a sus pies, no se dignó dar una explicación.

—Es Piper. Lo hemos llamado así porque cuando duerme tiene un ronquido muy peculiar, como de gaita. Tiene ansiedad por separación, por eso lo llevo conmigo.

—¿De qué se está recuperando?

—De un abandono.

Beatriz, que estaba convencida de que nunca nadie podría recuperarse de algo así, acarició la cabezota del enorme perro antes de sentarse frente a su amiga y coger la copa que le tendía. El animal la contempló con una rendida admiración en sus redondos ojos ambarinos, como nunca antes nadie la había mirado.

Cuando llegó la pizza ya iban por la segunda botella de vino y un agradable abandono las acunaba entre los cojines multicolores. Del piso de abajo subía la melodía oscura y gótica del violonchelo de la misteriosa inquilina como si hechizase las últimas luces de una tarde vencida que declinaba. Beatriz reconoció la melodía de *Paint it Black* de los Rolling Stones y pensó que, si se observaba con atención, también en la oscuridad había belleza.

Su teoría sobre la probabilidad de que la inquilina fuese un vampiro se diluyó con el tiempo, a medida que la larga y oscura melena de la mujer se había ido tiñendo de canas, señal de que era capaz de envejecer. No había cambiado sus costumbres nocturnas ni sus silencios; apenas le dirigía un saludo apagado si alguna vez llegaban a cruzarse, desviando con rapidez sus bonitos ojos oscuros y apresurándose a desaparecer. Pero en cuanto Beatriz le aseguró, al poco de instalarse, que disfrutaban con su música, ensayaba más a menudo, con más desenvoltura y durante más tiempo. En los atardeceres de verano, cuando Marta y ella todavía vivían juntas, las dos amigas se quedaban escuchando las lúgubres y bellas melodías que la violonchelista tocaba antes de salir de casa. Algunas noches el aire se volvía tan húmedo y pesado que se les embotaba la cabeza con el perfume del azahar de los naranjos amargos de la calle y con la desesperanza que se escapaba por las ventanas abiertas del piso inferior. Resistían el bochorno tropical hasta que les resultaba insoportable y corrían a refugiarse en el aire acondicionado de su piso. La ciudad, en los meses de julio y agosto, se convertía en un infierno pegajoso que no concedía respiro ni con la puesta de sol.

Aquella noche, el languideciente septiembre otorgaba cierta clemencia, y una brisa de un tenue aroma a pino, procedente de las cercanas colinas septentrionales, refrescaba la pesada atmósfera. Cuando Beatriz terminó de contarle a su amiga sus desventuras en Ollivander y su desánimo profesional, mucho después de que *Birds* de Imagine Dragons para violonchelo hubiese cesado en el piso de abajo como un bellísimo punto y final al concierto nocturno, las amigas decidieron que se estaba a gusto en la terraza, medio en penumbra, entre el mortecino resplandor de la contaminación lumínica de la ciudad y las guirnaldas de lucecitas navideñas que habían entrelazado con las buganvillas de su orgullosa pérgola.

—Quizá no deberías seguir buscando trabajo como loca —reflexionó Marta rompiendo el silencio.

—Es como publicista —la corrigió Beatriz.

—Ya sé que la idea de cambiar de tercio fue mía, pero ¿por qué no te tomas un año sabático? Un tiempo para ti, para pensar en eso de la historia que te ha dicho la directora de la tienda de varitas mágicas.

—Ollivander & Fuchs. No venden varitas, pero sí que hacen magia. Quizá debería buscar otro empleo distinto, algo menos estresante. El problema es que no sé qué quiero hacer y siento una presión enorme por estar desempleada, como si fuese despreciable —suspiró.

Beatriz detectó suspicacia en la mirada que le dirigió su amiga. Marta la conocía lo bastante bien como para sospechar que no estaba siendo del todo sincera.

—Mi madre me ha llamado —confesó al fin incapaz de seguir esquivando el escrutinio reprobador de la veterinaria.

—Ay, no.

—Exacto. Ahora no solo me siento mal por ser una vaga irresponsable sin trabajo, sino que además debería congelar mis óvulos antes de que sea demasiado tarde.

—Pero ¿qué…?

—¿Te acuerdas de que hace unos años todos los hijos y las hijas de sus amigas se casaban y yo ni siquiera tenía pareja para asistir a las bodas? Pues ahora esos matrimonios están procreando bebés y a mí se me pasa el arroz.

—No le cojas el teléfono.

—Me sentiría más culpable aún.

—Beatriz, la opinión de los demás sobre tu vida debería resbalarte.

—Lo sé, lo hemos hablado muchas veces y la teoría me la sé. Pero muy en el fondo todavía puedo escuchar esa vocecita que me repite lo fracasada que soy como hija, como pareja, como profesional, como persona.

—Pues qué manera tan rara de fracasar. Mira a tu alrededor: estás aquí, en este fabuloso tejado de tu propiedad, con la amiga y el perro más fabulosos del mundo.

—Sin trabajo, sin marido, sin hijos. Y la casa es heredada. Ni siquiera tengo hipoteca.

—Pero ¿tú quieres todo eso?

—No lo sé —dijo en tono tan triste que las buganvillas deberían haber perdido la mitad de sus pétalos al escucharla—. Me cuesta encontrar algo que me haga tanta ilusión como para estar deseando saltar de la cama cada día. No me malinterpretes, creo que tengo una vida agradable y privilegiada, pero no estoy segura de nada más. No sé si es suficiente, y la educación que he recibido me hace percibir que no lo es. Desconozco si ya he llegado adonde quería o si ni siquiera he encontrado el camino que me lleve hasta allí.

—Lo que me da la razón respecto a lo de tomarte un tiempo para pensar qué deseas hacer tú —señaló Marta con firmeza apurando su copa de vino.

—Lo sé, un trabajo no determina quiénes somos.

—Pero sí que debería contribuir a nuestra felicidad —puntualizó su amiga.

—No sé, mira a nuestra inquilina misteriosa. La música es su pasión, pero no parece demasiado feliz cuando toca *Love song for a vampire*.

—Por eso suena tan maravillosamente bien. Ha encontrado algo en lo que es única y lo ha convertido en su modo de ganarse la vida. Piensa en una cosa que se te dé bien y lánzate.

Piper soltó un ronquido satisfecho que las hizo sonreír. Sonaba un poquito a gaita y resultaba entrañable en una criatura tan enorme. Beatriz volvió a llenar las copas, dio un pequeño sorbo a la suya y respiró tranquila. Se estaba bien allí, en su pequeño refugio, a salvo del ritmo implacable de la ciudad.

—Eso es una utopía, Marta —dijo al cabo de un momento—. Hablas así porque la Veterinaria es tu vocación. No conozco a nadie más que se sienta feliz en el trabajo.

—Pues entonces es que no conoces a la gente adecuada. Nadie se merece tener unos amigos que han escogido sentirse tristes y amargados de lunes a viernes, más de nueve horas al día. Si tenemos en cuenta que los seres humanos dormimos, aproximadamente, unas cincuenta y seis horas a la semana, eso les deja una cifra bastante alta de amargura a lo largo de buena parte de sus vidas.

—No creo que sea una elección —opinó Beatriz—, sino una consecuencia económica. Los seres humanos comemos y, en este siglo, usamos la electricidad. Vivir en esta ciudad es carísimo.

—Ni lo menciones. Nunca he querido casarme, con todos esos papeles tan vinculantes, pero cuando firmé la hipoteca a medias con Carlos me pareció que el destino se reía de mí.

Las dos amigas perdieron la mirada en dirección a la cúpula de la iglesia de Sant Andreu del Palomar, más allá de los edificios bajos erizados de antenas y placas solares. Sostenían las copas en la mano y los restos de la pizza y la tarrina del Brina vacía de helado de galleta de canela y chocolate reposaban sobre la mesa baja de por medio y la noche alrededor. El brillo de las lucecitas navideñas suspendidas por encima de sus cabezas, entretejidas con el fucsia de las buganvillas decadentes, les daba aspecto de concilio de las hadas a medianoche.

—Me preocupa que estés sola —se sinceró Marta volviendo a la realidad—. En el trabajo socializabas.

—Apenas. El periodismo es algo lamentable para tu vida social. Oye, deja de preocuparte, las plantas y yo sobreviviremos, te lo prometo.

—Sé que cuidas bien de las plantas, por eso mismo creo que debes pasar a la siguiente fase.

—¿Qué fase? No sabía que siguiese ninguna fase.

—La fase vital. Ya sabes, eso que tenemos en común todos los seres vivos de este siglo además de la dependencia de la electricidad.

—¿Nacer, crecer, reproducirnos y morir?

—Ajá.

—Me da miedo preguntarte cuál de las dos últimas fases crees que me toca. Sobre todo porque te acabo de contar lo de la llamada de mi madre.

—La tercera, por supuesto.

—No voy a reproducirme. Ni a congelar mis óvulos.

—Pero quizá puedas adoptar —señaló con la cabeza a Piper, que dormía apacible bajo la mesa—. Lo encontró un colega de Carlos y nos pidió ayuda para llevarlo a la protectora. Pero en el refugio llora todo el tiempo, se niega a comer, da mucha pena. Me avisaron y volví ayer a por él. Nadie va a querer adoptarlo, es demasiado grande y demasiado mayor. Y sabes que no puedo tenerlo todo el día en el hospital.

—Ni lo sueñes, Marta.

—Aquí dispones de mucho espacio. Y tiempo libre para compartir con alguien que se lo merece más que ninguno de tus exnovios.

—Eso no te lo discuto —sonrió Beatriz que si había algo de lo que no se sentía culpable era de haber roto con todos y cada uno de ellos—, pero no tengo ni idea de cómo cuidar de un perro.

—Tampoco sabías nada sobre plantas y mira a tu alrededor.

—Son a prueba de desmemoriadas —dijo señalando los arbustos aromáticos—. Y las buganvillas enloquecidas tienen inteligencia propia.

—Te lo explico en un periquete y siempre que tengas dudas puedes llamarme —continuó Marta—, a cualquier hora del día o de la noche. Además te garantizo veterinario gratis, palabrita. Míralo, está triste y perdido. Como tú.

—Me acabo de beber casi una botella entera de vino blanco, así que es imposible que te parezca triste.

—Pero estás perdida. Llevas tanto tiempo intentando cumplir las expectativas de los demás que te has olvidado de preguntarte qué es lo que de verdad quieres.

Sus palabras confirmaron la sospecha de Beatriz de que todavía no había llegado el día en el que podría disimular delante de su mejor amiga. Marta leía con facilidad su sentimiento de culpa, su ansiedad por no estar a la altura de lo que la sociedad —por no mencionar a sus padres— esperaba de una mujer de éxito.

—Todavía queda esperanza para mí —murmuró intentando quitarle hierro a la precisión con la que Marta había resumido su presente.

—Eso es porque Piper te ha encontrado —sonrió sin darse por vencida.

—Se me dan fatal los seres vivos —se quejó Beatriz.

La mansión Masriera

Si un problema tiene solución, ¿por qué te preocupas? Si no la tiene, ¿por qué te preocupas? Son las palabras de Confucio, un sabio oriental que vivió en el siglo VI antes de nuestra era. Concédete un momento al día para hacer algo que te gusta, come rico, camina bajo los árboles (a no ser que haya tormenta, recuerda la keraunopatología), soluciona lo que esté en tus manos, acepta lo que no tenga solución y recuerda que nada es para siempre, ni siquiera eso que no te deja dormir. Pero, sobre todo, ten presente que no supone ninguna deshonra pedir ayuda; incluso Gal Gadot la necesita de vez en cuando.

ÁNGELA G. TORRES,
Consejos para insomnes

El tío Bruno siempre había sido peculiar, pero cuando Beatriz se detuvo, con Piper pegado a su costado, frente al número 70 de la calle Bailén, donde la había citado, pensó que el editor había perdido el poco juicio que le quedaba. Tras las verjas de entrada, una delicada orfebrería de hierro forjado que ostentaba una decoración de estrellas de cinco puntas, se desperezaba una selva descontrolada que en otro siglo debió de conformar un jardín. Pero ni todo el verde asilvestrado del mundo podría disimular el hermoso templo de columnas corintias, frontispicio neoclásico y friso a dos aguas que se escondía detrás, desafiando por su singularidad la monotonía de las islas de los edificios corrientes que se sucedían en el Eixample barcelonés. Los detalles ornamentales de piedra y hierro forjado del conjunto arquitectónico jugaban con los motivos vegetales más bellos y con la sutil pero persistente presencia por todas partes de las estrellas y las iniciales MR.

El gemido quedo de Piper la devolvió a la realidad. Cerró la boca, le acarició la cabeza para tranquilizarlo y llamó por teléfono a su tío sin moverse del sitio.

—¿Dónde andas? Necesito hablar contigo —le contestó el editor.

—Ya he llegado, aunque no estoy segura.

—¿Cómo no se puede estar segura de si se ha llegado a un sitio o no?

—Depende del sitio al que crees que deseas llegar.

—Cariño, me encanta este diálogo tan Lewis Carroll, pero esto es una urgencia. Si te has perdido, dime qué ves e intentaré guiarte.

—Eres la persona más perdida que conozco, tío Bruno.

—Y aun así, voy a encontrarte.

—Estoy frente a una puerta de hierro con símbolos masónicos parecidos a los que Nicolas Cage descifra en *La búsqueda*. Veo muchos hierbajos, enormes palmeras, milagrosamente sanas para esta ciudad, y lo que parecen unos limoneros gigantes. Entre toda esa vegetación exuberante que ha sobrevivido a este asqueroso verano que no se termina nunca, distingo un templo neoclásico misterioso como una novela de Carlos Ruíz Zafón. Huele a hierbabuena y a humedad y a que estás a punto de explicarme una historia maravillosa.

A Beatriz le hubiese gustado que la doble hoja de la enorme puerta tras la fronda se hubiese abierto con un potente chirrido de castillo transilvano cuando su tío, alto, desgarbado y siempre despeinado, como un Tim Burton de sesenta años, salió a su encuentro desde el interior del extraño templo victoriano. Bajó la breve escalinata, cruzó la miniselva a grandes zancadas, le abrió la verja esotérica y la envolvió en un abrazo apretado. Los abrazos del tío Bruno le parecían una de las mejores cosas que podían pasarte en la vida.

—¿No eres demasiado mayor para un poni? —preguntó el editor señalando a su gran acompañante.

—Es un perro y se llama Piper. Una mezcla de dogo y de gran danés, o algo así. Marta me obligó a adoptarlo la semana pasada, después de emborracharme y de contarme no sé qué rollo sobre las fases de los seres vivos. No me pidas que lo deje fuera si no quieres que se te rompa el corazón; sufre ansiedad por separación y su llanto resulta contagioso.

—¿Por qué Marta te ha obligado a adoptar un perro con problemas psicológicos?

—Piensa que no soy capaz de vivir sola.

—Pues que no se hubiese largado con el encantador de loros.

—No voy a devolverlo, tío Bruno; demasiado tarde. Cada vez que he pensado siquiera en marcar el número de la protectora para pedirles que lo acepten de vuelta, Piper me mira con esos ojazos tristes y se me olvida. ¿Te importa que pasemos los dos?

—Jamás se me hubiese ocurrido decirle a Piper que no puede acompañarnos —puntualizó el despeinado editor, un poco ofendido, propinando unas palmaditas distraídas en la enorme cabeza del perro—. Pero que se abstenga de mordisquear mis limoneros.

—Son impresionantes.

—Y huelen de maravilla.

—Tío, ¿qué es este sitio? ¿Cómo has hecho para que tu editorial tenga las oficinas en un templo griego con pintas de haber sido abandonado hace dos siglos? Me pregunto por qué Juan Antonio Bayona o Guillermo del Toro no están rodando una película aquí.

El editor, visiblemente halagado por las palabras de su sobrina, la invitó a traspasar la verja del desastrado jardín decimonónico e hizo un gesto amplio en dirección a la fachada del singular edificio.

—El Taller Masriera. Un templo neoclásico, de columnas corintias y doble friso, inspirado en los templos clásicos de la antigua Grecia pero con el toque victoriano del último cuarto del siglo xix —explicó con su mejor tono impostado de guía de los Museos Vaticanos—. Como puedes observar, un edificio aislado, de planta rectangular, rodeado por un jardín fabuloso de palmeras, limoneros, hierbas aromáticas…

—Y hierbajos.

—Deberías haberlo visto antes de mudarnos. Pensé que por fin había llegado el momento de que Carter se buscaría una casa. Pero fíjate en la puerta: es una reproducción exacta de la del Erecteion de la Acrópolis de Atenas.

El tío Bruno efectuó una pausa dramática de las que tanto le gustaban, cogió a su sobrina del brazo y la instó a entrar en la singular mansión. La pronaos carecía de más mobiliario que el de una misteriosa pila de piedra y la naos se había convertido en un teatro, con sus butacas andrajosas y su escenario centenario, que todavía conservaba los cortinajes del telón y los paneles pintados de la decoración escénica. Solo la iluminación cenital de un techo que recordaba a los más bellos lucernarios modernistas, de acero oscuro y cristal de colores apagados por el tiempo, despejaba la penumbra del lugar. Al trasluz, motas de polvo en suspensión bailaban despacio como diminutas hadas perezosas sobre las baldosas rotas.

—Cuando llegamos, todas las ventanas estaban tapiadas y el hermoso techo de acero y cristal reforzado se había forrado para oscurecer la naos —le contó su tío—. En la penumbra, todo esto rezumaba melancolía, polvo y decadencia. Tras un tira y afloja con los funcionarios municipales, me permitieron retirar el encerado que cubría la preciosa claraboya que puedes ver. No me dejan tocar las ventanas, pero casi puedo imaginarme la belleza de este enorme salón, en donde pintores y escultores se reunían bajo el patrocinio de los Masriera para trabajar con la hermosa luz mediterránea que debía de derramarse por doquier. Fíjate en la puerta trasera, ahora también tapiada, era gigantesca para que pudiesen entrar y salir las pinturas y esculturas de gran formato que no cabían por la principal.

—Tuvo que ser fabuloso, tío Bruno. No había oído hablar nunca de la familia Masriera.

—El padre, Josep, fue un empresario de éxito. Pertenecía a aquella burguesía muy ligada al arte y las ciencias que invertía parte de sus extensas riquezas en el mecenazgo de la ciudad. Cuando sus tres hijos terminaron los estudios dedicaron un año largo a su Grand Tour, como otros muchos europeos ricachones. Durante esa experiencia, quedaron deslumbrados por los grandes salones de intelectuales y artistas en los que la flor y nata de las grandes capitales, como Londres, París, Viena o Roma, se mezclaban para trabajar, para intercambiar ideas, para pensar. Al volver a casa, recrearon esos espacios en esta mansión. Fue el corazón fisiológico de la Renaixença.

—Ojalá se restaurase tal y como lucía a finales del siglo

xix, según la idea original de los hermanos Masriera que me has contado. Me entristece que no sepamos apreciar ni respetar la riqueza del patrimonio histórico tan único y especial que tenemos.

—Ay, cariño, lo que no tenemos es dinero —se lamentó el editor.

Atravesaron el teatro y se encontraron en un coqueto salón blanco con hornacinas vacías en las paredes rematadas por artesonados en los que todavía se adivinaban los restos dorados de la decoración original. El tío Bruno, que le aclaró que aquella sala había sido primero el *teatre íntim*, en donde poetas y dramaturgos habían declamado sus obras solo para la familia, y después el *foyer* del teatro principal, había instalado allí un formidable escritorio al estilo de recepción hotelera. A derecha e izquierda, dos escalinatas de madera oscurecida por el tiempo conectaban con el piso superior. El timbre del teléfono rompió el hechizo y una joven de pelo violeta y gafas minúsculas sobre una nariz de respetable tamaño, apareció de debajo del escritorio como un muñeco resorte de esas cajas sorpresa de payasos poseídos por un ente diabólico. A Beatriz le recordó una vieja serie televisiva de humor de El Tricicle, ambientada en un hotel de Palamós, que de vez en cuando reponían en algún canal.

—Dalia Ediciones —gritó la joven del pelo violeta al teléfono—, ¿en qué puedo ayudarle?

Sobresaltado, Piper se escondió tras las piernas de su humana, lo que provocó un bufido de risa por parte del tío Bruno.

—Tu perro me recuerda al canciller del erario de la reina Victoria, sir William Harcourt. Cuando Su Majestad salía a pasear por los terrenos del castillo de Osborne, nadie en la finca tenía permiso para cruzarse con ella. Podías saber por dónde andaba gracias a la gente que huía espantada a su paso. Harcourt, como tu Piper, era muy alto y corpulento, y en una ocasión en la que tuvo la mala fortuna de encontrarse a campo abierto en pleno paseo real no le quedó otra que lanzarse tras un esmirriado arbusto en cuanto vio acercarse a la monarca.

—No hagas caso al malvado editor, Piper, tú eres mucho más guapo que ese tal Harcourt —lo consoló Beatriz mientras le dedicaba unas carantoñas.

—En la segunda planta están los despachos y la biblioteca —siguió el tío Bruno sin inmutarse por los gritos de su recepcionista ni la excentricidad del perro de su sobrina.

—A la derecha, los despachos y, a la izquierda, la biblioteca, con sus oscuros inquilinos y el fantasma que toda mansión del XIX se preciaría de tener —los interrumpió sir Carter Blackstone bajando por las escaleras.

La vida de sir Carter Blackstone discurría rodeada de tres misterios: por qué demonios la reina Isabel II le había concedido el título de sir cuando apenas contaba veinticinco años, por qué se marchó de Inglaterra casi inmediatamente después de recibir tal honor y por qué se empeñaba en vivir en las oficinas de la editorial en lugar de en un hogar propio, pese a que el tío Bruno le pagaba un sueldo digno incluso para los alquileres astronómicos de Barcelona. Beatriz, que había coincidido pocas veces con Carter porque, fuera del trabajo, el tío Bruno y su traductor poseían el suficiente sentido común como para concederse una tregua, lo tenía por un hombre tan observador, quisquilloso y educado como un honorable caballero inglés al sobrenatural servicio de Su Majestad.

Era un hombre de mediana altura, constitución recia, cuarenta y pocos, atractivo, de pelo castaño y ojos grises como un cielo de tormenta. Aquel día vestía una camisa azul de algodón y unos pantalones de raya diplomática que habían conocido tiempos mejores allá por la coronación de la reina Victoria. Apareció descalzo, con el pelo húmedo y oliendo como si acabase de salir de la ducha, pese a que la mansión distaba mucho de parecer un lugar con fontanería de este siglo.

—Buenos días, Beatriz —la saludó estrechándole la mano—. Buenos días, perro.

El aroma a limpio y a Yardley, el célebre jabón inglés con notas cítricas, resultaba tan agradable que a Beatriz le pareció escuchar un tímido y placentero suspiro procedente de su compañero de cuatro patas.

—Se llama Piper —aclaró el tío Bruno.

—Qué lamentable confusión, llevo casi veinte años llamándote Beatriz.

—Se refiere al perro —se rio ella.

Sir Blackstone le guiñó un ojo y le dedicó algunas carantoñas a Piper que, para sorpresa de su dueña, las admitió con agrado y sin quejidos lastimeros de gaita.

—No hay fantasmas en la biblioteca —advirtió el editor a su sobrina—. Ni en ningún otro lugar de esta fabulosa casa. No hagas ni caso al maldito inglés.

—Medio inglés —protestó Carter.

—Tío Bruno —dijo Beatriz—, lo que no entiendo...

Se interrumpió cuando la joven del pelo violeta colgó el teléfono y desapareció bajo el enorme escritorio. Como ninguno de los presentes mostró sorpresa alguna, decidió no preguntar al respecto. Nunca había entrado en ninguna editorial, quizá era costumbre que sus recepcionistas permaneciesen a salvo escondidas porque uno nunca tomaba las suficientes precauciones cuando un escritor traspasaba la puerta.

—No entiendo —retomó el hilo Beatriz— cómo puedes permitirte el alquiler de un sitio así. O por qué el Ajuntament te lo ha cedido. —De pronto cayó en la cuenta de con quién estaba hablando y buscó los ojos de su tío presa de un presentimiento—. Porque tendrás un contrato de arrendamiento municipal.

—Pago un alquiler —la tranquilizó el editor— y es todo legal. Llegamos a un acuerdo beneficioso para ambas partes: puedo establecer aquí mi negocio durante siete años con la condición de no hacer obras estructurales, no usar los espacios que he mencionado antes, ni tocar nada de valor patrimonial, bla-bla-bla, y a cambio me responsabilizo de que un edificio municipal vacío no acabe siendo pasto de las llamas, de vandalismo o de las invasiones bárbaras.

—Excepto por los cuervos, el roble de la biblioteca y el fantasma decimonónico —puntualizó sir Blackstone.

—¿No tienes que ir a tomar una taza de té o a disputar un partido de críquet?

Con una media sonrisa socarrona digna del club de los lechuguinos de Wodehouse, el traductor de Dalia Ediciones les dedicó una leve reverencia y subió las escaleras, descalzo y silbando una melodía, camino del segundo piso.

—Pero ¿cómo puedes permitírtelo? —insistió Beatriz cuando se quedaron a solas.

Acallada la telefonista, el silencio era excepcional pese a que el Taller Masriera se hallaba en pleno corazón de una de las ciudades más ruidosas y pobladas del continente.

—Es un alquiler bastante económico.

—¿Por qué?

—Porque nadie en su sano juicio querría vivir aquí —les gritó sir Blackstone asomándose a la barandilla del piso superior.

—No sé por qué lo soporto —gruñó el tío Bruno.

—Porque soy el mejor traductor a ambas orillas del canal de la Mancha.

Beatriz aprovechó que su tío seguía distraído intercambiando cariñosas maldiciones con Carter para observar con más detenimiento el precioso artesonado del altísimo techo y la vegetación que cubría parcialmente los cristales gruesos y distorsionados del fondo. Era un lugar fabuloso, una mansión de finales del siglo XIX pensada para convertirse en el centro de reunión de artistas y pensadores, un faro de luz a orillas de la oscuridad que habría de sobrevenir con el trascurso del siglo XX.

—Fue porque todos los demás empresarios de la ciudad rechazaron la oferta —aclaró el tío Bruno devolviéndola al presente. Al parecer, había terminado de discutir con Carter y por fin contestaba las dudas de su sobrina—. Este sitio requiere demasiado esfuerzo para usarse solo como sede temporal. No me mires así, sé lo que estás pensando.

—Es que no creo que te mudases para ahorrarte un cuarto del alquiler.

—Observa a tu alrededor, Beatriz. El lugar resulta extraordinario. Cuando la vida te ofrece la oportunidad de disfrutar la hospitalidad de un templo griego del siglo XIX tienes que estar muy loco para desaprovecharla.

—Pero dentro de siete años es muy probable que debas volver a mover toda la editorial a otro lugar. Eso implica que además de los gastos de mudanza, los alquileres…

—Cómo se nota que eres hija de un contable, cariño. Olvídate del dinero y sube a ver los despachos y la biblioteca. Aunque si todavía no te sientes lo suficientemente hechizada por este edificio como para seguir preguntándome qué hago aquí no sé yo…

El tío Bruno rodeó los hombros de su sobrina con un brazo mientras la empujaba con suavidad hacia las escaleras.

—¿Hay más telefonistas chillonas? —preguntó en voz baja.

—Palabra de editor que no.

—Se está fresco aunque no dispongas de aire acondicionado. —Beatriz, que no se sentía con fuerzas para iniciar un debate sobre la credibilidad que merecía la palabra de honor de un editor, prefirió cambiar de tema.

—Los muros son muy gruesos, de piedra. Ya veremos qué pasa en invierno, porque tampoco se me permite usar ningún tipo de calefacción que pueda dañar la conservación de las pinturas de las paredes.

El tío Bruno siempre había poseído el don de explicar historias fabulosas y conseguir que las situaciones más estrambóticas se revistiesen de digna normalidad por el simple hechizo de su aplastante lógica narrativa. Su hermana, la madre de Beatriz, que carecía de cualquier vestigio de imaginación, no había heredado semejante talento y su sobrina a menudo se preguntaba qué parte del legado fantasioso familiar le tocaría a ella.

Con Piper pegado a sus talones y el tío Bruno sin dejar de parlotear sobre la cantidad de personas y hechos increíbles que debían de haber visto aquellas fabulosas paredes, Beatriz se asomó a los despachos de la planta superior: el de sir Blackstone, amueblado con sofá cama, mini nevera, una estantería gigante repleta de libros y el mismo sir Blackstone hecho un confortable ovillo en su butacón orejero victoriano mientras leía *Oliver Twist*, de Charles Dickens; el de su tío, caótico, luminoso, ocupado por un laberinto de columnas de más de un metro de altura de manuscritos apilados que se ramificaba en direcciones opuestas hasta alcanzar tres escritorios hasta arriba de más manuscritos y tazas de café a medio terminar, olvidadas en los rincones más inverosímiles. La tercera y última habitación en el ala derecha del edificio constituía el despacho de los correctores de Dalia Ediciones, un hombre y una mujer rubios y de ojos azules que compartían, además del despacho, una inquietante simetría.

—Pérez y Pedraza —los presentó el tío Bruno.

Los aludidos levantaron las cabezas al unísono de las pantallas de sus respectivos ordenadores y saludaron a los recién llegados.

—Buenos días —dijo el hombre.

—Encantados de conocerte —añadió la mujer.

—Espero que te guste la nueva sede. Es un lugar fabuloso, a nosotros nos parece…

—… un pequeño y anticuado paraíso…

—… por el silencio…

—… y la luminosidad.

—Aunque no sabemos en qué estado se halla la estructura.

—Y puede que se desplome sobre nuestras cabezas de un momento a otro.

—Lo que respondería a la cuestión que me has planteado sobre lo asequible del alquiler —se regocijó el tío Bruno sin dar importancia a lo escalofriante que resultaba que dos adultos tan similares se completasen las frases el uno al otro—. ¿Cómo va la corrección del Trollope navideño?

—Falta un poco —dijo la mujer.

—A punto de terminar —contestó el hombre.

—Excelente, excelente —sonrió el editor mientras se frotaba las manos como en una parodia del señor Burns de *Los Simpson* ante la consecución de uno de sus maquiavélicos planes.

Se despidieron de los correctores y deshicieron los pasos en dirección a la planta baja. Al cruzar por delante de la puerta abierta del despacho de sir Blackstone a Beatriz le pareció que aunque el traductor escondía la cara detrás de un libro, su cuerpo se convulsionaba en un ataque de risa ahogada. No recordaba que *Oliver Twist* fuese tan divertido.

—Tío Bruno —interpeló al editor mientras bajaban las escaleras—. ¿Quién es Pérez y quién es Pedraza?

—Pérez es el corrector ortotipográfico y de taller y cosas técnicas y muy aburridas, el que se pelea con los maquetadores, los diseñadores y algo terrible que se llama «los ferros». Y Pedraza se encarga de la corrección de estilo. O al revés. Uno de ellos es ligeramente más optimista que el otro, pero hace mucho tiempo que se me olvidó quién era quién. Solemos referirnos a ellos como Pyp.

—¿Por el personaje de *Grandes esperanzas*?

—Por sus iniciales —el tío Bruno la miró con extrañeza—: pe y pe. Pyp. Utilizar la palabra esperanza en la misma frase que Pyp sería poco realista incluso para alguien que se gana la vida con la ficción.

—¿Y no has notado nada asombroso en ese par?

—¿Además de sus malos augurios? Que no te inquieten, suelen vaticinar que se nos vendrá encima el edificio o un meteorito o los jinetes del Apocalipsis a toda carrera cada miércoles por la tarde.

—Hoy es jueves por la mañana.

—¿Tan pronto? —se sorprendió—. Son eficientes y las ediciones llegan a las librerías casi sin erratas, pero no me parecen tan asombrosos como para temer que el Cirque du Soleil les ofrezca un contrato mejor que el mío.

—Se terminan las frases el uno al otro y se parecen mucho.

—¿Como gemelos?

—Como *Los niños del Brasil*.

Beatriz se perdió el comentario final del tío Bruno porque a esas alturas de la conversación ya habían bajado y subido las escaleras correspondientes y se habían detenido en el umbral de la biblioteca. A la periodista, que quizá había heredado más de la imaginación de su tío de lo que estaba dispuesta a admitir, no le costaba percibir aquel lugar como el principesco salón que podría haber sido mucho antes de su paso por las manos de la congregación religiosa, mucho antes de las restricciones de la dictadura o de los delirios escenográficos del nieto de los Masriera. En un tiempo en el que la familia daba fiestas y bailes cuando la noche caía al otro lado de las ventanas con capiteles de arcos ojivales, aquellas pulidas columnas de frisos de hojas de acanto y el suelo de bellísimos motivos modernistas habrían brillado bajo la iluminación de las lámparas de techo versallescas. Aunque el tío Bruno no había podido reparar el deteriorado suelo, ni recomponer los pedazos de estuco desaparecidos de la ornamentación, ni restaurar el antiguo blanco de las paredes bajo los jirones de tela desgarrada, los agentes municipales tampoco habían limpiado y frotado toda la mampostería con el suficiente brío. Pero aun con el brillo original empañado, algo en aquella habitación todavía recordaba al palacio encantado que cada noche cobraba vida con el eco de las parejas de baile deslizándose al son de un vals antiguo como el tiempo.

No se apreciaba rastro de los muebles originales, tal vez porque ya no quedaba ninguno cuando el tío Bruno había llegado o porque dormían arrinconados bajo las sábanas que había visto al entrar en la naos, contra las paredes del teatro. En su lugar, el editor había colocado estanterías nuevas de madera, altas hasta rozar los techos, cubriendo tres de los cuatro lados del salón, dejando el resto del espacio vacío, con sus suelos desnudos y sus ecos de pies danzantes. Había escogido muebles ligeros aunque resistentes, porque no podía agujerear los tabiques para instalar sistemas de sujeción, de un color oscuro rojizo que contrastaba con la claridad del resto de la estancia. La luz de esa mañana de principios de octubre que entraba por los ventanales de media pared destacaba los colores vivos de los lomos de los libros de la editorial y arrancaba reflejos de cerezas maduras a los anaqueles que los anidaban.

Todo en aquel salón convertido en biblioteca hubiera resultado agradable y normal, incluso acogedor pese a su majestuosidad y a los pasos de vals fantasmales, si no hubiese sido por el inmenso roble que invadía alrededor de media habitación. Hundía sus raíces en el patio interior de tierra, pero había crecido salvaje, indómito y exagerado, tan pegado a la pared norte que sus gruesas ramas habían reventado los cristales del ventanal. Con el tiempo, había encontrado su lugar dentro de la mansión, enseñoreándose del gran salón, medrando a sus anchas sin complejo ni medida. Casi la mitad del sorprendente árbol se erguía orgullosa con sus hojas dentadas todavía verdes y sus bellotas maduras en la biblioteca. Desde las ramas más altas, una pareja de cuervos no le quitaba ojo al pobre Piper.

—Sé lo que estás pensando —dijo el tío Bruno acercándose a las estanterías lindantes con las rotundas ramas leñosas del gigante arbóreo—. Que todavía hay espacio para mi biblioteca personal, pero si la traigo aquí...

—Hay un árbol dentro de la biblioteca. Un árbol de verdad —añadió cuando su tío se la quedó mirando con pintas de sentirse desconcertado.

—¿Eso es lo que te han enseñado tantos años de periodismo? ¿A decir obviedades? —preguntó un poco molesto por la interrupción.

—Quería asegurarme de que tú también lo veías.

—Es un roble. El hogar de Hugin y Munin.

—¿Les has puesto nombre a los cuervos?

—Pensamiento y Memoria, como los cuervos de Odín.

—Pero ¿qué pasa cuando llueve?

—Se resguardan en la biblioteca.

—Me refiero a tus libros, tío Bruno —aclaró Beatriz con paciencia—. Entiendo que es imposible cortar la mitad del roble sin matarlo, pero respetar el árbol te deja sin cristales en esta parte de la biblioteca.

—En Barcelona no llueve casi nunca y, si te fijas, el roble es tan tupido que apenas entraría el agua. Por si acaso, he mantenido vacía la estantería más cercana a esa parte del salón, aunque ahora temo que los cuervos la ocupen cuando se aproxime el invierno.

—Parecen cómodos en su árbol.

—Por fortuna —asintió el editor—. No soportaría que se instalasen en esos estantes; los tengo por orden alfabético y pertenecen a las letras de la T a la Z.

—Y cuervo empieza por C —concluyó Beatriz. Al tío Bruno había que quererle como era: un intransigente de la clasificación bibliotecaria.

—He hecho café —les gritó Carter desde el ala derecha—. Os he dejado un par de tazas y algunas galletas en el despacho de Bruno, sobre la pila de los manuscritos de autoras pelirrojas acusadas de brujería.

La agreste presencia del roble, como un inmenso ladrón atrapado a horcajadas mientras entra por la ventana, no desentonaba con aquella atmósfera de arte sin domesticar por muy extraño que resultase. Todo era de una belleza inquietante, asilvestrada, evocadora de otros tiempos, que debería mostrarse decadente y triste en memoria de un pasado esplendoroso perdido para siempre, pero que se tornaba extrañamente optimista y prometedora bajo la luz de ese principio otoñal. Beatriz abandonó de mala gana la biblioteca; le hubiese gustado inspeccionar los estantes, los títulos de los libros, pero la sorpresa del árbol dominando la estancia la había dejado paralizada por el asombro y ahora su tío, quizá por la promesa del café y las galletas, tenía prisa por volver al despacho.

El editor recorrió su laberinto particular de manuscritos con la soltura que da la costumbre y despejó un par de sillas para que pudiesen tomarse el refrigerio de media mañana, sentados al escritorio menos atestado, mientras le contaba un poco más sobre el equipo de limpieza que le había enviado el Ajuntament y sobre las últimas semanas de la mudanza. Pese a que debían de ser casi las doce del mediodía y todavía hacía calor en la ciudad, el interior del Taller Masriera se mantenía fresco. Cuando Piper se recostó sobre sus pies, calzados con sandalias, notó el contraste de la calidez de su pelaje. A veces la vida era tan sencilla como detenerse unos minutos, sentarse un momento entre montañas de historias extraordinarias todavía por descubrir, disfrutando del aroma del café recién hecho y de las galletas de mantequilla, con un perro sobre los pies y en compañía de un editor entusiasta de Tolkien y temeroso de los rayos. Tan simple como esos pequeños instantes fabulosos, fugaces, de felicidad, que pasaban inadvertidos cuando se padecía la desdicha de no saber ver.

—Me voy a Nueva Zelanda —le soltó el tío Bruno sacándola de su agradable ensoñación.

—¿De vacaciones?

—¿No has escuchado nada de lo que te he dicho? Por las hadas de Wellington, por supuesto.

—Me da miedo preguntar si te refieres a la capital del país o al duque.

—Porque hacerlo por las hadas sería de cobardes.

—Lo siento, tío Bruno, me he despistado. ¿Por qué te vas a Nueva Zelanda?

—¿Has leído alguna vez *Guía del club del té para viajeros de los páramos escoceses*, de Siobhan Larraby? Es un ensayo sobre las tormentas en la campiña escocesa que siempre me ha fascinado —le explicó sin esperar la respuesta—. En una de sus notas a pie de página menciona el *Codex Pluviae*, de Hildegarde Cathasach, un tratado medieval sobre el clima del sur de Europa y su incidencia en el folclore feérico. Lo he buscado incansablemente. En las escasas ocasiones en las que he tenido dinero, incluso he encargado investigaciones a detectives bibliográficos…

—Eso no existe.

—Lee a Jasper Fforde y verás como sí. No me interrumpas, ¿acaso se te ocurre algo mejor que hacer que estar en este lugar fabuloso tomando café y escuchando a tu viejo tío? Sé que no encuentras trabajo.

—Has hablado con mi madre.

—No me mires así, a mí me ha parecido lo mejor que te ha pasado nunca desde que decidiste releer *Drácula* de Bram Stoker.

—He intentado decírtelo antes, tío Bruno.

—No voy a preguntarte tus razones…

—Gracias.

—… porque me las imagino.

Beatriz estaba segura de que la imaginación de su tío no se acercaba ni remotamente a sus razones, pero no lo contradijo. Prefería su reacción optimista a los aspavientos dramáticos de su madre, que le había vaticinado el fin del mundo conocido tras una larguísima perorata sobre la irresponsabilidad, la pereza y el sinsentido de la vida en cuanto se había enterado de que quizá no volvería a concertar más entrevistas laborales durante unos meses.

—Tal vez me tome un tiempo para decidir a qué me quiero dedicar.

Se calló que empezaba a poderle el desánimo de las entrevistas en serie y la crueldad de los entrevistadores. Que la directora de Ollivander & Fuchs hubiese sido amable con ella solo había conseguido desconcertarla todavía más.

—Pero, cariño —la riñó con suavidad el tío Bruno—, eso no es necesario. Sé exactamente a lo que te vas a dedicar.

—Pues es un alivio que alguien en esta habitación lo sepa.

Piper levantó una oreja, decidió que la pulla no iba con él, la volvió a agachar y siguió acicalándose el pelaje de sus patas delanteras.

—Como te decía, me voy a Nueva Zelanda unos meses, tras la pista del *Codex Pluviae* —continuó el tío Bruno—; por fin tengo información fiable y todo apunta a que lo encontraré en alguna librería de viejo o en una colección particular de Wellington (me refiero a la capital del país, no al duque). Mientras esté fuera, tú supervisarás Dalia Ediciones.

—Es una broma.

—Es necesario. Alguien tiene que publicar a los cinco autores vivos que escogí la pasada primavera.

Jardines secretos

—Un amigo al que quería mucho se cree muy importante y ha pasado de mí. Me ha sustituido por una cohorte de aduladores mediocres, un ego creciente y un cactus lophophora.

—Querida botánica, no te quedes donde no te quieren. No eres responsable de la megalomanía y la deslealtad de otras personas, ni siquiera de aquellas a las que aprecias. Si tu amigo ha tenido éxito y te menosprecia, o no lo ha tenido pero igualmente se le ha subido a la cabeza, quizá no era tan buena persona como parecía. Excepto por el cactus lophophora, por supuesto, a esa tentación habría cedido cualquiera.

ÁNGELA G. TORRES,
Consejos para insomnes

Pese a que al tío Bruno no le importaba tener la mitad de un enorme roble en lugar de ventanas porque pensaba que en Barcelona no llovía casi nunca, aquel fue el octubre más lluvioso que se recordaba en la ciudad desde hacía décadas. El termómetro por fin había bajado y a Beatriz le parecía que podía oler el otoño a la vuelta de cada esquina. Anhelaba las tardes cortas de noviembre, cuando la *castanyera* instalaba su fuego en la Plaça Comerç y envolvía a los transeúntes en el cálido aroma de las castañas asadas con la misma amable firmeza con la que echaba una paletada al cucurucho de papel encerado y lo cerraba, rauda, antes de entregarlo al feliz comprador. Beatriz pertenecía a ese otoño, al de la tierra mojada por las lluvias cortas, al de los cielos grises y luminosos, al de las castañas asadas, al de las hojas marrones, rojas y azafranadas crujiendo durante sus largos paseos por una ciudad más amable, sabiendo que al volver la esperaba una taza de chocolate caliente arropada entre las mantas suaves de su terraza. Mientras caminaba por las calles todavía perfumadas por los naranjos de su barrio, bajo el paraguas, la regocijaba la certeza de que apenas faltaban unas semanas para sentirse por fin en casa.

Piper había resultado ser un compañero tranquilo y fácil de

contentar, siempre que le cocinase albóndigas con arroz una vez a la semana, lo acompañase a pasear tres veces al día, pese a la lluvia, y disimulase que no percibía que se había convertido en su sombra. Acompasaba su trote al tranquilo paso de su humana en la calle, dormía a los pies de la cama y montaba guardia en la puerta del baño hasta que Beatriz salía. La adoptante novata llamaba a Marta casi a diario con dudas sobre la alimentación y el cuidado de Piper, porque el perro tenía la extraña costumbre de no contestar ninguna de sus preguntas más que con una mirada de adoración u otra de desconcierto, dependiendo del cariz de la cuestión que se le planteaba. La veterinaria no le daba importancia a sus preocupaciones.

—Lo estás haciendo bien —le aseguraba.

—¿Cómo lo sabes?

—Porque los dos seguís vivos y de una sola pieza.

—¿Y si lo estoy traumatizando para el resto de su vida? ¿Y si nunca más vuelve a ser un perro normal?

—Define normal.

—Pues no sé, sin ansiedad.

—No conozco a ninguna persona normal, ¿por qué los perros habrían de serlo?

—Duerme un montón de horas.

—Buena señal, está relajado y a gusto contigo.

—Huye de los otros perros cuando salimos a pasear.

—¿Tú socializas con todas las personas con las que te cruzas por la calle?

—Pero hablamos de un perro, no de una persona.

—Todos los mamíferos somos más o menos iguales.

—Ni siquiera es un primate, no creo que nos asemejemos tanto.

—Amor, comida, descanso. Ahora mismo parecéis idénticos. Deja de lloriquear. ¿Sigues haciendo entrevistas de trabajo?

Fue a lo largo de aquellos días de lluvia, después de que el tío Bruno alterara su paz mental con su absurda propuesta, cuando decidió que iba a concederse algo que había deseado durante largo tiempo. Vació de muebles el salón, los embutió como pudo en el antiguo dormitorio de Marta, pintó las paredes de un suave color melocotón y compró un montón de estanterías en IKEA, una butaca cómoda con su reposapiés a juego, una alfombra peluda de color rosa palo, una lámpara y una mesita para el té con cajones que planeaba llenar hasta los topes de marcapáginas y regaliz rojo. Hacía tanto que no se dedicaba al noble arte de la lectura por placer que ni siquiera tuvo la tentación de devolver la televisión o el sofá al salón una vez que hubo terminado su pequeña rebelión decorativa. Puede que la mitad de las baldas de sus flamantes estanterías estuviesen vacías, pero eso era algo a lo que pensaba poner remedio durante los próximos meses. Esperaba pasar las mañanas más frías del invierno leyendo a la luz natural que entraba a raudales por las ventanas y las largas tardes de lluvia, a la luz de su lámpara mientras tomaba té y mordisqueaba galletas de avena y chocolate. El resto del tiempo lo dedicaría a vivir sin prisas, charlar con Piper y dar largos paseos por la ciudad.

De pequeña, su padre la llevaba a pasear por Las Ramblas

casi todas las mañanas de domingo. Salían del metro en la parada de Drassanes de la línea 3 y se paraban apenas unos segundos para compartir ese juego de ubicar el mar que tanto les gustaba y que, años después, Beatriz seguiría practicando de manera inconsciente cada vez que emergía a la superficie: una leve inclinación de la acera (hacia arriba, montaña, hacia abajo, mar), un soplo de brisa más fresca o menos húmeda, las calles perpendiculares del Plan Cerdà, el corte de la Diagonal al norte o al sur de su posición... Barcelona se convertía en una brújula sin trampas, con montañas al noroeste y el mar al este, en la que los días de cielos limpios uno podía encontrar las leves notas de pino o de salitre esperando a la salida de una boca de metro incluso antes de reconocer el nombre de la calle o de la plaza y saber siempre dónde quedaban los límites naturales. Entre mar y montaña, la ciudad se tendía al sol, ajena a cualquier otro punto cardinal.

A Beatriz le gustaba la palabra *obaga*, en catalán, que hacía referencia a la ladera de la montaña que recibía menos horas de sol, en contraposición al *solell*, que en el hemisferio norte marcaba el sur. Las aprendió en el colegio y las había compartido con su padre durante sus domingos de infancia, cuando salían del metro, adivinaban su posición, daban la espalda a la estatua de Colón y caminaban, flanqueados por los quioscos de flores, hasta la Font de Canaletes. Temprano, para evitar las aglomeraciones, aunque por entonces la ciudad —que pronto sería invadida por los rebaños turísticos de los cruceros, las despedidas de soltero, las borracheras de fin de semana, los obsesos de las rutas modernistas, o las *troupes* de las chanclas y los nudistas urbanos— todavía pertenecía a quienes la habitaban.

No hablaban mucho, o al menos Beatriz así lo recordaba, no se le ocurría qué podían tener en común una colegiala aplicada y un contable con ganas de jubilarse para irse a vivir a un pequeño pueblo costero. Quizá charlaban de lo que les había ocurrido durante la semana —como el descubrimiento del *solell* y la *obaga*— o se reían con cariño de las normas inflexibles de la madre y esposa. Pero lo más probable es que anduviesen en silencio, señalando de vez en cuando algo o a alguien que les llamaba la atención. Como las señoras tristes de la rambla de Santa Mónica, las estatuas vivientes, la cartelera del Liceu, los jóvenes ojerosos con su cortado y su cruasán humeantes en el Café de les Arts tras la bohemia de los sábados por la noche, las primeras dalias y peonías que la temporada traía a los quioscos… Flanqueaban Plaça Catalunya por el este y se adentraban por Portal de l'Àngel hasta la catedral de la Santa Creu i Santa Eulàlia. A Beatriz le parecía la basílica más bella de todas. Incluso muchos años después, cuando ya había viajado por la Toscana y había caído rendida al encanto renacentista italiano de Santa Maria del Fiore o del luminoso Duomo de Siena, seguía enamorada de las agujas y los arcos ojivales de la arquitectura gótica de la sede del arzobispado de su ciudad.

Recordaba los desayunos de domingo en las chocolaterías del carrer Petritxol; el aperitivo en la Plaça del Pi; la música y el canto resonante que se escapaba por las puertas entreabiertas de Santa Maria del Pi; el silencio adoquinado del barrio gótico; la vuelta al hormiguero de Las Ramblas; el salpicar furioso de las fuentes de Plaça Catalunya; las farolas de Passeig de Gràcia y sus losetas de Gaudí, extrañas, tan complicadas en comparación con los *panots*, las baldosas de hormigón cuadradas, de veinte centímetros de lado, decoradas con la rosa de Barcelona que el arquitecto modernista Josep Puig i Cadafalch diseñó para la casa Amatller y que más tarde también se usarían para pavimentar las calles hasta volverse emblemáticas. Su ciudad le parecía un laberinto extraño y maravilloso, con lugares secretos que nunca se terminaban: caminabas durante años por las mismas calles y no te dabas cuenta de que allí, a través de la rendija entre dos viejos edificios, se entreveía un jardín secreto y fabuloso como una pequeña isla entre el gris terrible. Beatriz recordaba la primera vez que había visto las columnas del templo de Augusto, encajadas en el interior del Centro Excursionista, como si se hubiesen materializado procedentes del pasado en un oscuro patio medieval. O la vez que necesitó un respiro, tras recorrer el Mercat de la Boqueria en hora punta, porque se había agobiado con los pisotones y empujones de los turistas, y su padre la hizo atravesar el vestíbulo de un pequeño hotel para aparecer en un corazón verde de puro silencio donde no había nadie más que ellos. Era el Jardín de la Casa Ignacio de Puig y databa de 1861, seguramente parte de la geografía del país adonde Alicia fue a parar cuando cayó por la madriguera del Conejo Blanco. Su preferido, seguido muy de cerca por el solemne silencio del claustro de la parroquia de Santa Ana, también escondido al margen de Las Ramblas.

Los años pasaron raudos y Beatriz perdió esa costumbre de ir al centro los domingos, o cualquier otro día. La masificación era tal que evitaba esas calles y lugares, consciente de que le habían arrebatado el privilegio de disfrutarlas con calma, poco dispuesta a aventurarse por ellas a menos que no tuviese alternativa. Despacio, le había ido floreciendo un deseo de soledad buscada, de anhelo de silencio, que resultaba incompatible con el ruido y la masificación de los barrios más concurridos de su ciudad.

Había llovido durante toda la noche, y aunque le tentaba quedarse a leer en su acogedor rincón, acurrucada en la butaca nueva, la salud de Piper y el temor de caer en el desánimo la empujaron a salir de paseo. Barcelona parecía nueva y brillante después de la lluvia, con el rojo refulgente de sus autobuses y los primeros amarillos y naranjas de sus parques. Sus recuerdos de infancia la guiaban por los jardines y pasajes secretos de la ciudad, con un perro gigante y un desasosiego creciente. Resultaron ser rincones mágicos a salvo del paso del tiempo, pero también una invitación a la melancolía. Ese primer viernes de octubre, a medida que caminaba con Piper en dirección montaña, por entre el ritmo ajetreado de una mañana laboral, le parecía que todos los demás tenían vidas más interesantes que la suya. Excepto, quizá, aquel anciano sentado en uno de los bancos de la Plaça d'en Joanic que daba de comer a las palomas. Apresuró el paso dejando atrás la plaza, los pájaros y a los demás transeúntes con una vida social y un trabajo apasionantes y tomó la calle de El Escorial hasta la discreta entrada de lo que en otro siglo fue el patio interior de un convento. El Jardí del Silenci, en el barrio de Gràcia, salvado por los vecinos de convertirse en un aparcamiento de seis plantas, era una de esas islas secretas que había aprendido a dibujar con su padre.

Sentada en un murete blanco, bajo un arco de lilas mustias, rodeada por las glicinias centenarias que la ocultaban del mundo en el corazón del jardín, sintió la primera punzada de soledad. La invadió una tristeza tan profunda que le sorprendió que las hojas no se marchitaran a su paso. Respiró a fondo el perfume de las glicinias agonizantes y entrecerró los ojos para entregarse al juego de luces que enredaba entre las ramas, pues el sol asomaba de nuevo sobre las copas de castaños y plataneros. Hasta que la sobresaltó el timbre del móvil.

—Beatriz, soy Silvia Durán, de Ollivander & Fuchs. Siento comunicarle que he descartado su candidatura para mi equipo de creativos.

Tal vez por lo inesperado o porque no le había ocurrido nunca antes, la conmovió que una empresa la informase sobre su exclusión de un proceso de selección.

—Gracias por llamarme —tartamudeó.

Piper la miró con sus ojos bondadosos y puso sus patas delanteras sobre sus rodillas, esperando. Casi sin darse cuenta de lo que hacía, Beatriz lo abrazó por vez primera. El pequeño jardín la envolvía con su petricor y nada en el mundo daba más consuelo que el amor incondicional de un perro gigante al que no le importaba cuántos fracasos laborales la persiguieran.

—El último trimestre del año, con la incertidumbre de las cuentas del próximo, no es buen momento para contratar personal —continuó la directora de Ollivander—. Aunque me preguntaba si, en unos meses, estaría dispuesta a repetir su entrevista.

—Tal vez...

—Llámeme después de Navidades —la interrumpió— y dígame si ha encontrado su historia. Me encantaría escucharla.

—¿Qué le hace pensar que seré capaz de hacerlo mejor?

Pero, como sucedía con las grandes cuestiones de la vida, que rara vez ofrecían una repuesta concreta, la publicista le planteó otra pregunta:

—¿Por qué duda de su capacidad?

Beatriz se separó de Piper y se puso en pie. Dio unos pasos erráticos bajo las lilas moribundas y respiró a fondo el olor de la lavanda recién florecida en los márgenes del jardín.

—¿Cuánto tiempo hace que no va a una entrevista de empleo? —preguntó con voz un poco temblorosa, que fue ganando seguridad a medida que exponía su situación—. Buscar trabajo es el trabajo más desagradable que existe. Los entrevistadores parecen empeñados en hacer sufrir a los candidatos, en humillarlos como si fuesen una especie de insectos repugnantes por el solo hecho de estar en paro o de desear mejorar su salario o sus condiciones laborales. Creo que las empresas ofrecen primas por cada candidato al que sus expertos en selección de personal hacen llorar o sentirse la criatura más miserable del planeta cuando salen de la entrevista. Usted no sabe de qué le hablo porque es amable y educada, me ha explicado exactamente qué busca en mí y el otro día, en su oficina, me miraba como si estuviese viendo a un ser humano y no a un bicho horrible desempleado.

Se detuvo para tomar aliento y se mordió el labio inferior, temerosa de haberse excedido con la única persona que había sido atenta con ella, sin contar a Marta ni al tío Bruno, desde que se había quedado en paro casi seis meses atrás.

—Sé a qué se refiere —dijo Silvia Durán con serenidad—. Lo malo siempre resulta más fácil de creer.

—Cuando dudas de ti misma, cuando te falta seguridad, las cosas espantosas que dicen o insinúan sobre ti todos esos entrevistadores… te las crees. Asumes que son ciertas. Que eres una fracasada sin trabajo, una inútil a la que han despedido, un desecho de la sociedad capitalista, una estúpida con pretensiones… Y no solo esos ridículos psicólogos de recursos humanos, o esos jefes y jefas empoderados a fuerza de pisotear y ningunear a sus empleados. Al final te miras al espejo y empiezas a verte exactamente así, como ellos quieren que te veas. Como si no tener trabajo fuese algo vergonzoso. Y no lo digo por usted —se apresuró a añadir—, que es estupenda; tan estupenda que ahora mismo está al otro lado del teléfono escuchando un montón de quejas de alguien que ni siquiera tiene derecho a quejarse.

—Todos tenemos derecho a quejarnos, porque todos tenemos derecho a reconocer lo que va mal en nuestra vida.

Antes de cambiar aquello que nos molesta, necesitamos identificarlo. Pero esos entrevistadores y jefes de los que habla… debería pararse un momento a pensar que lo único que hacen es proyectar en usted sus miedos y prejuicios reprimidos.

Beatriz prefirió callarse que ya se sabía esa lección, la de que debería aprender a creer en sí misma, escucharse, aceptarse y reconocerse con sus propios defectos y no con los de los demás. Que la definición de fracaso no tenía nada que ver con la falta de vocación o con el cierre de un negocio, ni con la maldad ni la carencia de empatía o compasión de las gentes desalmadas de recursos humanos.

—Intuyo que ya ha empezado a creer en usted. —La directora interrumpió sus pensamientos—. Solo que no me parece que esté disfrutando de lo bonito que resulta el camino.

—¿Qué camino? —preguntó rodeada de silencio, de senderos blancos de grava húmeda, del rumor de las ramas moviéndose despacio con los primeros vientos de otoño. Cerca, sin perderla de vista ni un solo instante, Piper olisqueaba unos arbustos con desconfianza.

—¿Acaso importa mientras no se olvide de admirar las vistas?

—Me recuerda usted a mi tío Bruno. Él también habla como un romántico.

—Somos una especie en extinción —suspiró la publicista.

—La semana pasada me pidió que dirigiera una editorial en su ausencia.

—Parece una buena oportunidad.

—Piensa eso porque no conoce a mi tío.

—Beatriz —dijo de repente—, ¿cómo comienzan todas las historias? Las buenas historias —añadió con énfasis.

—Érase una vez…

—… un editor que confió en su sobrina. Además, querida, ¿tiene algo mejor que hacer? ¿No querrá seguir presentándose a todas esas entrevistas espantosas?

Pensó en la ausencia de Marta y en la compañía de Piper, en su nueva sala de estar sin televisor, en la biblioteca de la editorial, con su roble gigante habitado por una pareja de cuervos, en el discreto encanto de sir Blackstone y en la oferta descabellada de su tío Bruno y en cómo no había sabido decirle que no, porque no soportaba decepcionarlo, y le había dado largas con un «lo consideraré». Pensó en la bendición de la lluvia después del tórrido verano, en la ciudad de sus recuerdos de infancia, en su rutina aprendida en aquellos últimos días y en las notas oscuras, lúgubres y maravillosas del chelo de su inquilina cuando tocaba *Love song for a vampire*. Pensó en sus atribuladas quejas, en qué invertiría las horas a partir de entonces, en que no quería vivir solamente para trabajar. Pensó en que todavía tenía al otro lado del teléfono a la directora de una de las empresas de publicidad más prestigiosas de Europa y estaba haciéndole perder su valioso tiempo.

—Gracias.

—Salga ahí fuera y busque su historia, Beatriz Valerio Bennet. Y no se olvide de llamarme cuando la haya encontrado.

Tres balas para Jimmy Carruthers

No siempre que quieres puedes. No todos contamos con las mismas oportunidades y no solo en lo que se refiere a la situación socioeconómica o al lugar del planeta en el que se ha nacido; existen otros factores como la salud, mental o física, y las capacidades de comunicación y empatía de cada persona, su escala de valores y su egolatría. Desconfía de aquellos que han triunfado y creen que solo se debe a su talento y a su esfuerzo; por cada uno de esos existen mil personas con un talento, conocimiento y disciplina superiores que no han triunfado porque no disponían de los contactos y el capital necesarios o no estaban en el lugar correcto en el momento preciso o no caían simpáticos o eran demasiado introvertidos o modestos o íntegros para venderse mejor. Pocas veces triunfa el más talentoso, el más sabio o el más trabajador sino el que mejor sabe venderse, adaptarse al sistema, el que tiene mejores oportunidades y le sonríe el azar. Alguien que cree que ha triunfado exclusivamente por méritos propios nunca ayudará a otras personas con peores oportunidades porque está convencido de que no le debe nada a nadie y que los demás son demasiado vagos o tontos para hacer realidad sus sueños.

ÁNGELA G. TORRES,
Consejos para insomnes

Sir Carter Blackstone volvía de ducharse en el gimnasio y pasar por la lavandería, con la ropa limpia en la mochila, el café de la mañana en una mano y un bocadillo de jamón serrano en la otra, cuando las primeras luces del amanecer tiñeron de un gris rosado las altas palmeras tras las que se escondía la soberbia fachada griega del Taller Masriera. Los días de colada prefería salir cuando todavía estaba oscuro fuera y las calles seguían desiertas un par de horas más. Al igual que Beatriz, detestaba la sobrepoblación de la ciudad, el ruido y la suciedad; aunque, a diferencia de la periodista, paseaba por la naturaleza en lugar de por el inclemente asfalto. Los fines de semana solía coger un tren hacia el norte, hasta los bosques umbríos del Montseny, a menudo bajo una extraña maldición de inclemencias meteorológicas. Le sorprendía que una de las ciudades más europeas y cosmopolitas del continente tuviese unas infraestructuras ferroviarias tan desastrosas: sin estación de AVE y con una catenaria de cercanías tan deteriorada y envejecida que mantenía a sus viajeros, desde hacía más de quince años, en un bucle infinito de esperas, retrasos y el limbo de las averías fantásticas. «Sabes que eres catalán cuando has esperado una hora y media un tren de cercanías más de dos veces en la misma semana», le había dicho una vez un revisor. A Carter, que se consideraba un apátrida, le pareció entrañable sentirse parte de esa comunidad de viajeros frustrados.

Había conocido a Bruno Bennet en Inglaterra, en una librería de Oxford, durante un seminario sobre edición y traducción al que se había apuntado por desesperación. Desde que había sido investido con el título de sir por Su Majestad Isabel II, deseaba huir de Londres a toda costa. Atrás quedaba su licenciatura en Traducción e Interpretación por la Universidad de Lowood —en la que había invertido toda la herencia de sus padres—, el armario ropero alquilado en New Cross que se anunciaba como apartamento de una sola habitación ideal para estudiantes, y todos los amigos que primero lo vilipendiaron y después lo abandonaron a su suerte. Cuando Bruno entabló conversación con él, en español, en una de las pausas para el té del seminario de Oxford, Carter llevaba dos noches durmiendo al raso, en un banco del parque del jardín botánico, jugando al gato y al ratón con el vigilante nocturno. Había invertido las pocas libras que le quedaban en aquella librería oxoniense, pero lo peor de su situación es que empezaba a rendirse. Estaba cansado de batirse en duelo en busca de una justicia que había resultado serle tan esquiva.

Durante un tiempo, Carter pensó que Bruno le había ofrecido trabajo y un lugar donde quedarse impelido por un impulso de su excéntrica personalidad. No fue hasta meses después, ya en Barcelona, trabajando codo con codo con el editor novel, cuando había tenido la oportunidad de conocerlo mejor y había entendido que Bennet, además de excéntrico, era generoso, honrado y bondadoso y que le resultaba muy difícil permanecer de brazos cruzados si le pedían ayuda. No es que Carter se la hubiese pedido explícitamente en aquel seminario de Oxford, pero su situación era tan desesperada que imaginó que, incluso para alguien tan despistado como el editor, quedó de manifiesto que el joven sir Blackstone la necesitaba.

De sus últimos vestigios de vida en Londres se llevó el título de sir, el temor a constar en alguna residencia más o menos permanente y el cansancio existencial; solo este último se fue diluyendo hasta desaparecer entre paseos por el bosque mediterráneo, las primeras traducciones de clásicos ingleses y una nueva vida a salvo de la anterior, resguardada en el sosiego del anonimato. Casi veinte años después, Carter se había obligado a olvidar su vida inglesa a fuerza de no contársela a nadie, aunque sospechaba que precisamente esa reserva había sido la pieza clave que había terminado desgastando todas sus relaciones personales: cuando llegaba el momento de abrirse a la otra persona, de contribuir con sinceridad a la sinceridad recibida, sir Blackstone prefería batirse en retirada antes que abrir viejas heridas o exponerse a la opinión terrible de alguien en quien había empezado a confiar; por la naturaleza noble del traductor, mentir quedaba descartado. Por lo que sir Carter Blackstone podía asegurar, en honor a la verdad, que se había roto el corazón a sí mismo al menos dos veces y media, hasta que decidió retirarse definitivamente al interior de su caparazón de tortuga indomable y renunciar al amor. Solo su amistad con Bruno se mantuvo incólume a lo largo de todo aquel tiempo, pues el editor, todavía consciente de los cadáveres apestosos que había dejado tras de sí en su carrera de abogado, jamás se habría atrevido a preguntar por los fantasmas de los demás.

Mientras abría la verja a pie de calle de la mansión Masriera, con las primeras luces del amanecer de octubre, la brisa matutina le hizo llegar el tenue perfume de los limoneros y lo asaltó el pensamiento de que todo estaba a punto de cambiar. Aunque Carter nunca había sido un hombre de intuición ni de presagios, la sensación lo dominó con tanta claridad que tuvo que recitar las primeras líneas de *Macbeth* para quitárselo de la cabeza. Con brujas o sin ellas, decidió que el cielo estaba lo suficientemente gris como para que mereciese la pena quedarse a desayunar en el jardín. De vuelta al exterior sin la mochila, con su termo y su bocadillo, se sentó al amparo de la única higuera, acomodado en el mobiliario antiguo que había salvado del abandono: una mesita baja decorada con flores pintadas sobre un fondo blanco y dos sillas desparejadas con su tapizado pardo por el desgaste de otro siglo. El otoño se anunciaba en los dedos fríos de la incipiente mañana y se respiraba bien. Consultaba las noticias en la pantalla del móvil cuando le entró la llamada de Bruno Bennet.

—¿Ya estás en Wellington?

—Instalado en el hotel —le confirmó el editor—. El último vuelo desde Berlín se me ha hecho tan largo que estaba convencido de que el piloto se había pasado de largo Nueva Zelanda. ¿Qué día es?

—Lunes. Pero acuérdate de que vas diez horas por delante de nosotros.

—Se me olvidará —aceptó con humildad—. ¿Qué tal le está yendo a mi sobrina? Le he dejado una lista con instrucciones en el escritorio de mi portátil. ¿Ya se ha instalado?

—Es lunes, pero apenas son las ocho de la mañana. Y se te ha olvidado avisarme de que Beatriz había aceptado tu oferta.

—Siempre has sido un hombre de poca fe.

—De ninguna.

—Échale una mano. Sobre todo con las fechas de entrada a imprenta; no podemos incumplirlas o nos meterán en la lista negra.

—Bruno, ¿por qué te has ido a Nueva Zelanda? Eres el dueño de la editorial, no necesitabas ninguna excusa para tomarte vacaciones.

—Ya te lo he dicho, quiero el *Codex pluviae*. Hace muchos años que lo deseo.

—No me lo creo.

—Mi querido Carter, eso es lo que está roto en ti.

—¿Mi incapacidad para creerme tus locas historias?

—Tu indiferencia por la aventura.

Sir Blackstone, que lo conocía bien tras años de compartir oficina y había aprendido a tolerar la vena romántica del editor, le recomendó que descansase. Terminó de desayunar y, con su pragmatismo acostumbrado, subió a echarle un ojo al despacho de su amigo por si, por algún extraño milagro, Bruno se hubiese acordado de dejarle un hueco a su sobrina. No lo había hecho. Desde el umbral de la estancia abarrotada, Carter observó los tres escritorios hasta los topes al final de laberínticos pasillos de manuscritos ordenados en peculiares categorías y decidió que aquel lugar seguía siendo incompatible con cualquiera que no tuviese la personalidad de Sombrerero Loco de Bruno Bennet.

Cuando a las nueve en punto, en mangas de camisa y despeinado, se dispuso a abrir la verja de la mansión para Beatriz lo embargaba una energía casi contagiosa. Bajo un gran paraguas oscuro que ensombrecía su expresión, con la melena castaña suelta, ondulada por la humedad, un largo vestido de algodón azul marino, unas sandalias empapadas y Piper cosido a su pierna derecha, la sobrina del editor se le antojó recién salida de otro tiempo; como una musa perdida a punto de volver a casa cuando el Taller Masriera todavía era un lugar fabuloso, academia de las artes y de la luz. Consciente de que estaba mirándola embobado como si padeciese vértigo transtemporal, Carter intentó olvidarse de *Por no mencionar al perro* y le dio la bienvenida mientras se cuestionaba qué demonios le habían puesto en el café aquella mañana. Beatriz lo había saludado con un buenos días, comentó algo sobre la lluvia y le hizo una pregunta con sus hermosos ojos castaños perdidos en… Blackstone cerró los suyos con fuerza y se llevó la mano al puente de la nariz procurando concentrarse.

—Ya ha llegado a Wellington —contestó con alivio al caer en la cuenta de que le había preguntado por su tío.

Bajo la cubierta del porche, Piper, con una consideración extraordinaria para tratarse de un perro enorme con carencia de afecto, se había retirado unos pasos para sacudirse con brío la lluvia del pelaje mientras Beatriz cerraba el paraguas y lo dejaba al pie de uno de los limoneros, cerca de la escalinata de entrada, antes de seguir al traductor al interior.

—Hablé con él hace un par de días, le dije que empezaría este lunes —se extrañó la musa de pies mojados retomando la conversación.

—No es nada personal, hacía mucho que había comprado el billete de avión.

Carter se detuvo en mitad del pasillo que separaba el escenario de las butacas del teatro de la naos y se giró para mirarla a los ojos mientras hablaban, consciente de que debía mantener la guardia para parecer una persona más o menos funcional en lugar de un arrobado poeta victoriano. La claraboya cenital repiqueteaba bajo la lluvia y derramaba una luz grisácea que lo tornaba todo blanco y negro. El tiempo parecía haberse detenido en el interior de la mansión, solo que en la fecha equivocada.

—Deseaba que aceptases. —La voz de Carter sonó grave al pie del escenario. Se había quedado plantado como si, al igual que el tiempo, también dudase de su capacidad para moverse en presencia de la musa retornada—. Pero no tenía manera de saber si lo harías. Dice que eres perseverante como un Bennet.

Carter pronunció el apellido familiar a la inglesa, como siempre había hecho, con esa reminiscencia literaria al gran

Arnold Bennett o a la Elizabeth de Austen, pese a que Bruno le había mostrado lo distinto que sonaba en aquella ciudad mediterránea.

—Contaba contigo para editar los libros —comprendió Beatriz.

A sir Blackstone le pareció que aquella mañana olía a lavanda recién cortada y a nuevos comienzos. Su media sonrisa rompió el hechizo de inmovilidad que los tenía prisioneros y el traductor ya se había vuelto para seguir adelante cuando los rubios correctores editoriales, que también se habían sincronizado para llegar tarde a la vez, los sobrepasaron con prisas en dirección a la recepción.

—Buenos días, aunque…

—… no son precisamente buenos —saludaron al unísono Pérez y Pedraza sin detenerse.

—Desapacibles, diría.

—Otoñales, añadiría.

Se giraron al llegar al mostrador de recepción, todavía sin rastro de la chica del pelo violeta, se despidieron de Beatriz y de Carter con un grave asentimiento de cabeza, y desaparecieron escaleras arriba, hacia su despacho, con una inquietante y perfecta sincronía.

—Me siento como en una película de Wes Anderson —dijo Beatriz.

—Bienvenida a Dalia Ediciones. Te he preparado un rincón en la biblioteca.

—¿Con los cuervos?

—Eran los cuervos o perderte entre la selva de manuscritos, polvo, tazas de café y restos de a saber qué más del despacho de tu tío.

—Me pareció escuchar al Minotauro cuando la semana pasada entré en ese laberinto de papel —bromeó la periodista mientras subían las escaleras—. Aunque en las novelas de misterio clásico, el cadáver siempre se halla en la biblioteca.

—Por suerte, esto no lo es —dijo Carter deteniéndose junto a la puerta para que ella entrase primero.

—¿Una biblioteca?

—Una novela clásica de misterio.

El traductor había vaciado uno de los tres escritorios de Bruno, dejando en el suelo, en precario equilibrio, las pilas de manuscritos correspondientes a las categorías de AUTORES DEL SIGLO XIX, AUTORES QUE PENSABAN QUE EL SIGLO XIX ERA EL SIGLO PASADO y NEW WOMEN VICTORIANAS, y lo había trasladado hasta el rincón de la biblioteca más alejado del roble y sus negros inquilinos. Le añadió un par de sillas más o menos ergonómicas, un flexo, un perchero y una cajonera vacía que había encontrado en recepción. Cediendo a un extraño capricho de última hora había dejado, en un jarrón sobre el escritorio, unas flores silvestres que había recogido del jardín justo antes de que empezase a llover. Resultaba un rincón acogedor y amable, junto a las estanterías de los clásicos de Dalia y una ventana enmarcada por la hiedra trepadora.

—Mrs. Poe… —la invitó con un gesto a tomar posesión de la que acababa de convertirse en su mesa de trabajo.

—Es perfecto, Carter, muchas gracias —le sonrió.

A sir Blackstone le pareció que quizá se había excedido con el detalle de las flores y se preguntó, con el rítmico repiqueteo de la lluvia en los cristales de fondo, si el romanticismo de Bruno sería contagioso. Como si los dioses hubiesen recordado los temores del editor, el cielo tronó con ganas. Asombrosamente, Piper, que había encontrado acomodo bajo las ramas del hermoso roble, apenas prestó atención al estruendo. No le desagradaba ni la tormenta ni Hugin y Munin, y los cuervos aceptaron sin aspavientos la compañía del perro. Cuando Beatriz y Carter lo comentaron en voz alta, Piper les lanzó una mirada que al traductor se le antojó burlona antes de volver a descansar la cabezota sobre sus patas delanteras.

—Agobardo de Lyon —le dijo señalando el portátil—. La contraseña —aclaró—. Estaré en mi despacho, por si me necesitas. O por si hallas algún cadáver.

—¿Y el fantasma?

—Solo hace de las suyas los jueves por la noche.

Se marchó con el aroma de la lavanda rondándole el pensamiento, antes de sucumbir al extraño hechizo de la mirada franca y terrible de la musa descalza que amenazaba con borrar de un plumazo su sentido común pese a que lo único inusual que había hecho hasta el momento era deshacerse de las sandalias mojadas.

Beatriz y Piper se quedaron solos en la biblioteca, con las flores, el roble gigante, dos cuervos, unas sandalias empapadas en el alféizar de la ventana y la sensación de sentirse a salvo de la tormenta. En la suave penumbra, rota por el cálido cerco de la luz del flexo alrededor de la mesa, era difícil no distraerse con los lomos de colores aterciopelados de los clásicos que quedaban tan cerca. El tío Bruno había traducido la obra más peculiar y menos apreciada de Charles Dickens, *Barnaby Rudge*, una novela histórica ambientada en los Gordon Riots, los disturbios anticatólicos de Londres de 1780 contra la Ley de Papistas. De entre todos los títulos que había publicado Dalia, era el favorito de su editor, probablemente porque fue de los primeros del catálogo, porque había resultado ser un *long seller* que necesitaba reimpresión cada cinco años y porque el tío Bruno pensaba que hasta que uno no publicaba a Dickens no podía considerarse editor.

Junto al querido Dickens, que encabezaba el apartado de los clásicos porque el tío Bruno había hecho una excepción al orden alfabético, se desplegaban el resto de los tesoros de la editorial: *El aire inglés*, de Dorothy Emily Stevenson; *Libros y personas*, de Arnold Bennett; *Solteras indignadas*, de Winifred Boggs; la colección de misterio de Georgette Heyer; *Vinieron las lluvias*, de Louis Bromfield; *El almanaque del doctor Thackery T. Lambshead de dolencias excéntricas y desacreditadas*, recogido por el doctor Anófeles Calamar Trindade… Los títulos se sucedían tentadores con las letras doradas de la tipografía emblema de Dalia sobre fondos de colores intensos. Pensó en pedir algunos ejemplares para llevárselos a casa, le echó una última mirada a Piper para asegurarse de que estaba bien y se concentró en los archivos del portátil de su tío. Se lo imaginó redactando la asombrosa lista de instrucciones que le había dejado con media sonrisa en los labios y la certeza de que aquella era una invitación para que su única y preferida sobrina pusiese el primer pie en el sendero de baldosas amarillas.

Si bien el catálogo de autores muertos del tío Bruno abarcaba un elegante y delicado elenco de interesantes escritores de reconocida y excelente prosa, Beatriz no estaba segura de qué pensar sobre el gusto literario de su tío en relación a autores vivos. Lo único acertado que podía decirse de la mayoría de ellos es que no habían publicado con anterioridad, excepto un tal R. S. Rodríguez, un reincidente cuyas obras encabezaban la lista de los libros más donados por Dalia Ediciones a los centros cívicos de la ciudad. Muy pocos contaban con algo parecido a un agente literario y su huella en internet era una miscelánea extraña de autobombo y conmovedora ingenuidad.

Beatriz abandonó el escritorio y buscó por los estantes de la biblioteca todas esas novelas y ensayos de autores vivos y esperanzas frustradas que había publicado su tío. El editor los había colocado a una distancia prudencial del roble, en el mismo orden alfabético que seguían los clásicos. Beatriz se acercó, todavía descalza, con los pies fríos sobre las baldosas antiguas, sin hacer ruido para no molestar la siesta de Piper ni de sus nuevos amigos, a leer los lomos de colores cálidos: *Doce tenedores para una trucha*, *Guía para merendar en los verdes prados de la Atlántida*, *Una mañana en el Sheldonian*, *Equipaje para viajar al Oxford de la reina Victoria*, *Anoche soñé que volvía a Pemberley*… Títulos fabulosos y fantásticos que, para su preocupación, le espoleaban la curiosidad. Repasó con la punta de los dedos el lomo de uno de los títulos, *Treinta de febrero*. Se le ocurrió que el tío Bruno era un cazador de rarezas literarias invendibles, de escritores evanescentes y páginas huérfanas. En cuanto a autores vivos se refería, Dalia era el hogar de miss Peregrine para libros peculiares.

Había vuelto a la relativa seguridad de sentarse frente al portátil de su tío cuando sir Carter Blackstone, con dos tazas de té y su tímida sonrisa de bibliotecario (no de bibliotecario malvado como los que luchaban contra Alcatraz, sino de bibliotecario de la Bodleiana, inteligente y apuesto que se levanta al amanecer para remar y pasa el resto del día entre libros), la salvó de caer en el desánimo.

—No sé por dónde empezar. Pero, por favor, no me digas que por el principio —se quejó Beatriz tras agradecerle la taza de Earl Grey.

—Me confundes con tu tío, Mrs. Poe. Yo jamás te contestaría semejante barbaridad.

—¿Has visto la lista de instrucciones que me ha dejado? Mira —dijo girando el portátil para facilitarle el acceso a la pantalla.

Carter se sentó en la otra silla y se puso las gafas para leer. Ahora sí que parecía un bibliotecario sexy que venía de remar.

R. S. Rodríguez. Contrato firmado y manuscrito entregado. En manos de Pyp. Es la segunda entrega de una trilogía western, ver anterior. Jaca.

A. G. Torres. Ir en persona a recoger el manuscrito y conseguir que firme el contrato. Es, posiblemente, el caso más difícil porque quizá no quiera publicar y la última vez que hablamos se había arrepentido de la promesa que me hizo. Barcelona.

T. H. Wraxford. Cena el 20 de octubre. No faltar. Más editoriales interesadas. Que te acompañe Carter. Barcelona.

M. Ogilvy. No cree en el correo electrónico, pero sí en los duendecillos de Cornualles. Enviará carta con instrucciones porque tampoco confía en los teléfonos. ¿Volar a Inverness para recoger manuscrito? No descartar.

F. F. Fleur. Necesitará mucha corrección por lo que deberías asegurarte de que llegue pronto a la traductora de francés y después a Pyp. París.

Carter la leyó un par de veces más, salió de la biblioteca pidiéndole que esperase un momento, y volvió empujando una gran pizarra blanca sobre ruedas que encaró hacia el escritorio de Beatriz. Dibujó una tabla de cinco por cinco casillas y rellenó la primera columna con los nombres de los autores en letra grande y clara. El resto de las columnas las encabezó con diferentes ítems que fue explicando a medida que anotaba cifras y pormenores.

—Estas son las fechas que tenemos pactadas con la imprenta para entrar en máquinas —señaló con el rotulador azul cuando hubo terminado su tabla— y son inamovibles. Como los diseños y la estampación de la cubierta para cada uno de los cinco libros ya están en marcha, y con los últimos cambios aprobados por Bruno, creo que puedo apretar a los diseñadores para que nos los entreguen con rapidez en cuanto confirmemos los títulos. Eso nos permite a nosotros decidir el orden de publicación de los manuscritos.

—¿El tío Bruno no tiene un catálogo de novedades? —preguntó Beatriz atenta a la pizarra.

—Lo tiene, pero casi nunca lo cumple.

—Debe de ser el preferido de los libreros.

—Tengo la sensación de que aporta algo de incertidumbre a sus vidas, sí.

—Tampoco el contenido que postea Dalia en redes sociales se acerca mucho más a la realidad.

—Eso lo lleva una agencia de comunicación.

—¿En Disneyland?

—No intentes buscarle lógica al negocio de tu tío, es imposible. Piensa que tu labor aquí será un oasis en medio de lo desconocido. Propongo —dijo tras echarle otra ojeada a la lista en la pantalla del portátil— que primero vayamos a por los manuscritos más difíciles, el de Torres y el de Wraxford, porque así sabremos qué podemos enviar a imprenta antes de que se termine el año.

—Según las fechas de impresión que has anotado, saldrán dos libros este año, sin contar algo que está marcado como *Trollope navideño*, y tres entre enero y febrero del año que viene.

—Eso es. Olvida el Trollope, Bruno lo ha dejado ya todo atado y bien atado. Nosotros concentrémonos en que este año lleguen a las librerías las novelas de Rodríguez (Pyp me

ha dicho que la está revisando) y la de Torres o la de Wraxford, que no necesitan traducción.

»Louisa, la traductora de francés, ya está con Fleur, y yo
traduciré a Ogilvy en cuanto consigamos el manuscrito, que
supongo que será en noviembre, tras solucionar lo de Torres
y/o Wraxford. ¿Qué te parece si vamos a por Torres primero?
Busca su teléfono o el de su agente en la base de datos de Bruno, concierta una entrevista e intentemos que nos entregue el
manuscrito. Tu tío tiene buen instinto respecto a los autores
indecisos, así que mejor tratar el asunto de Torres en persona,
tal y como nos indica en sus instrucciones.

—Me están empezando a sudar las manos.

—Te diría que le pidieras ayuda a Sonia, la telefonista,
pero tiene problemas con el idioma.

—¿Con qué idioma?

—Con cualquiera que hable un ser humano. Antes contá-
bamos con otra recepcionista, estudiante de Filología. Era
muy amable y se ofreció a ayudar a Bruno con el papeleo. Él
jura que se marchó porque terminó la carrera y la contrata-
ron en Penguin. Pero yo no descartaría que la pobre todavía
anduviese perdida entre las pilas gigantes de manuscritos del
despacho de tu tío.

—Como George de la Jungla.

—Aunque supongo que la habríamos encontrado durante
la mudanza.

—O sus huesos, roídos por el Minotauro.

—Cierto. Avísame cuando hayas agendado la cita con Torres, te acompañaré.

Beatriz consultó la lista de su tío.

—A. G. Torres parece la opción más difícil. ¿Dónde está su contrato?

—Bruno envió los contratos en mayo a cada uno de los autores.

—¿No deberíamos tenerlos de vuelta firmados por los escritores antes de publicar sus obras?

—Como teoría, es muy buena, pero en la práctica…

—No me digas que las copias de los contratos están en el despacho de mi tío.

—Hablaré con él para que nos diga en qué carpeta del portátil están los originales. Pero, por si acaso, redactaré uno nuevo para Torres, con las condiciones habituales de los autores vivos de primavera y lo imprimo para firma. Pásame los datos personales de Torres en cuanto puedas, por favor, y el título de la novela.

Beatriz abrió un par de archivos hasta encontrar lo que le pedía Carter y giró el portátil de nuevo para que el traductor pudiese ver el documento abierto en pantalla.

—«A. G. Torres —leyó en voz alta el traductor—, un solo volumen».

—Parece que mi tío no cree en los títulos.

—Tu tío cree en muchas cosas, pero a menudo me pregunto si alguna de ellas le resulta práctica.

—¿La keraunopatología?

—Suena a enfermedad infecciosa con un alto índice de mortalidad.

—La historia de mi vida.

—No te desanimes, Beatriz —añadió con calidez tras apurar su taza de té atento a la expresión de su interlocutora—, no es tan terrible como parece. Escribiremos «título provisional» en el contrato y ya lo cambiaremos.

—Temo que estas últimas semanas de entrevistas de trabajo han mermado la poca seguridad en mí misma que me quedaba. Me falta esto —dijo mostrando sus dedos índice y pulgar de la mano derecha muy juntos— para creerme la mayor inútil sobre la faz de la tierra. —Tragó el nudo que de pronto le atenazaba la garganta y desvió la mirada a la ventana, más allá de la cortina de lluvia enmarcada por las plantas verdísimas que trepaban por la fachada exterior del edificio—. Lo siento, creo que soy un pozo de desesperanza.

—*Hopeless. Too far gone. Beyond all hope* —pronunció Carter despacio, como reencontrándose con un idioma antiguo y querido—. Más allá de toda esperanza —tradujo en un juego de palabras que no se molestó en explicar—. Hay muchas cosas que me llenan de desesperanza, como los políticos, la declaración de impuestos o Twitter, pero tú no eres una de ellas.

—Eso es porque todavía no me conoces —suspiró Beatriz muy bajito.

—Conozco bien la desesperanza y no se parece en nada a ti.

Fue casi un susurro, pero obró una magia antigua y poderosa que tocó con delicadeza su corazón dormido. Si no hubiese tenido problemas de autoestima, Beatriz habría jurado que aquel par de ojos grises, a menudo escrutadores, la contemplaban con algo parecido a la admiración.

—Disculpad —los interrumpió una de los Pyp entrando en la biblioteca como una suave brisa de invierno en un cementerio—. He empezado con las correcciones del manuscrito de Rodríguez —dijo enseñándoles el portátil que llevaba entre los brazos como si fuese un bebé—, pero es extraño.

Iba vestida de color marrón de la cabeza a los pies y se había recogido el pelo en lo alto de la cabeza con un lápiz, pero en lugar de ofrecer un aspecto elegante y pulcro a Beatriz le seguía resultando inquietante, como si de un momento a otro fuese a convocar a las furias. Carter le preguntó qué era lo que le parecía extraño en la novela de Rodríguez y la correctora se ofreció a leerles el primer párrafo del manuscrito.

—«En realidad, el marciano no solo me había robado las recetas de mi abuela sino que había tenido la insolencia de mejorarlas. Podría haberme tomado las vacaciones que llevaba siete años postergando y dejarlo al frente de mi cocina, pero cuando en invierno le concedieron la primera estrella Michelin fue la gota que colmó el vaso. Desde el momento en el que sonó el teléfono del restaurante con la terrible noticia, estrangular aquel verde cuellecito flacucho hasta que sus ojos violetas se saliesen de las orbitas se convirtió en mi principal propósito vital. Ahora solo me quedaba encontrar una buena coartada que me redimiera de toda sospecha pues el muy maldito se había convertido en el chef de moda y hacerlo desaparecer sin levantar sospechas iba a resultarme más complicado de lo que esperaba. No es que no apreciase su sexy color verde, el contoneo de su trasero cuando se movía por la cocina y lo mucho que me ponían sus tentáculos, pero me había robado mis recetas y la venganza era más fuerte que el deseo».

Cuando Pyp decidió que ya habían escuchado lo suficiente, cerró el portátil y volvió a acunarlo como una niñera eficaz aunque un poquito cruel. Se los quedó mirando como si esperase un aplauso. Beatriz sabía que los gustos de su tío a la hora de escoger manuscritos de autores vivos quedaban más allá de cualquier lógica, por lo que le resultaba complicado descubrir si lo que preocupaba a la correctora era el estilo de Rodríguez o su imaginación truculenta e interplanetaria.

—¿Es un thriller romántico de ciencia ficción? —preguntó con timidez.

—Tal vez.

—¿Es porque Bruno nunca ha publicado un… género tan… pintoresco? —Carter se sumó al juego de las adivinanzas, aunque parecía que le costase aguantarse la risa desde que Pyp había terminado de leer el fragmento de inicio.

—No sabría decirte.

—¿Es porque empieza con «en realidad»? —volvió a preguntar Beatriz.

—Qué expresión tan odiosa —asintió Carter.

—Cada vez que me la encuentro en una novela me entran ganas de tirar el libro por la ventana.

—A saber a qué se refiere ese «en realidad» en un párrafo

que habla sobre el futuro asesinato de un chef marciano sexy. ¿Cuánta realidad puede haber en eso?

Pyp carraspeó impaciente para llamarlos al orden e interrumpió su intercambio de quejas:

—El PDF del manuscrito lleva por título *Otro whisky*.

—¿Crees que es políticamente incorrecto publicar un libro que incite al alcoholismo? —Beatriz pensó que la correctora quería que volviesen a jugar a las adivinanzas.

—Creo —sentenció Pyp con un severo dedo levantado para detener cualquier otra estúpida suposición— que es muy extraño que tratándose de la segunda entrega de la trilogía de un western titulado *Tres balas para Jimmy Carruthers* el texto verse sobre cocineros extraterrestres.

Tras el silencio que siguió a la impactante aclaración de Pyp, Carter fue hasta la estantería de los autores vivos del tío Bruno y volvió a la mesa con el primer tomo de la trilogía de R. Rodríguez: *Duelo a tres pistolas*. Lo hojeó rápidamente mientras Pyp le aseguraba que en ese primer libro lo más exótico que aparecía por el *saloon* del pueblecito de Arizona en el que estaba ambientado era una tortuga, y no tenía ni una sola línea de diálogo ni ningún tentáculo sexy. Carter le cedió su silla a Pyp y propuso hablar con el autor para aclarar el extraño rumbo que había tomado la narración. Beatriz buscó el número de Roberto Rodríguez en el ordenador de su tío y pusieron el móvil en altavoz. El escritor contestó al segundo tono, con toda probabilidad feliz de aceptar la excusa para abandonar momentáneamente la obra maestra en la que estaba trabajando, aunque no pareció muy complacido cuando

Carter se presentó y le expuso la cuestión que los tenía perplejos.

—¿Que yo he escrito qué? —gruñó Rodríguez.

—Lo del cocinero marciano que gana una estrella Michelin. No es que tengamos nada en contra de la ciencia ficción o de la existencia de vida en otros planetas...

—¿Con quién hablas? —se oyó una voz de mujer al otro lado de la línea.

—Con los de la editorial. Dicen que no les gusta la segunda parte de mi trilogía.

—No se trata de eso —protestó Carter.

—Uy, qué exquisitos —replicó la mujer a lo lejos.

—Oiga, Cartón.

—Carter —lo corrigió sir Blackstone—, soy el traductor de Dalia.

—Pues se ha cubierto de gloria: yo escribo en castellano.

—Señor Rodríguez —intervino Beatriz atenta al ceño fruncido de Carter—, soy Beatriz Valerio, la editora de Dalia. Simplemente queremos cerciorarnos de que la segunda entrega de *Tres balas para Jimmy Carruthers* empieza así.

Pyp, siempre rauda y eficaz, abrió su portátil y leyó de nuevo el primer párrafo de la novela en voz alta y clara para que pudiesen escucharla al otro lado del teléfono.

—Pero ¿qué demonios es eso? —gritó Rodríguez antes de que la correctora encarase las dos últimas frases.

—¿Y ahora qué? —se oyó la voz femenina de fondo.

—Se han confundido de manuscrito —aclaró el escritor a su mujer.

—Ya te dije que pasaras de esos y que le enviaras la novela a Ediciones B.

—Y ustedes, ¿no se leen los libros que publican? —volvió a gritar Rodríguez retomando la conversación con sus editores.

—Si no tengo más remedio... —suspiró Carter en voz baja.

—Si hubiesen leído *Duelo a tres pistolas*, que salió publicado el año pasado en su maldita editorial, sabrían perfectamente que escribo western y no esa porquería de cocineros cachondos.

—Sentimos muchísimo la confusión, señor Rodríguez —intervino Beatriz—. Si fuese tan amable de mandarnos el manuscrito de *Otro whisky*...

Mientras el escritor practicaba el noble arte de despotricar, trasteando en su ordenador para volver a enviarles el archivo, se escuchaba de fondo la conversación entre su esposa y una tercera persona que acababa de llegar.

—¿Con quién habla papá?

—Con los editorzuelos esos.

—¿Cuándo sale su segundo libro?

—A este paso, nunca. Mira que le dije que lo intentase en una editorial seria y profesional, como Ediciones B.

—¿No les ha gustado?

—¿Por qué tanto interés?

—No, por nada.

—Eva que te conozco. ¿Por qué te has puesto colorada? Roberto, espera, que me da que los editorzuelos no tienen nada que ver. Eva...

—Por nada. Es una tontería. Es que le hice unos cambios al libro antes de que papá lo enviara.

Al finalizar la conversación telefónica, no sin antes de que Rodríguez se deshiciese en disculpas por el malentendido con un rotundo silencio de fondo en su lado de la línea, Pyp se marchó satisfecha tras comprobar que esta vez sí tenía en su poder el PDF auténtico y definitivo de *Otro whisky*. Fuera había dejado de llover y un tímido sol de mediodía se colaba a través de las plantas trepadoras de las ventanas. Beatriz sonrió aliviada por haber solventado su primera crisis editorial y pensó que, al fin y al cabo, como casi todo en la vida, el sentido común la ayudaría a paliar su falta de experiencia. A menudo, se trataba de prestar atención a los detalles.

—*En realidad* la versión del cocinero marciano tenía posibilidades.

—Te prometo que es la primera vez que nos pasa algo así. —Carter le devolvió la sonrisa—. Has estado fabulosa —añadió.

—Me ha costado mantenerme seria.

—Así es la vida del editor.

—¿Cómo?

—Una tragicomedia.

—El tío Bruno una vez me explicó que la labor de un editor consistía en hacer brillar a otros.

—Bruno es un romántico.

El traductor recogió las tazas de té vacías y empujó la pizarra con sus garabatos diciendo que ya era hora de que volviese a su despacho para trabajar un poco.

—Carter —lo llamó Beatriz cuando estaba a punto de salir de la biblioteca—, me he quedado con ganas de saber cómo continuaba la historia del cocinero marciano sexy.

—Voy a hacer como que no he oído eso.

Consejos para insomnes

—Me da vergüenza almorzar con los otros profesores del claustro. Todos hablan de lo que sus hijos desean estudiar y se les cae la baba. Mi hija de diez años dice que quiere ser física y trabajar en el CERN para crear un agujero negro de antimateria capaz de destruir el mundo y parte del universo.

—Querida profesora de Humanidades, todos hemos deseado alguna vez que estallase la guerra de los mundos para ir con el otro bando. Que levante la mano quien nunca haya pensado que los humanos nos merecemos la extinción. Perdemos la fe de vez en cuando, pero que tu hija sea capaz de expresar su frustración no significa que mañana no opte por salvar a quienes ama, aunque para eso tenga que salvar también el mundo en el que viven. En cada generación, siempre queda algo de esperanza.

ÁNGELA G. TORRES,
Consejos para insomnes

Según la base de datos del tío Bruno, A. G. Torres resultó ser una periodista radiofónica jubilada llamada Ángela García Torres que no tenía agente. Cuando Beatriz la contactó por teléfono, la señora pareció sorprendida, pero fue amable y no dudó en invitarla a pasar por su domicilio, el miércoles de esa misma semana, en cuanto la chica le explicó el motivo de su llamada. Vivía en el sexto piso de un alto bloque de viviendas venidas a menos, en uno de los barrios periféricos de la ciudad. Aunque no parecía un lugar peligroso a la luz del día, Beatriz se fijó en cómo se tensaba Carter cuando salían del taxi y cruzaban la extensión de tierra, fangosa por las lluvias recientes, hasta el edificio. Se preguntó, por su paso atlético y su forma de controlar el perímetro alrededor, si habría sido militar. Sabía que la monarquía británica otorgaba el título de sir a quienes se distinguían en el desempeño de su profesión y con ello honraban a su país y a su reina, pero no estaba segura de que el ejército entrase en esa categoría o tuviese la suya propia, y su tío siempre había asegurado no tener ni idea de por qué Blackstone había obtenido el título pese a habérselo preguntado en varias ocasiones.

—Es un barrio de gente trabajadora, por eso está tan vacío

y desangelado a estas horas —intentó tranquilizarlo Beatriz—. Cosas peores debes de haber visto en Londres.

—Ah, la jubilosa Londres... Cuando me fui, tenía una población de ocho millones de residentes y dos millones vivían por debajo del umbral de la pobreza. El diez por ciento de los londinenses concentraba en sus manos una fortuna superior a los cuatrocientos mil millones de libras, pero el salario mínimo interprofesional no alcanzaba ni las diez libras a la hora. Había barrios en los que la policía no se atrevía a entrar y dejaba que sus vecinos se organizasen a su libre albedrío. Supongo que eso no habrá cambiado.

Quizá no había sido militar, sino asistente social y sus prodigiosos equilibrios con las estadísticas habían curado el insomnio de la reina. Beatriz lo miró de reojo mientras llamaba al interfono, se presentaba y le sostenía la puerta para que pasase. Sir Carter Blackstone seguía encarnando, por encima de todo, un misterio.

—Las grandes ciudades están llenas de contrastes —dijo Beatriz entrando en una portería amplia y oscura que olía a humedad.

—Sobre todo, las menos solidarias.

—¿Por eso te mudaste a Barcelona?

—Vine porque tu tío me contrató para su loco proyecto editorial.

Escogieron el ascensor de la izquierda para subir a la sexta planta. En las distancias cortas, con su traje de profesor de Oxford, su encantador aroma a jabón Yardley y su aire de bibliotecario seductor que practicaba remo al amanecer, Carter resultaba imponente además de misterioso. Beatriz sintió una punzada de algo parecido al anhelo cuando se atrevió a mirarlo a los ojos.

—¿A qué te dedicabas en Inglaterra? —quiso saber intimidada por la proximidad del traductor, aunque todavía sosteniéndole la mirada por influencia de las aguerridas protagonistas de Georgette Heyer.

—Trabajé de camarero algunos turnos en la cantina de la universidad mientras estudiaba allí pero nada más. Mi primer trabajo de verdad fue en Dalia. ¡¿Cuántos años crees que tengo?! —preguntó con el ceño fruncido.

—Apenas conozco nada de ti —se justificó Beatriz—, excepto tu gusto impecable para el té y tu elegante estilo literario. —Se calló lo de que olía bien—. Ayer me llevé a casa tu traducción de *Una fiesta navideña*, de Georgette Heyer.

—Navidad en octubre —sonrió.

—«Y siempre se dijo de él que sabía cómo celebrar la Navidad».

—Qué sexy citar a Dickens —señaló con calidez.

La última frase de Carter, que había elevado cinco grados la temperatura y cien voltios la tensión dentro del ascensor, quedó suspendida entre los dos. En cuanto llegaron a la sexta planta, olvidada cualquier templanza de las protagonistas de Heyer, Beatriz salió en estampida convencida de que alguien debería demandar a Yardley por contribuir a enaltecer el deseo en un planeta dramáticamente superpoblado. Ángela Torres, ajena al encanto de los bibliotecarios remeros de ojos grises, aguardaba en el umbral de su puerta abierta. Aunque Beatriz estaba convencida de que se había percatado de su acaloramiento y de las prisas por salir del ascensor evitando mirarse el uno al otro, no alteró la plácida expresión cuando les dio la bienvenida. La escritora era una mujer alta, de pelo más canoso que rubio, ojos escrutadores tras unas gafas redondas de montura metálica y unos labios que parecían haber perdido la costumbre de arquearse en una sonrisa. Amable pero seria, los invitó a entrar. Sobre la mesa del comedor, los esperaba una cafetera italiana, tres tazas y un plato de galletas con minúsculos puntitos de chocolate. Beatriz, que solía medir el cariño y la empatía de los demás según el chocolate que contuviesen sus invitaciones, pensó que no estaba mal para una primera cita.

Como la anfitriona los había invitado a que fuesen al grano mientras les servía el café, se apresuraron a explicarle por qué estaban allí y qué buscaban obtener de ella. En menos de quince minutos, Ángela les había enviado su manuscrito por correo electrónico desde su portátil y había firmado, tras leerlo con detenimiento mientras Carter ensayaba muecas de horror por lo malo que era el café y Beatriz contenía la risa para que el infame brebaje no se le saliera por la nariz, el contrato impreso con las condiciones de su publicación.

—Falta el título —observó antes de devolverles una de las copias.

Carter aprovechó la ocasión para retirar su taza de café como si contuviese veneno y ponerse en pie dispuesto a salir corriendo en dirección contraria a la taza.

—Si tiene impresora, estaré encantado de añadir el título y cambiar las páginas correspondientes —dijo solícito.

Ángela Torres le señaló el pequeño despacho al otro lado del pasillo y le confirmó que el portátil seguía encendido y conectado a la impresora, a su disposición.

—*Consejos para insomnes* —contestó cuando le preguntaron por el título definitivo.

Por un instante, Beatriz pensó que Carter estaba a punto de hacer un comentario ingenioso sobre el café de pesadilla y el insomnio, pero el traductor pareció pensárselo mejor, cerró la boca y se marchó diligentemente a cambiar *Título provisional* por *Consejos para insomnes* en las páginas del contrato.

—Hace algunos años envié el manuscrito a un montón de editoriales, pero ya había perdido la esperanza —le confesó Ángela a Beatriz cuando se quedaron a solas en el comedor. Se mostraba más animada, se sentaba con la espalda más erguida y su tono de voz era un poco más amable aunque siguiera sin sonreír—. La mayoría ni siquiera me contestó y las pocas editoriales que sí respondieron lo hicieron con una carta de rechazo estándar que no daba demasiadas explicaciones.

Beatriz, que conocía bien esa sensación de menosprecio profesional que iba mermando poco a poco la autoestima de cualquiera, asintió comprensiva. La falta de justificación era cruel: despedir a alguien o negarle una oportunidad sin explicar las razones se convertía en un enorme terreno fértil para que los pensamientos de autocrítica más venenosos creciesen sin medida. Estaba a punto de preguntarle a Torres por la trama de su novela, para alejar el fantasma del fracaso, cuando comprendió que la pregunta sería muy rara en boca de la editora que acababa de ofrecerle un contrato por publicarla.

—Con Dalia Ediciones está en buenas manos —improvisó un poco insegura, de pronto asaltada por la imagen caótica del despacho del tío Bruno, la recepcionista de pelo violeta con complejo de muñeco resorte, el roble invasor y los cuervos de la biblioteca llena de títulos peculiares, y la extraña simetría de los Pyp.

—Conozco la editorial —asintió Ángela Torres, ajena a las inquietudes de la joven—. He leído un par de sus clásicos. Un Kipling y un Gaskell, si no recuerdo mal.

Los clásicos del tío Bruno siempre supondrían una hermosa tierra firme sobre la que construir.

—Usted fue periodista radiofónica —intervino Carter, que regresaba de su incursión a la impresora ordenando los folios de las dos copias del contrato.

Quizá había escuchado ese «conozco la editorial» de la periodista jubilada y por eso se había apresurado a volver y cambiar de tema.

—Dirigía y locutaba un programa nocturno de radio —asintió la interpelada aceptando las páginas que le tendía el traductor—. *Consejos para insomnes.*

—El título que usted me ha indicado —confirmó sir Blackstone.

—No, me refiero al programa de radio. Así se llamaba. Por eso he titulado igual mi obra.

Beatriz y Carter intercambiaron una mirada rápida, pero

guardaron silencio. Se habían lanzado a por el manuscrito de una autora sin saber nada al respecto de este. A esas alturas, la diosa que amparaba a los editores debía de estar fraguando el peor de los castigos ejemplares para ellos.

—Abríamos las líneas telefónicas —continuó Ángela— y los oyentes llamaban para comentar en directo sus inquietudes, sus problemas, sus esperanzas, cómo les iba la noche o qué esperaban del día siguiente. Por entonces yo estaba muy metida en mi papel de Elena Francis y solía darles ánimos y algún que otro consejo. Pero, sobre todo, los escuchaba. Estamos faltos de personas que nos escuchen.

—¿Qué pasó con el programa? —preguntó Carter.

—Continuó hasta que me jubilaron. Veinticinco años en antena.

—Debía de tener una audiencia increíble —dijo Beatriz con admiración.

—No demasiada. Lo bueno es que ocupaba una franja nocturna que el director no sabía con qué llenar. De vez en cuando nos cambiaban de frecuencia o de horario, según las necesidades publicitarias o los criterios de la corporación, pero sobrevivíamos en nuestra franja invisible.

—Pues ha sido fácil —concluyó Beatriz con un sentimiento de alivio mientras volvían a la editorial en taxi.

—¿A pesar del café y de asegurarle que estaba en buenas manos cuando ni siquiera hemos tenido la decencia de leernos su manuscrito?

—El café no era tan malo.

—Dijo Lucrecia Borgia.

—Y el tío Bruno, el verdadero editor, sí que ha leído el manuscrito. Deberíamos confiar en su criterio.

—No voy a comentar nada sobre eso último porque Bruno es quien me paga el sueldo —concluyó Carter—. ¿Quién es Elena Francis?

—¿La inspiración de Ángela Torres? Fue un personaje de ficción que protagonizó un programa de radio, a mediados del siglo pasado, en el que contestaba a las cartas de sus oyentes. Se ha quedado en el imaginario colectivo de los periodistas de este país como metáfora de consejera, pero debió de ser algo espeluznante.

—¿Más espeluznante que el café de Torres?

—Me temo que sí. Piensa que trascurrían los años de la dictadura, la censura del régimen franquista y la manipulación de ideología nacionalcatólica. Y fíjate en lo bien que el programa de Francis se acomodó a sus preceptos para aguantar tantos años en antena. No debía de tener nada de agradable y no quiero ni pensar en los consejos que elaboraba el equipo de guionistas que contestaba a las cartas, la mayoría procedentes de mujeres jóvenes, desamparadas y solas.

—Quizá sí que haya peores cosas que el café de hace un rato.

—Hemos idealizado la radio porque para nuestra generación representa un medio de comunicación viejuno, con mucha historia, un espacio que se ha quedado para la reflexión y la música, que ha perdido su inmediatez; primero en aras de las imágenes en movimiento de la televisión y más tarde en aras de internet. Asociamos ese apearse de la rapidez en la que vivimos como algo positivo y bueno, como algo que nos ayuda a pensar. La magia de la palabra al amparo de la intimidad de nuestro coche, de nuestro hogar o del susurro en el oído a través de los auriculares. Romantizamos la radio y se nos olvida que una vez fue instrumento del poder. De un poder terrible.

Carter asintió. La luz grisácea del atardecer dejaba en penumbra el interior del coche y las sombras jugaban con el perfil del traductor.

—Cuando era pequeño —explicó con una nota de calidez en su atractiva voz—, mi abuelo paterno hablaba casi con nostalgia del momento en el que toda su familia se sentaba en el salón, después de cenar, para escuchar a Winston Churchill en la emisora de la BBC durante los primeros años de la Segunda Guerra Mundial. Inglaterra estaba sola contra los nazis, agotada, bombardeada por el aire y aislada por el mar, con miedo a ser invadida por una fuerza militar jamás vista hasta la fecha en ningún rincón del mundo. Francia se había rendido y Estados Unidos le daba largas a intervenir en un conflicto que consideraba lejano, de otro continente, por las políticas de tradición aislacionista de su gobierno. Mi abuelo decía que escuchar al primer ministro, con su voz estentórea y su mensaje de resistencia, los salvó de rendirse al desánimo. Ya de mayor, cuando se reunía con sus amigos en el club para jugar a las cartas, y escuchaba las quejas de todos esos vejestorios sobre lo mal que iba el país, pensaba en las palabras de Churchill por la radio y en cómo los salvó. Y que ya no habría nadie con aquella voz y aquella fuerza inquebrantable prometiéndoles la supervivencia de todo lo que era bueno en Inglaterra, recordándoles la necesidad de que merecía la pena plantarle cara al mal por muy pequeña que fuese la isla en la que vivían.

—Ya no quedan hombres con el don de otorgar esperanza en los tiempos más oscuros.

—Tal vez no sea el líder, sino el medio. Ya no hay charlas junto al fuego, solo mentiras corriendo muy rápido por internet. Nunca estuvimos mejor comunicados que en este instante y nunca fue tan terrible la desinformación, la duda y la manipulación.

El taxi había dejado atrás la calle Valencia y había girado por Bailén, y Beatriz casi lamentó que se aproximaran con tanta rapidez al Taller Masriera: tenía la sensación de que Carter no estaba acostumbrado a conversar en un registro tan personal y le hubiese gustado quedarse un poco más a su lado, en la intimidad del coche, preguntarle por esos recuerdos de familia. Cuando se giró hacia él descubrió que la observaba y de pronto, tímidos los dos, apartaron la mirada a la vez. Primero el ascensor y ahora el taxi. Beatriz tomó nota de que debería evitar compartir los espacios cerrados y pequeños con sir Blackstone si quería seguir manteniendo la ilusión de que en absoluto le había impresionado aquel hombre de ojos grises.

—¿Qué crees que le ha pasado a Torres? —preguntó Carter disimulando el momento de torpeza—. Tuvo un programa de éxito durante muchos años y mira dónde vive ahora.

—No sé cuánto crees que nos pagan a los periodistas...

—¿Lo suficiente como para vivir en un barrio en el que no te dé miedo salir por la noche a tirar la basura?

—Tal vez —dijo pensando en sus tiempos de becaria.

Beatriz regresó a casa al atardecer, se preparó un plato de espaguetis con tomate y queso y subió a la terraza. Cenó bajo la pérgola, con el manuscrito de Ángela Torres descargado en la tablet y Piper medio adormilado a sus pies tras haber dado buena cuenta de su propia cena. Comió mientras leía, con la melodía de fondo de una versión para chelo de *Heathens*, de Twenty One Pilots.

El primer programa de *Consejos para insomnes* estuvo a punto de no emitirse. Sergio, el director, había convocado al equipo a las nueve de la noche, una hora antes de entrar en antena en directo, pero en la pecera solo estaba yo, una periodista de mediana edad que tras una larga trayectoria como redactora en la radio había sido exiliada a la franja nocturna. Lo llamábamos el expreso de medianoche porque cuando te embarcabas en él desaparecías rápido y sin paradas.

Las cifras del reloj digital de la pecera se sucedían implacables y nadie sabía decirme dónde estaba Sergio, mi compañero locutor o el guionista. Repasé el guion, las cuñas publicitarias y las entradillas, aunque me lo sabía todo de memoria. A las diez menos cuarto, desesperada, me dirigí hasta control, expuse mi caso y se quedaron mirándome con cara de no entender de qué les estaba hablando. A menos cinco me enviaron un técnico con el mensaje de que no veían mucha diferencia entre emitir el programa o pinchar música clásica hasta el amanecer. La decisión dependía de mí. Le pasé la escaleta al técnico, le expliqué lo que me dio tiempo y entré en antena tropezándome con las palabras e inventándome sin querer el nombre del programa. El título original era *La hora de los insomnes* y estaba pensado para dos locutores. Pero solo quedaba yo y, con los nervios del estreno y la desazón del abandono, cambié algunas cosas sobre la marcha. De repente, allí sola en la pecera insonorizada y en penumbra, imaginé qué estaría pasando fuera. Las calles despejándose del tráfico, con los colores cambiantes de los semáforos reflejándose en el acero y el cristal de los edificios, en las lunas de los autobuses rojos… Por entonces, la ciudad todavía no se había hundido en la oscuridad de Gotham por las noches, a fuerza de aplicar, hasta las últimas consecuencias, las políticas de ahorro energético que otras urbes preferían ignorar. La noche lo salpicaba todo de tinta, pero también de destellos brillantes. Salían a trabajar quienes retomaban el relevo diurno para mantener con vida la hermosa población mediterránea. Abrí el programa rememorando en voz alta la anécdota de una médico de urgencias que justo a aquella hora empezaría su guardia en los extraordinarios pabellones del hospital de la Santa Creu i Sant Pau, declarado patrimonio mundial de la UNESCO, con sus agujas neogóticas fantásticas suavizadas por las cúpulas y los motivos del trencadís, obra del genio Lluís Domènech i Montaner, con las líneas modernistas de una época tan fabulosa que marcó para siempre la belleza más nostálgica de la ciudad.

A medianoche, el repiqueteo de la lluvia sobre la pérgola tomó el relevo de la música de fondo cuando la inquilina guardó el chelo y salió de casa bajo su paraguas negro. Beatriz recogió los restos de la cena, se puso el pijama, se lavó los dientes y siguió leyendo en la cama, con Piper roncando suavemente a su lado.

The Mount Victoria Forest Library

Habíamos sido buenas amigas durante años, apoyándonos en los malos momentos y brindando por los buenos. Hasta que dejó de contestar mis mensajes, de acudir a nuestras citas con cualquier excusa, de agradecer los pequeños detalles. Me excluyó de su vida sin ninguna explicación. La palabra exclusión tiene mucho de rechazo y el rechazo deja heridas profundas. Ahí estaba yo, a las dos de la madrugada, ignorada sin explicación por una de mis mejores amigas, dando consejos sobre la aceptación y el amor propio a la bibliotecaria encantadora que había llamado al programa. Llevaba cinco años en antena y los oyentes se dirigían a mí como si fuese el oráculo de Delfos. Pero me sentía como un juguete viejo del que se hubiesen cansado. Y creía que era por mi culpa.

ÁNGELA G. TORRES,
Consejos para insomnes

Bruno Bennet se detuvo frente al escaparate de Trevillés Bookshop, en la calle Elizabeth, con los pies doloridos y el cansancio rondándole las articulaciones. Había llegado al barrio de Mount Victoria caminando desde su hotel, pero no era capaz de encontrar la librería de segunda mano adonde lo había remitido el último librero al que había preguntado por el *Codex pluviae*. En su lugar, acabó topándose con aquella tienda de rótulo de madera tallada: TREVILLÉS BOOKSHOP. Era un nombre muy extraño para ser neozelandés, aunque su escaparate se veía abarrotado de clásicos y autores locales. Seguía allí plantado cuando coincidió con la mirada curiosa, al otro lado del cristal, de la librera más guapa que había visto nunca.

—Buenos días —lo saludó la joven en español, en cuanto Bruno se atrevió a traspasar el umbral de su librería.

—¿Cómo ha sabido…

—Por la guía de viajes que lleva en la mano. Está en castellano.

—Bruno Bennet, editor de Dalia Ediciones —se presentó estrechándole la mano.

—Abril Bravo, librera.

—Estamos lejos de casa —dijo el editor.

—Pero justo donde queremos estar —sonrió ella.

Al tío Bruno le pareció la excelente clase de persona que le hubiese gustado invitar a una merienda de no cumpleaños. Pese al cansancio que lo rondaba, se asió a la certeza de que siempre habría esperanza mientras las jóvenes libreras todavía leyesen a Lewis Carroll.

—Estoy tratando de localizar una librería de viejo, la Mount Victoria Forest Bookshop, si no me equivoco —dijo intentando parecer más o menos normal para no asustarla.

—Nunca he oído hablar de ella, pero no llevo mucho en la ciudad. Quizá puedan ayudarle un poco más adelante, siguiendo esta misma calle, en el mercado.

—Gracias —asintió Bruno con tal desánimo que las violetas junto a la caja registradora dejaron caer un par de hojas—. Estoy buscando un libro antiguo. Todas las pistas sobre su paradero me han traído hasta Wellington, pero a medida que se suceden los días, me abruma la sensación de que jamás lo encontraré. Y es muy extraño porque, en mi ciudad, me creía inasequible al desaliento.

—Lo siento, no trabajo con ediciones antiguas. Pero, como por desgracia conozco bien esa sensación de la que me habla, déjeme ofrecerle una taza de té y una porción de bizcocho de limón recién hecho.

—Es usted muy amable, aunque debería irme —rechazó su invitación con la sospecha de que la librera tenía el don de leer sus pensamientos sobre las meriendas de no cumpleaños.

—Quédese un ratito y cuénteme más de ese libro. Me parece que necesita un respiro y a mí se me da fenomenal escuchar.

—Es curioso —sonrió el editor—, no me había dado cuenta de lo cansado que estaba hasta que no he llegado a esta ciudad.

—A menudo, nos creemos invencibles. Hasta que nos detenemos un breve instante y el peso de la verdad nos aplasta.

—Es usted muy sabia para ser tan joven.

—Una vez me atropelló la vida.

—Me ha recordado a mi sobrina, debe de tener más o menos su edad.

—¿También la arrastró la marea?

—No. Todo lo contrario. Ni siquiera ha puesto un pie en el agua. Se mantiene en la orilla, como si se hubiese olvidado de nadar.

—Querida, he tomado el té con la librera más encantadora de Nueva Zelanda.

—Tío Bruno, aquí son las tres.

—¿Echando una siesta?

—Las tres de la madrugada —recalcó Beatriz tras consultar la pantalla digital del despertador sobre su mesilla de noche.

—He tomado el té con Abril y me ha contado un montón de curiosidades sobre Trevillés, un pueblecito de los Pirineos.

—¿Has encontrado tu libro?

—No, pero me he dado cuenta de que necesito un respiro.

Cuando te pones a ordenar, aquí arriba, en la azotea, salen cajas que ni siquiera sabías que tenías.

Beatriz bostezó y se imaginó a su tío dándose golpecitos en la sien con ese gesto tan característico suyo de prestidigitador que está a punto de sacarse un conejo de la chistera.

—¿Y todo eso lo has descubierto tomando el té con Alicia? —le preguntó intentando mantener los ojos abiertos y disimulando otro bostezo.

—Abril.

—Estamos en octubre. Eso no lo cambia ningún huso horario.

—La librera encantadora se llama Abril, no Alicia —aclaró el tío Bruno con un deje de impaciencia en la voz—. ¿Cómo va por Dalia?

—Hoy o mañana…

—*Mañana y mañana y mañana…* —declamó con su mejor acento shakespeariano.

—… asistiré con Carter a la cena de Wraxford, en Diagonal Mar —continuó Beatriz sin hacer caso del inicio de la cita de *Macbeth* de su tío—. Te mandaré un correo explicándotelo todo después. Y el manuscrito de Torres ya está en manos de Pyp, será el primero que enviemos a imprenta. Tío Bruno, ¿tú lo has leído entero?

—Por supuesto, por eso lo escogí. ¿Por qué me lo preguntas?

—No sé, porque no me parece nada de tu estilo.

—¿Porque es brillante y excéntrico?

—Porque es entrañable y divertido.

—Yo soy entrañable y divertido —protestó el editor.

—Pero los libros de tus autores vivos, no. Me quedé casi toda la noche despierta leyendo el manuscrito de Torres, me cautivó. Me gustaría decírselo.

—¿Firmó el contrato? Pues entonces déjala tranquila. Qué generación tan extraña la vuestra, sobrina, con esa obsesión por hacerles saber a los escritores qué opináis de sus obras. Ah, el veneno de las redes sociales —exclamó poniéndose dramático como si estuviese en Dunsinane en lugar de en un hotel de cinco estrellas de Wellington.

—Tío Bruno, sé de buena tinta que a ti te encantaría sentarte a tomar el té con Tolkien para comentar por qué los elfos de la Tierra Media son insoportablemente pijos.

—Te equivocas, los elfos no son pijos.

—Pero te gustaría hablar con el profesor Tolkien sobre su obra.

—Tal vez —admitió a regañadientes—. Pero no para darle mi opinión, sino para hacerle algunas preguntas.

—¿Algunas?

—Medio millón.

—El manuscrito de Torres no es un clásico, pero conmueve por su sencillez y porque va directo a lo que comprendemos, a lo que alguna vez hemos sentido. Te desarma con su empatía, te invita a sentirte parte de la humanidad, si es que eso guarda alguna lógica.

—Me alegra que te esté gustando tu trabajo.

—Tengo la sensación de que no estoy aportando nada. Carter y los Pyp lo hacen casi todo. Y tú escogiste los títulos.

—Los caminos de un editor son misteriosos.

—Incluso Sonia es más útil que yo.

—¿Quién es Sonia?

—Tu telefonista.

—Tal vez no deberías haberme llamado a estas horas para hablar de mi telefonista.

—Me has llamado tú. Y te recuerdo que son las tres. De la madrugada. De algún día de octubre del que ahora no estoy segura. ¿Has descubierto algo nuevo de tu libro?

—Todavía no. Pero le hablé a Abril sobre el *Codex pluviae* y me dijo que, las noches de luna nueva, la Asociación de Meteorología de Wellington se reúne en el observatorio del bosque de Mount Victoria por un seminario de no sé qué. Como la suya es la librería más cercana al observatorio del bosque, suelen encargar y comprar allí sus libros especializados en climatología y fenómenos naturales. Me ha pasado los datos de contacto de la asociación, así que voy a tirar de ese hilo.

—Eso es lo que más me gusta de ti, tío Bruno, tu incapacidad para rendirte.

—Se llama esperanza, Beatriz.

Más allá de su preocupación por la keraunopatología, el tío Bruno poseía escasos conocimientos sobre el cielo y un despiste crónico sobre las fases de la luna que hubiese sido la ruina de cualquier agricultor. Pero como, para su fortuna, el trabajo de un editor no requería conocimientos lunáticos más allá de la excepción de publicar algún libro sobre licantropía, su plácida existencia trascurría sin la necesidad de saber cuándo demonios sería la próxima luna nueva. Por lo que decidió que resultaría más práctico visitar la Asociación de Meteorología de Wellington en su sede en vez de esperar a que tuviese lugar su reunión mensual, cosa que, según sus cálculos, podría suceder en tres días o en veinticuatro. No solía ser práctico con asiduidad, pero de vez en cuando, como en el caso que le ocupaba, pensaba que la ocasión lo merecía. Tras una rápida búsqueda en Google descubrió que la Asociación de Meteorología se reunía en el observatorio de Mount Victoria las noches de luna nueva porque tenía sus oficinas junto a dicho observatorio.

—Qué poca imaginación —murmuró el tío Bruno sintiéndose un poco menos práctico y astuto de lo que se había sentido momentos antes de la visita a la web.

El bosque de Mount Victoria, que en el mapa rodeaba como una isla verde el alto promontorio sobre el que se alzaba el observatorio astronómico de Wellington, resultó ser un paraíso para excursionistas: senderos complicados, sencillos, embarrados, polvorientos, con poca o mucha inclinación, transitado por animales salvajes, encantado por seres sobrenaturales, asaltado por bandoleros y guías turísticos o invadido por setas y gnomos de jardín fugados. La mayoría transcurrían sinuosos bajo las copas altísimas de los kauri (las coníferas gigantes oriundas de Nueva Zelanda, también llamadas *Agathis australis*) y arropados por el mahoe, la monstera y toda una prolijidad vegetal de etimología desconocida para el editor. Puesto que preguntar por el camino adecuado era cosa de cobardes, Bruno escogió uno de los senderos de pendiente pronunciada siguiendo la lógica de que subiría con rapidez hasta la cima de la colina. Se perdió con tan buena fortuna que solo tardó media hora en localizar el observatorio. Una torre sencilla de piedra clara, muy similar a la Torre de Hércules, flanqueada por dos edificios bajos pintados del mismo amarillo pálido. Uno de ellos albergaba las oficinas de la Asociación de Meteorología de Wellington.

En cuanto el tío Bruno entró en el reducido vestíbulo de la Asociación, salió a atenderle una neozelandesa rubia, con una media melena recogida en una pulcra coleta baja y una mirada verde como el bosque del que el editor acababa de emerger. Resultaba tan atractiva que, para recuperar el habla y comportarse como si estuviese delante de otro ser humano y no de Afrodita, Bruno tuvo que concentrarse en la posibilidad de que fuese descendiente de unos desagradables asesinos desdentados ingleses que cumplieron condena en la isla.

—Bruno Bennet, editor —se presentó pronunciando su apellido a la inglesa como hacía siempre que viajaba.

—Charlotte Turner, meteoróloga. ¿De dónde viene? —preguntó con un aterciopelado acento neozelandés la probable descendiente de asesinos con escorbuto.

—Del otro lado de ese endemoniado sendero.

Cuando la diosa rubia se rio, su atractivo se intensificó tanto que Bruno se vio obligado a recordarse que, en el caso de que no procediese de una larga dinastía de psicópatas ingleses, también podría descender de unos codiciosos y viles buscadores de oro norteamericanos llegados a las islas a mediados del siglo XIX.

—Ah, se refiere a qué parte del mundo —cayó en la cuenta el atribulado editor. La sonrisa de aquella mujer lo distraía.

—Es por las estadísticas —se excusó la meteoróloga con una amabilidad del todo incompatible con el carácter de sus supuestos antepasados—. La oficina de turismo me obliga a apuntar la nacionalidad de quienes nos visitan.

—Estoy buscando un libro.

—¿En lo alto de una colina en medio de un bosque?

—El *Codex pluviae*. Es un tratado medieval sobre el clima sureño y…

—… su relación con los seres mágicos.

—Folclore feérico —corrigió Bruno sorprendido—. ¿Lo conoce?

—Su autora es Hildegarde Cathasach.

Cada vez que aquella maldita meteoróloga descendiente de asesinos y/o de buscadores de oro sin escrúpulos hablaba, el interés de Bruno se multiplicaba. Un par de frases más y no tardaría en sucumbir a su terrible encanto neozelandés. No solo era deslumbrante sino que además conocía el *Codex pluviae*. El editor tragó saliva con cierta dificultad, consciente de que estaba cansado, sediento y un poco avergonzado por sus pintas de explorador literario y decidió confesarle a la desconocida todo lo que sabía sobre el libro que andaba buscando.

—Al haberlo escrito una mujer —concluyó tras las explicaciones— me hace temer que se hayan destruido todas las copias. En la Edad Media se acusaba de brujería a cualquier señora que fuese distinta y una mujer que leía y escribía...

—... sobre ciencia y cuestiones sobrenaturales...

—... era una candidata perfecta para la hoguera.

Temeroso de que la costumbre de los Pyp de terminarse las frases el uno al otro fuese contagiosa incluso al otro lado del mundo, el editor guardó silencio y frunció el ceño.

—Acompáñeme, por favor —dijo al fin Charlotte Turner con un brillo de regocijo en su verde mirada.

La atractiva meteoróloga escogió el manojo de llaves colgadas en un tablón de pared que contenía, en un alarde de seguridad, un montón de llaves, cada una sobre su respectivo pequeño rótulo indicativo de a qué cerraduras daban acceso, y salieron al exterior. Entraron en la planta baja del observatorio, donde algunos escolares daban vueltas alrededor de una exposición sobre el sistema solar como torpes planetas pequeñitos con adorables mochilas satelitales, y subieron los peldaños de la torre. En lo más alto, se detuvieron para abrir la puerta que lucía una pequeña placa metálica con el sugerente título de MOUNT VICTORIA FOREST LIBRARY y accedieron a una habitación circular llena de libros dispuestos en curiosas estanterías ligeramente cóncavas alrededor de un telescopio gigante, situado en medio de la sala, que probablemente dataría de la época de las expediciones del capitán Cook.

—El telescopio que se usa en la actualidad está en la otra

torre, este solo es de exposición —le aclaró Turner consciente de su asombro.

Buscó entre aquellos lomos viejos, manchados por la humedad y descoloridos por el paso del tiempo y por las patitas de los ácaros que poblaban las estanterías, hasta dar con un ejemplar encuadernado en negro. Se lo tendió a su visitante muy pendiente de su reacción.

—El *Index* del Club Bannatyne —dijo con admiración Bruno tras leer el título en grandes letras que una vez fueron doradas.

—Es un índice un poco desordenado, pero si busca en la letra C o en la P, no recuerdo con exactitud, se llevará una sorpresa.

Sir Walter Scott había fundado el Club Bannatyne en 1823 con la intención de rescatar las obras más raras y peculiares, en peligro de desaparición, escritas en escocés. Lo había llamado así en honor a la famosa antología de literatura escocesa de George Bannatyne y, aunque se había visto obligado a clausurar el proyecto en 1861 por falta de fondos y la preocupante ruina impresora que lo acechaba, el Club había editado un total de ciento dieciséis volúmenes, todos y cada uno de ellos indexados en el libro de páginas amarillentas y manchas de humedad que Bruno Bennet sostenía en aquel momento entre sus manos.

Con dedos temblorosos, fue pasando las páginas hasta encontrar la entrada correspondiente al *Codex pluviae* de Hildegarde Cathasach y leyó en voz alta la descripción que acompañaba al registro.

—*Compendio escocés sobre los fenómenos del cielo y de la tierra, naturales y sobrenaturales*, escrito por Hildegarde Cathasach, consejera de la Casa Estuardo, a finales del siglo XIV y adaptado al escocés de nuestro tiempo por sir Walter Scott.

Siguió leyendo en silencio la media docena de párrafos bajo el epígrafe, referentes a las cuestiones que se dirimían en el libro y la situación en la que se encontró el manuscrito original, en la biblioteca de la abadía de Melrose, hasta que un leve carraspeo lo sacó de su ensoñación.

—Disculpe —dijo volviendo a la realidad para encontrarse con la fabulosa mirada verde de la meteoróloga—. No sabe lo que significa esto para mí. Hace muchos años que busco el *Codex pluviae*, he venido hasta Nueva Zelanda con la esperanza de encontrarlo.

—Siento decepcionarlo. En Mount Victoria Forest solo disponemos de esta edición del índice del Bannatyne Club. Conocía el título porque soy una admiradora de Scott y del Bannatyne, pero nunca he tenido el privilegio de ver un ejemplar del *Codex pluviae*.

—No es ninguna decepción. Bueno, tal vez un poco sí, llevo meses planeando este viaje y albergaba cierta esperanza, muy pequeña, pero no se lo diga a mi sobrina Beatriz. Ella cree que soy el campeón de la esperanza. Al menos ahora sé que el libro existe y se me ocurre otro lugar en donde buscarlo.

Charlotte Turner, meteoróloga probablemente descendiente de ingleses psicópatas con escorbuto y/o de viles buscadores de oro decimonónicos sin escrúpulos, volvió a sonreír y le pidió que le contase más sobre la historia del códex y su investigación.

—Permítame que lo invite a almorzar, Bruno. Parece usted un poco cansado.

Una sesión de espiritismo

—No sé cómo reaccionar a los insultos y las críticas. Incluso las más injustas e infundadas me hunden, me desmoralizan y hacen que me eche a llorar.

—Querido árbitro de futbol, pregúntate si te dedicas a lo que de verdad te apasiona. Si la respuesta es sí, infórmate sobre el sistema de reciclaje de tu ciudad y piensa en cómo copiar esa eficiencia a la hora de gestionar los desechos que vierten sobre ti. Y no olvides desconectar de vez en cuando, porque nadie es inmune a los insultos: incluso Virginia Woolf se hundía en la desesperación si leía una mala crítica sobre su trabajo, por eso su marido solía escondérselas.

ÁNGELA G. TORRES,
Consejos para insomnes

Terence Horace Wraxford, seudónimo de Miguel Ángel Carballo, vivía en uno de los apartamentos dobles de principios de siglo que se habían construido cerca del mar, en el Front Marítim de Poblenou, junto al límite del parque de Diagonal Mar. Rodeado por una vegetación que tendía a la exuberancia por los altos índices de humedad y el bajo presupuesto de los jardineros municipales, era uno de los lugares de la ciudad más agradables para vivir. La brisa marina suavizaba la temperatura, el grato aroma del salitre flotaba en el aire nocturno y la extensión de uno de los parques urbanos más grandes de Barcelona proporcionaba refugio al amortiguar el ruido del tráfico de la Diagonal, de la Ronda Litoral y del centro comercial que lo circundaba. «En una pequeña isla verde junto al mar vivía uno de los autores vivos del tío Bruno», pensó Beatriz, como si fuese el inicio de un cuento, cuando el taxi se detuvo en la entrada este del parque.

Sir Carter Blackstone, que aquella noche vestía un sobrio traje gris y camisa de rayas azules, le ofreció el brazo con su cortesía de bibliotecario oxoniense y se adentraron juntos en la oscuridad. Con su vestido negro de manga larga, su chal granate sobre los hombros, el pelo semirrecogido por un pasador brillante y caminando junto a un sir de la reina Isabel II, Beatriz se sintió fuera de la realidad. La vida era extraña: un día se encontraba a las puertas de una mansión neoclásica con un perro gigante y sin trabajo y tres semanas después la esperaban en uno de los edificios más caros de la ciudad para cenar con su mejor vestido y a punto de pelearse con otra editorial para conseguir el contrato de una novela que ni siquiera había leído.

—¿Dónde está tu poni? —preguntó Carter interrumpiendo sus pensamientos.

—Piper se ha quedado a dormir en casa de mi amiga Marta.

—Me habría sentido más seguro si nos hubiese acompañado.

—¿Tan mal andan las cosas con Wraxford?

—Lo que me preocupa es encontrar la puerta que buscamos. Ni siquiera puedo verme la punta de los zapatos.

Beatriz, que había dedicado una gran parte de aquella quincena en la editorial revisando las correcciones de Pyp sobre el libro de Ángela García Torres, se acordó de lo que decía la autora sobre el esfuerzo de ahorro energético que implementaba Barcelona en los últimos años: inutilizado el alumbrado público, solo unos pequeños reflectores naranjas en el suelo pavimentado, las únicas luces visibles alrededor, marcaban el camino hasta el complejo de edificios. Al caer la noche, los barceloneses debían de sentirse a medio camino entre la buena voluntad de contribuir a la conservación del planeta y la sensación de residir en una novela gótica. No era fácil vivir en una ciudad de contrastes, imbuida por el espíritu progresista de las capitales del norte europeo, pero todavía tocada por la tradición de su larga y extraordinaria herencia mediterránea.

Como los temores imaginarios casi nunca suelen hacerse realidad, ni siquiera los más pequeños, localizaron la portería que buscaban al primer intento, que se abrió con rapidez a los pocos segundos de llamar al timbre del telefonillo, no dispuesta a concederles la oportunidad de arrepentirse.

—¿Nerviosa? —le preguntó Carter.

La mañana anterior, el traductor había entrado en la biblioteca del roble y los cuervos con un par de tazas de té y se había sentado con ella para ponerla en antecedentes sobre lo que podía esperar de aquella velada. A Beatriz le encantaban las pausas de media mañana con el traductor por el bizcocho de zanahoria y las galletas de chocolate, por la bergamota del Earl Grey, porque Carter le explicaba el funcionamiento de Dalia y contestaba a todas sus preguntas al respecto. Pero, sobre todo, le gustaba porque se sentía partícipe del proceso de alumbramiento de algo tan especial para ella como siempre habían sido los libros. Durante sus charlas de media mañana, Carter solía sentarse al otro lado del escritorio, aunque a menudo se levantaba con la taza de té en una mano y la otra, en un gesto distraído, despeinándose el pelo demasiado largo para los probables criterios conservadores de un sir. Si la mañana estaba despejada, el sol incidía sobre su cabeza, aclarando el castaño de sus cabellos y llenándole el gris de la mirada de la nostalgia de los mares norteños. A menudo, el graznido de Hugin y Munin devolvían a Beatriz al presente y entonces disimulaba su desconcierto llevándose la taza vacía de té a los labios.

Carter le explicó que Bruno había leído el manuscrito de Wraxford, le había gustado y lo había seleccionado como uno de los títulos de autores vivos que escogía en primavera. Le había enviado el contrato de publicación a la agente, Raquel Falcón, pero todavía seguían a la espera de que el autor lo firmase. Aunque Bruno jamás se quejaría al respecto, porque ante todo era un caballero y los caballeros tienden a pensar que los demás son de alma noble hasta que no se demuestra lo contrario, Carter sospechaba que Wraxford, su agente o ambos mareaban la perdiz a la espera de conseguir otra oferta por el mismo manuscrito para presionar al editor y mejorar las condiciones económicas del contrato. A instancias de Bruno, que quería sacar la obra en otoño o en invierno, Falcón había agendado aquella reunión nocturna con Dalia Ediciones y Albert Salisachs, otro editor barcelonés de la competencia, para decidir con quién se publicaría la nueva novela de Wraxford.

—Sigo sin entender la naturaleza de esta cita —le había confesado Beatriz en la acogedora penumbra del taxi mientras se dirigían a la casa de Wraxford por el carril bus de la Diagonal—. ¿Qué se espera de nosotros? ¿Tenemos que batirnos en duelo con el otro editor...

—Salisachs.

—... o pujaremos por el libro en una subasta?

—Una sesión espiritista.

—¿Es el título de la novela de Wraxford?

—No, es el método por el que Wraxford y su agente decidirán con qué editorial prefieren publicar porque, ahora mismo, las condiciones de tu tío y de Salisachs resultan muy parecidas. Son editores, no duelistas.

—¿Y esto es habitual en el mundillo?

—Me imagino que se perdió la costumbre de tomar clases de esgrima o de designar padrinos con una caja de pistolas gemelas cuando las autoridades se pusieron puntillosas con eso de ir encontrando editores muertos detrás de los setos al amanecer —bromeó Carter.

—Me refería a si es habitual que el novelista consulte con los fantasmas a quién debe conceder los derechos de publicación de sus obras.

—Pronto te darás cuenta de que este es un sector en el que la palabra habitual se usa poco. Cualquier realidad supera siempre a la ficción.

—No me atrevo a preguntar cuál es la negociación más rara en la que se ha visto envuelto mi tío.

—Algo relacionado con un pájaro dodo, no sabría decirte más.

—Pensaba que se habían extinguido.

—¿Como las sesiones de espiritismo? Tienes que leer a Jasper Fforde. Y a Connie Willis.

—Mi tío me dijo eso mismo la última vez que nos vimos.

—Pues habrá que ponerle remedio —dijo con una enigmática sonrisa—. Mañana te llevo a merendar, Mrs. Poe.

—Blackstone & Poe —sonrió Beatriz—. Parecemos los protagonistas de una novela sobrenatural.

—Suena bien. Podríamos haber fundado un sello editorial propio.

—Jamás traicionaría al tío Bruno.

—¿Aunque nos haya abandonado a nuestra suerte a punto de convocar a los espíritus para rogarles que nos concedan la explotación de los derechos de autor de un lunático?

—Visto así... Blackstone & Poe Editores suena de maravilla —concedió Beatriz intentando disimular su nerviosismo.

En ese momento habían llegado a su destino, pagaron la carrera del taxi y tropezaron un poquito en la oscuridad selvática de Diagonal Mar hasta el domicilio del excéntrico escritor. Les abrió la puerta una mujer rubia con una sonrisa capaz de derretir los polos que se presentó como Raquel Falcón, la agente de Wraxford, y los hizo pasar hasta el salón principal del espacioso apartamento. Beatriz observó el papel Morris de las paredes, los suntuosos muebles de madera oscura, el pesado aparador de aspecto caro y antiguo, las bonitas sillas desparejadas alrededor de la rotunda mesa de estilo barroco sobre la alfombra mullida, y se apresuró a preguntarle a Carter cuánto ganaban los escritores como Wraxford. Sabía que vivir en aquel apartamento, tanto si era de propiedad como de alquiler, requería una renta alta, pero no le cuadraba con la idea que tenía del éxito de los escritores vivos del tío Bruno.

—Su fuente de ingresos principal no son sus novelas.

—¿A qué se dedica?

—Adivina.

—¿Anticuario? ¿Juez? ¿Cirujano?

—Es adivino —susurró Carter reprimiendo una carcajada—. Se gana la vida como médium. De ahí toda esta pantomima.

—¿Y no se te ocurrió mencionármelo en el taxi, cuando te pregunté sobre lo que iba a pasar esta noche?

—No quería asustarte.

—Claro, porque pensar que íbamos a una sesión con un médium *amateur* da mucho menos miedo que saber que es profesional.

—¿Todo bien? —les preguntó Raquel Falcón con una sonrisa.

Se habían detenido a cuchichear en cuanto habían puesto un pie en el salón y la agente había seguido adelante, hasta la mesa situada en el otro extremo de la habitación, sin percatarse de que había dejado atrás a sus invitados. Beatriz asintió con una sonrisa forzada mientras pensaba que nada estaba bien.

—Miguel Ángel —los presentó la mujer—, Bennet y Blackstone, de Peonía Ediciones.

—Dalia —corrigió Carter.

—Valerio —añadió Beatriz.

—Wraxford —se presentó el autor.

—Basta, por favor —se rio la agente literaria—, me estoy mareando y todavía no he empezado con el vino.

Cuando Beatriz vio al hombre mayor, de bigotes mosqueteros, pelo blanco recogido en una coleta, túnica de lentejuelas y Crocs dorados, se preguntó qué clase de *Buenas y*

Acertadas Profecías de Agnes la Chalada querría publicar su tío. Estrechó su mano y confió en que la tenue iluminación del salón disimulara la cara de desconcierto que intuía que debía de haber puesto al verlo. También confió en poder recuperar su mano, pero Wraxford no se lo estaba poniendo nada fácil. Beatriz contuvo el aliento por el pestazo a pachulí del escritor cuando tironeó de su mano para acercarla.

—Dalia, es usted tan bella y encantadora como su nombre.

—Beatriz.

Tuvo la sensación de que desde que había llegado no había hecho otra cosa más que corregir a los demás, lo que empezaba a ocasionarle un preocupante complejo de Hermione Granger.

—Siéntate a mi lado y seré tu Benedicto —dijo Wraxford con una sonrisa de lunático.

—Mejor, no —intervino Carter tirando de ella para separarla de los tentáculos del pulpo—. Salisachs —masculló desviando la atención hacia la figura que salió de entre las sombras de la mal iluminada habitación.

—Blackstone —saludó con una inclinación de cabeza un hombre calvo y delgado de mirada aviesa y sonrisa torcida.

El traductor lo miró con mal disimulado disgusto y le lanzó un reproche:

—Bennet cerró el trato con Wraxford en abril por el manuscrito de *El pollo.*

—*El águila* —intervino Raquel Falcón.

—Puede que se confundiese de novela —siseó Salisachs.

—El que nunca se confunde eres tú —sentenció Carter de mal humor—, siempre intentando robar a los demás.

—Yo solo estoy atento a lo que me dicen. Hablo con los escritores…

—Pues qué vida tan horrible debe de tener —susurró Beatriz.

Sin inmutarse por la observación de la competencia, Salisachs se detuvo junto a Raquel Falcón y puntualizó:

—… y me adelanto a los demás. Aunque viendo que Bennet se ha interesado por la obra de Wraxford no sé qué dice eso de bueno sobre la novela.

—Dos gallos en el gallinero —se burló Wraxford buscando con la mirada la complicidad de Beatriz.

La periodista, que empezaba a estar un poco harta de tanto lío con los nombres, apellidos y la nomenclatura aviar, por no mencionar lo desagradable que le resultaba el escritor, tenía ya en la lengua una fórmula de cortesía para salir corriendo de aquel apartamento sin contravenir la estricta educación que le habían inculcado a fuego sus padres, cuando Carter volvió a cogerla de la mano y a tirar de ella. La alejó un poco más de Wraxford, pegándola a su costado, sin apartar ni un ápice los ojos de la mirada taimada de Salisachs, lo que hizo dudar a Beatriz sobre la erradicación de los duelos en la profesión. Tal vez había recibido su título de sir defendiendo a la reina de un diplomático excesivamente lujurioso en una extraña recepción en la que el Moët & Chandon había corrido más de la cuenta. Pero Carter había sido muy claro al respecto: ya no se practicaban duelos, ni a espada ni con pistolas, en el mundo editorial del siglo XXI.

—Señores —intervino la encantadora Raquel—, ustedes sabían que las dos editoriales estaban invitadas a este… evento.

—La sesión de espiritismo —apuntó Wraxford poniéndose serio, como si eso fuese posible cuando se calzan Crocs dorados.

—Miguel Ángel tiene derecho a decidir qué propuesta editorial le resulta más ventajosa. Debe pensar en su carrera —dijo la agente literaria volviéndose con amabilidad hacia Carter.

—Dalia Ediciones fue la primera en ofrecerle un contrato por *El ruiseñor* —insistió este.

—*El águila.*

—No es quién llega primero sino quién trabaja mejor —los interrumpió Salisachs.

—Entonces eso te deja fuera de esta negociación.

—Sesión de espiritismo.

Raquel calmó los ánimos interponiéndose entre el traductor y el editor y volvió a insistir en que todos se sentaran a la mesa. Les ofreció una bebida y algo de picar, pero enseguida se enzarzó en una discusión con Wraxford, que aseguraba que la invocación de los espíritus siempre funcionaba mejor sin ofrendas de alimentos de por medio. Beatriz se sentó junto a Carter, lejos del alcance del escritor médium, que encabezaba la mesa, y aprovechó el momento en el que los anfitriones seguían discutiendo para inclinarse hacia el traductor y preguntarle al oído si aquello duraría mucho.

—No ha hecho más que empezar —suspiró Blackstone.

—Esto no está pagado —les lanzó Salisachs desde el otro lado de la mesa con una sonrisa de dientes amarillos muy afilados.

—Si no hubieses hecho oferta por *El cóndor*…

—*El águila*.

—… ahora no estaríamos aquí.

—He sido legal, Blackstone, no he superado las condiciones de Bennet.

—Pero sabías que Wraxford tenía oferta de Dalia cuando le enviaste tu propuesta.

—Al menos no me he traído a la becaria para que me proteja de los fantasmas.

Beatriz le puso una mano sobre el brazo a Blackstone para que no respondiese a la burlona provocación. Pensó que siempre podría ser peor, que podría haber dicho que la traía para seducir al infraser de los Crocs dorados. Notó como el traductor se tensaba bajo su mano y soltaba aire despacio antes de pronunciar entre dientes.

—El único consuelo que me queda es que vas a sufrir igual que nosotros esta condena.

—¡Silencio! Empecemos de una vez. Raquel, apaga las luces —vociferó un impaciente Wraxford que, al parecer, había salido victorioso de la discusión con su agente y dejado sin tentempié a sus invitados antes de la sesión—. Cójanse de las manos —añadió mientras encendía algunas velas dispuestas en el centro de la mesa. Se sentó, tendió sus manos para completar el círculo de los cinco penitentes y cerró los ojos—. Relájense, respiren despacio y cierren los ojos. Estamos a punto de adentrarnos en el mundo de los espíritus, más allá del tenue velo que separa la esfera mortal de la sombra.

Siguió recitando un montón de fórmulas manidas, que parecían salidas de una mala novela de médiums reincidentes en serie, hasta que solicitó la ayuda de su espíritu guía, un tal Manolo, catedrático de botánica en vida, muerto de manera trágica al envenenarse por accidente con un té de acedera. Pero Manolo se hacía de rogar y la tediosa letanía de disparates siguió saliendo sin piedad de la boca de Wraxford durante lo que a la periodista le parecieron horas. Cuando por fin llegó a la parte en la que el espíritu debía responder a las preguntas del escritor con un golpe para sí y dos golpes para no, Beatriz tuvo que sacudir con disimulo a Carter porque había empezado a emitir un ronquidito suave, tan relajante, que amenazaba con hacerla dormir también a ella.

Salieron a la noche dos horas después, casi a la carrera, deseosos de dejar atrás aquella catastrófica velada, con la sensación de que la vida era muy extraña, además de injusta. Desde el momento en el que Manolo el Catedrático Botánico Difunto había contestado con un golpe a la pregunta de si debía ser Salisachs quien publicase *El águila*, las posibilidades de Dalia Ediciones se habían evaporado como las albóndigas en el plato de Piper. A Beatriz le importó menos de lo que esperaba perder el contrato: a medida que pasaba más tiempo escuchando la llamada a los espíritus de Wraxford se había ido convenciendo de que todo aquello no era más que una broma pesada de su tío y que prefería irse de vacaciones una temporada al infierno antes que leer el manuscrito de un tipo tan apestoso y rancio como aquel. Por contraste, recordó a Ángela Torres, su exquisita educación, su sentido del humor y su delicadeza a la hora de evitar juzgar a nadie y supo que el espíritu botánico le había hecho un favor a Dalia. Sin embargo, Carter parecía furioso mientras caminaba a grandes zancadas todavía con la mano de Beatriz firmemente atrapada en la suya, obligándola a trotar para mantener el ritmo endemoniado del traductor.

—Salisachs ha hecho trampas —se quejó con amargura Beatriz—. Ha golpeado la mesa con la rodilla fingiendo ser un fantasma.

Carter soltó un bufido y masculló algunas palabrotas en inglés más o menos inteligibles, aunque recuperó su tono de voz sosegado para contestarle a su compañera de espiritismos.

—A mí también se me ocurrió —reconoció—, como medida desesperada para poner fin a la sesión. Pero tenía curiosidad por ver cómo se las apañaba Wraxford para escoger.

—Salisachs nos ha robado la novela, aunque también nos ha salvado de continuar más tiempo ahí atrapados, castigados sin cenar, en esa pesadilla con olor a pachulí. Tengo sentimientos encontrados al respecto.

—Mañana le llamaré para darle las gracias —dijo con ese leve sarcasmo que a menudo le sentaba tan bien.

—¿Podrías ir un poco más despacio, por favor?

—Tienes razón, mejor le llamo la semana que viene.

—Carter, para, no es eso —se rio ella—. Es que empiezo a sentir flato, no suelo salir a correr.

—Disculpa —dijo arrepentido al darse cuenta de la situación—. Siento haberte arrastrado por los rododendros.

—No es lo peor que me ha pasado esta noche. ¿Qué hacemos ahora?

Al reducir el ritmo, sus pisadas se habían amortiguado en la quietud de la noche y Beatriz temió que el rugido de su estómago fuese audible. Confirmando sus sospechas, Carter no tardó en comentar en voz alta, en un tono casual que no consiguió engañarla, que la tacañería de Wraxford los había dejado sin cenar.

—Conozco un sitio aquí cerca donde venden unas salchichas espantosas —le propuso.

—No como animales.

—Son salchichas de plástico.

—No es que quiera ponerme exquisita con los derivados del petróleo, pero…

—También sirven salchichas veganas, no te preocupes.

—Mi mejor amiga, Marta, es veterinaria. Me ha repetido tantas veces que los seres humanos somos los animales más miserables del planeta, que me esfuerzo por no darle la razón.

—Después de haber conocido a Wraxford, me temo que sí la tiene.

—Gracias por haberme echado una mano con el pulpo de

los Crocs —dijo Beatriz al hilo de su mención sobre los animales—. Quizá, si hubiese sido más amable…

Carter la miró con un ceño tan marcadamente fruncido que no podría haber pasado desapercibido en la penumbra de ningún parque a medianoche.

—Tú no tienes la culpa —le advirtió muy serio con esa expresión de profesor desconcertado por la intervención inesperada de un alumno—. Ni te atrevas a ir por ese camino.

Culpa. Ahí estaba de nuevo, ocupando tanto espacio dentro de la cabeza de Beatriz que hablaba por sus labios. El viejo hábito de asumir toda la responsabilidad cuando algo no salía según lo deseado. Respiró hondo el agradable aroma de la vegetación y la tierra mojada, desterró los lamentos por lo perdido e intentó ser práctica.

—Habrá que decirle a mi tío que no hemos conseguido el manuscrito de Wraxford. ¿Deberíamos preocuparnos?

—Nunca —aseguró Carter rotundo—. ¿Sobre qué? —preguntó muy serio, con ese brillo pícaro en la mirada que Beatriz había empezado a detectar siempre que le tomaba el pelo—. Ya hablaremos mañana con Bruno —añadió más relajado tras asegurarse de que Beatriz sonreía—. Pero no pasa nada si en lugar de cinco autores vivos salen solo cuatro a librerías.

—Pero la imprenta y el catálogo…

—El catálogo de Dalia Ediciones debería optar al premio Ignotus de ciencia ficción. Y a la imprenta no le importará qué manuscrito entreguemos, siempre y cuando cumplamos las fechas y nos ajustemos a las tiradas que negociamos en enero.

Beatriz le propuso atravesar el parque, en lugar de bordearlo, hasta el centro comercial, donde sería más sencillo encontrar un taxi de vuelta. Entraron por la verja del sudoeste y recorrieron más despacio los senderos húmedos por las lluvias recientes, a través de las suaves colinas de césped sin cortar, acechados por los desmedidos arbustos de romero, los helechos crecidos y los asilvestrados parterres de abelia, laurel y grevillea, avanzadilla del abigarrado bosquecillo de álamos, encinas, cipreses, olivos, tamarindos y palos de rosa. A la par de su variedad vegetal, el parque contaba con una biodiversidad animal tan rica que apenas se había resentido tras el abandono a su suerte del lago artificial de agua dulce que años atrás había dado vida al corazón del pequeño pulmón verde de la ciudad. Trasladados los peces, las tortugas, los patos y los cisnes, cuando habían empezado a acusar la sequía de los inclementes veranos —los parques y jardines barceloneses se atenían a la política medioambiental de las aguas freáticas—, una fauna distinta se había abierto camino en aquel remanso de paz: pequeños anfibios, diminutos sauropsidas, miríadas de mosquitos, decenas de clases distintas de insectos y más de treinta especies de aves compartían hábitat. Al amparo de los altos árboles que bordeaban el estrecho sendero de tierra húmeda, el croar de las ranas, el cric cric de los grillos y el ulular de alguna lechuza despistada acallaban las pisadas de la pareja que atravesaba el lugar guiados por las luces, al norte, del centro comercial.

Pero cuando llegaron hasta la verja que delimitaba el parque con la calle Josep Pla, la encontraron cerrada por una gruesa cadena con candado. Decidieron caminar en dirección al mar, en busca de la entrada este, que hallaron también bloqueada. Desconcertados, volvieron sobre sus pasos hasta el acceso por el que habían entrado para toparse con el cartel que especificaba los horarios de apertura y cierre del parque. Hacía diez minutos que los empleados de parques y jardines habían pasado para asegurar los candados de todas las puertas. Carter parecía estupefacto:

—¿Y cómo hemos podido acceder entonces? ¿Por qué nadie nos ha avisado de que iban a cerrar?

—Porque se supone que sabemos leer: el cartel informa claramente de los horarios —dijo Beatriz señalándolo—. Aunque con tan poca luz y la tipografía diminuta de la placa, no sé si podríamos haber leído...

—¿Leer es útil? Ojalá se me hubiese ocurrido antes —murmuró Carter con ironía—. ¿Y no se aseguran de que no hay nadie dentro antes de cerrar?

—Es demasiado grande, está demasiado oscuro y hay demasiada vegetación.

De nuevo en la puerta que daba a la calle Josep Pla, iluminada por la proximidad del centro comercial, estudiaron sus posibilidades. La extremada altitud de las verjas y su diseño descartaban que pudiesen escalarlas y saltar por arriba. Terminaron agarrados a los barrotes, mirando con anhelo el otro lado sin que los transeúntes que a esas horas iban y venían de los restaurantes y las salas de cine del centro comercial de

Diagonal Mar les prestasen la más mínima atención. Una pareja de adolescentes se besaba con pasión a apenas dos metros de su cautiverio y un grupo de jóvenes charlaban animadamente junto a sus motos, aparcadas muy cerca del acceso. Ninguno de ellos les dedicó más que una mirada superficial y sin interés, como si dos adultos empuñando las verjas de un parque como primates tristes en un zoo fuesen habituales en sus vidas cotidianas. Esas eran las leyes implacables de la gran selva de asfalto: se convivía con la excentricidad hasta la indiferencia. A Beatriz le dio vergüenza gritar para pedir ayuda. No veía cómo alguien podría abrir sin la llave de los candados. Ni desde fuera, ni desde dentro.

Carter la acompañó durante un rato en su desazón, de pie frente a la verja, perdido en sus propias reflexiones, agarrado con ambas manos a los barrotes como los presidiarios en los que se habían convertido, hasta que llegó a la conclusión de que solo les quedaba llamar a Emergencias en busca de ayuda.

—No llames —le suplicó Beatriz cuando el traductor se lo propuso—, me da vergüenza. Se van a reír de nosotros.

—Ya se han reído bastante de nosotros esta noche, Beatriz, no nos viene de aquí.

—Debe de haber otra manera de salir.

—No siempre se puede salir solo de todo, Mrs. Poe, hay que saber cuándo pedir ayuda.

Recuperó el móvil del bolsillo interior de su americana y tecleó el 112.

—Buenas noches —dijo cuando la telefonista respondió

la llamada—. Nos hemos quedado atrapados en el parque de Diagonal Mar, ¿podría mandar a alguien para rescatarnos, por favor?

—Disculpe, ¿cómo dice? ¿Que se ha quedado encerrado dentro de un parque?

Beatriz, que estaba a cierta distancia del traductor, también escuchó con claridad el coro de risas ahogadas al otro lado de la línea telefónica. Se imaginó a la operadora poniendo en altavoz la llamada de Carter para alegrarle la noche a sus compañeros mientras se esforzaba en que su voz no sonase a pitorreo.

—Todos los accesos están cerrados —aseguró sir Blackstone con su tono más severo.

—¿Y cómo han entrado?

—Cuando estaban abiertos.

—El parque cierra a las diez de la noche, caballero.

—Nos hemos dado cuenta.

—¿No han escuchado el silbato del vigilante nocturno para avisar de que debían abandonar el recinto cinco minutos antes del cierre?

—Es evidente que no.

—Hemos entrado después del silbato —apuntó molesta Beatriz, que seguía escuchando con claridad a la interlocutora de Carter y las risotadas de sus compañeros.

—¿Han probado todas las salidas?

—¿Cómo no se me había ocurrido?

Beatriz negó con la cabeza y con el dedo índice de la mano derecha. No era un buen momento para el sarcasmo.

—Sí —rectificó Carter mirándola con el ceño fruncido—, hemos comprobado las tres.

—Es que el parque cierra a las diez —insistió la telefonista volviendo a aquel estúpido intercambio de obviedades.

—¿Pueden ayudarnos? —El traductor parecía a punto de perder los estribos.

—Me pongo en contacto con Parques y Jardines, caballero. —Más risas al otro lado de la línea—. ¿Podemos llamarle a este mismo número que veo en pantalla?

—Gracias —masculló antes de colgar.

Derrotado, se quitó la americana, la dobló con cuidado y la utilizó de almohada antes de acostarse sobre uno de los sinuosos y amplios bancos de hormigón que una plaquita señalaba con el nombre de *lungomare*. Beatriz se negó a darse por vencida y, mientras esperaban a sus rescatadores, repasó atenta las dos amplias verjas que constituían las hojas batientes de la entrada del parque.

—Déjalo, Beatriz, pasaremos la noche aquí.

—Ni de coña. Me dan miedo los cocodrilos o, peor aún, las ranas y los sapos.

—Por el bien de tu supervivencia, deberías ordenar mejor tus temores.

—¿Crees que hay caimanes?

—Los mosquitos se comieron el último que quedaba.

—Me viene fatal morir ahora mismo, no puedo dejar que Piper piense que han vuelto a abandonarlo.

—Nadie va a comerte, te lo prometo. Y no es tan malo dormir al raso.

—Carter, ¿por qué no tienes casa?

—No me apetece hablar de eso ahora.

—No tenemos otra cosa que hacer.

—Mirar las estrellas.

—No se ve nada.

—Es por la contaminación lumínica.

—Es porque está a punto de llover.

El teléfono de Carter sonó. Era el oficial de Parques y Jardines. Se hallaba en la otra punta de la Diagonal cuando había recibido la alerta de la Guardia Urbana de que dos incautos estaban atrapados en uno de sus parques. Tardaría una hora larga en volver para abrirles la reja.

—¿Pero qué hacían en el parque después del toque de silbato? —se interesó el oficial.

—Huir de una sesión espiritista.

Un relámpago cruzó el cielo nocturno casi seguido por una batería de truenos y empezó a llover. Los tímidos goterones del principio no tardaron en convertirse en una suave cortina de lluvia. Bajo la protección de una tupida encina, Beatriz se ajustó el chal sobre los hombros y miró desolada alrededor.

—No deberías haberle respondido eso —dijo con desánimo bajo el chaparrón—. Va a pensar que es una broma y no vendrá a rescatarnos.

—No vendrá de todas formas.

Seguía allí, acostado bocarriba sobre el *lungomare* de piedra, indiferente a la lluvia, con una mano haciendo de visera sobre los ojos y la otra descansando sobre el pecho, y la camisa de rayas azules oscureciéndose a medida que se empapaba con rapidez. Esa serenidad ante la adversidad constituía parte de su atractivo, pero también resultaba un poco desesperante. A Beatriz le hubiese gustado preguntarle qué demonios le había pasado para comportarse así, con esa indiferencia por los reveses de la vida. Y se dio cuenta de que no pensaba en el hecho de que estuviesen atrapados con nocturnidad y alevosía en un parque o en que se hubiese puesto a llover, sino en toda la serie de catastróficas desdichas que lo habían llevado entero, apenas contrariado, hasta allí, hasta ese preciso momento. Al fin y al cabo, la lluvia no podía dañarlos, al menos no de forma permanente ni traumática ni irreversible, por eso a Beatriz le parecía tan rara la gente que corría a refugiarse cuando empezaba a llover. Es cierto que ella prefería tener un paraguas a mano cuando eso sucedía, pero si no era así, como aquella noche, la reconfortaba la seguridad de que al final del día se iría a dormir seca y calentita. Si fuese capaz de enfrentarse con esa misma seguridad a todas las contrariedades de su vida, como sospechaba que Carter podía hacer, se hubiese ahorrado mucho sufrimiento innecesario.

—¿Sabes qué nos diría ahora mismo el tío Bruno si pudiese vernos?

—¡Alejaos de los árboles durante una tormenta! —gritaron al unísono antes de estallar en carcajadas.

A Beatriz se le daba espantosamente mal captar el estado anímico de otras personas, pero le pareció que nunca había visto a Carter de tan buen humor. Encerrado en un parque en plena noche, después de un fracaso laboral, empapado bajo la lluvia, parecía más relajado y feliz de lo que lo había visto en cualquier otra circunstancia. Lo que la llevó a pensar de nuevo en lo poco que sabía sobre aquel hombre.

—Mi tío me contó que os conocisteis en Oxford, en una librería —dijo al hilo de sus pensamientos.

—Sí, durante un seminario sobre traducciones.

Pero no añadió nada más y Beatriz dejó de mirarlo para volverse otra vez hacia las verjas. Se sentía cómoda con Carter y no quería estropear esa sensación, pese a que la curiosidad la aguijoneaba como una reminiscencia odiosa de su profesión periodística.

—Mi madre pensaba que el tío Bruno y tú erais pareja.

—Tú tío hace que me replantee muchas cosas sobre mí mismo, como mi capacidad para seguir el hilo de sus conversaciones o mi falta de fe en sus ideas locas, pero no mi heterosexualidad.

De pronto, Beatriz se dio cuenta de algo que había pasado por alto las tres primeras veces en las que se había fijado en el grosor y las vueltas de las cadenas que aseguraban el cierre de las dos hojas.

—¿Qué te apuestas a que he encontrado una forma de salir? —exclamó triunfal volviéndose hacia su compañero de confinamiento.

—No pienso perder la poca dignidad que me queda intentado escalar esos barrotes.

—Nada de trepar. Si te saco de aquí en menos de un minuto y con tu dignidad intacta tienes que explicarme la historia.

Carter se incorporó sobre un codo y se la quedó mirando sin comprender.

—La historia de por qué sigues viviendo en la editorial y no tienes casa propia —le aclaró ella—. Y por qué eres sir.

—Eso son dos historias. Y lo de sir podría ser tan sencillo como que heredé el título de baronet o de caballero de mi padre.

—Oh. ¿Es así?

—No.

—¿Quieres salir de aquí antes de que llegue el de Parques y Jardines a hacernos fotos a escondidas para subirlas a sus redes sociales y reírse con sus coleguitas o no?

—De acuerdo. Pero si no lo consigues, con dignidad y en menos de un minuto, tal como acabas de prometerme, tú tendrás que explicarme por qué aceptaste trabajar para tu tío mientras estuviese fuera. Sé que rechazaste su oferta antes de cambiar de opinión. Y dejar que te invite a una salchicha de plástico vegano —añadió.

—Eso son dos cosas.

—Tú también me has pedido dos respuestas.

—Bah, eso es fácil. No tenía trabajo y me daba ansiedad cada vez que pensaba en presentarme a otra entrevista. En la última casi me echo a llorar.

—¿Por qué?

Beatriz cogió con una mano el último barrote de la hoja de la izquierda, con la otra, el de la derecha, y empujó y tiró, respectivamente, hasta abrir un hueco considerable a pesar de la gruesa cadena que unía ambas hojas. Llevaba un tiempo observando las vueltas de los eslabones alrededor de los barrotes y se dio cuenta de que si tensaba todo lo que daban de sí las cadenas, quedaba un espacio entre las dos hojas lo suficientemente amplio como para pasar entre ellas. Todavía agarrada a los barrotes para mantener la apertura, giró la cabeza hasta encontrarse con la atónita mirada de Carter.

—¿Sir Blackstone? —preguntó burlona— ¿Quiere hacer los honores?

El traductor se puso en pie, sacudió la chaqueta antes de ponérsela sobre la camisa y con toda la dignidad de la que fue capaz, se acercó a la puerta y le dedicó a Beatriz una leve inclinación de cabeza en reconocimiento. Para entonces, estaba totalmente empapado y parecía mucho más joven con aquel pelo mojado cayéndole sobre la frente, la penumbra suavizándole los rasgos, los ojos entrecerrados por la lluvia.

—Gracias.

Mientras se dirigían a la parada de taxis frente al hotel Hilton, tras llegar al consenso de que preferían volver a casa y dejar para otro día que no chorreasen agua la cena de salchichas de plástico, Carter volvió a telefonear a Emergencias para informar sobre las novedades.

—He llamado antes, en relación con el parque de Diagonal Mar.

—Ah, sí, el que se había quedado encerrado dentro —dijo una voz jubilosa al otro lado de la línea. Si les cabía alguna duda sobre la discreción de los operadores, se disipó del todo al volver a escuchar de fondo una voz que anunciaba: «Eh, venid, otra vez el del parque», seguida de más risas y vítores.

Carter rechinó los dientes, les aseguró que habían conseguido salir y les pidió que, por favor, avisaran al oficial de Parques y Jardines. Beatriz consideró prudente no bromear al respecto. La noche seguía igual de surrealista que como había empezado, pero no había nada como tomarse los contratiempos con humor. Podías pensar que tenías muy mala suerte por haber perdido la ocasión de publicar una novela tras haber soportado los delirios de un loco desagradable; o por haber sido el hazmerreír de al menos dos departamentos municipales tras haberte quedado encerrada en una pequeña selva medio comida por los mosquitos y acechada por caimanes y sapos; o podías escoger sentirte con suerte porque tu vida había decidido alejarse de todo aburrimiento.

En la penumbra del taxi, de camino a casa de Beatriz, sentados sobre las toallas de playa que el conductor había rescatado de su portamaletas y les había obligado a extender sobre los asientos antes de permitirles entrar en el coche en su lamentable estado, la vida no parecía tan terrible.

—¿Y bien? —preguntó Beatriz—. Me debes una historia; te he sacado del parque con tu dignidad intacta y sin heridas graves.

—Lo de mi dignidad es cuestionable, sobre todo desde el punto de vista de la Guardia Urbana.

—Quizá deberíamos haber llamado a los bomberos.

—Apuesto a que eso te hubiese encantado —gruñó.

—Sigo esperando.

—Te lo contaré, Mrs. Poe, pero este no es el momento ni el lugar —claudicó al fin en voz baja.

—Está bien —aceptó Beatriz contemplando la hermosa cúpula de Sant Andreu del Palomar que ya asomaba a la orilla de Torras i Bages como el alegre bastión que anunciaba su regreso al hogar—. Esperaré a que estés preparado.

Beatriz y Dante

Isak Dinesen escribió una vez que todas las penas pueden soportarse si se convierten en una buena historia. En la penumbra protectora de la pecera, escuchando a todas aquellas personas despiertas en la madrugada, entendí a la escritora danesa. Ahí estábamos todos nosotros, pequeños insomnes, tejiendo un tapiz colectivo de memoria y compasión, contándonos en voz alta nuestras dificultades e inquietudes con la esperanza de que si éramos escuchados, de que si se nos permitía compartir nuestro pesar en antena, nuestra soledad se tornaría una pizca más ligera. Las penas compartidas, como decía mi abuela —que nunca había leído a Dinesen—, son menos penas.

Ángela G. Torres,
Consejos para insomnes

Carter llevaba un buen rato mirando las musarañas en su despacho, con una taza de té enfriándose sobre la mesa y el reconfortante repiqueteo de la lluvia contra los cristales, cuando lo sobresaltó el sonido demasiado alto de una videollamada procedente de su portátil.

—No sabía si estarías despierto —le gritó un sonriente Bruno Bennet un poco pixelado en la pantalla.

El traductor bajó el sonido y se despeinó al pasarse la mano por la cabeza en un acto reflejo por espabilarse. Tenía la sensación, un poco onírica, de no haber salido todavía del parque de la noche anterior. Como si la lluvia de esa mañana le devolviese al oasis verde, al paréntesis de silencio en el que todo se detuvo mientras a su alrededor la ciudad continuaba con su ritmo frenético e incesante. La quietud es peligrosa porque permite escuchar los propios pensamientos, incluso los más escondidos.

—Son las once de la mañana —masculló.

—Aquí no.

—Es lo que tienen los diferentes husos horarios del planeta.

—No te pongas científico.

—¿Llamas para saber cómo fue anoche con Wraxford?

—Ni siquiera sé cuándo fue anoche en tu parte del mundo —se quejó Bruno—, ¿qué te hace pensar que me acuerdo de esa cita?

—Beatriz me dijo que te la mencionó cuando habló contigo ayer. O antes de ayer. O cuando fuese.

—¿Qué tal le va a mi sobrina?

—Mejor que a mí. Anoche estuve a punto de echarme a llorar al menos dos veces.

«Por no mencionar la extraña resaca emocional de esta mañana», pensó Carter. Tenía la sensación de que Beatriz lo había rescatado de algo más que de las verjas de un parque cerrado.

—¿Tan mal fue? —preguntó el editor a trompicones por la mala conexión de la videollamada.

—Salisachs se llevó tu novela y nos quedamos encerrados en un parque. Pero mejor que te lo explique Beatriz; gestionó todas nuestras desventuras con una entereza admirable.

—Eso me preocupa.

—¿Que sea sensata, inteligente, resolutiva y valiente?

—Que te estés enamorando de ella.

Carter, que en esos momentos apuraba su taza de té, estuvo a punto de que el líquido se le saliese por la nariz. Se apartó de la pantalla del portátil mientras iba en busca de una servilleta sin dejar de toser.

—Vaya, no lo decía en serio —Bruno sonaba genuinamente arrepentido cuando volvió a ver la cara congestionada de su traductor en la pantalla y se apagaron las toses—, no hace falta que te lo tomes así.

—Lo único que me he tomado ha sido un té frío horrible que se me ha atragantado. Controla un poco tu romántica imaginación y presta atención a lo que te estoy diciendo. No publicaremos la novela de Wraxford.

—¿Porque os quedasteis atrapados en un parque?

—Eso fue después de la sesión de espiritismo.

—Pensaba que el rarito de la editorial era yo.

—Fue cosa de Wraxford, que te lo explique Beatriz. Y pregúntale también por nuestra aventura nocturna.

Aunque Bruno tenía el extraño don de sacarlo de sus casillas de vez en cuando, Carter lo apreciaba lo suficiente como para no añadir que la aventura ocurrió durante una tormenta, pues sabía que eso dispararía la extraña obsesión del editor por los rayos.

—Qué romántico.

—No lo fue —mintió Carter.

—¿Mosquitos?

—Le alegramos el turno de noche a los operadores del 112.

—Pero no conseguisteis el manuscrito de Wraxford.

—No.

—Beatriz no tiene novela para enviar a imprenta, pero piensas que lo hizo bien.

—Sí.

—Sin novela.

—Sí.

—Un editor publica libros.

—Sí.

—Ya.

—¿Vamos a seguir durante mucho más tiempo esta fascinante conversación? Estoy trabajando.

—¿Qué trabajo? Acabas de decirme que no tenéis novela.

Bruno parecía más divertido que preocupado por las noticias.

—¿Has encontrado tu libro viejuno? —intentó cambiar de tema Carter.

—Todavía no, pero...

—Oh, qué sorpresa, déjame adivinar: lo robaron las hadas.

—No te pongas sarcástico. Tú acabas de explicarme que pasaste parte de la noche en un parque y no te he preguntado sobre los gnomos de jardín. He encontrado una pista sobre dónde seguir buscando —añadió con timidez.

—¿En el país de Nunca Jamás? Bruno —suspiró el traductor—, llevas años con este asunto. Acepta que no lo vas a encontrar, es una quimera. No queda ningún ejemplar, fueron todos destruidos por el tiempo, las tormentas, los incendios, los ratones de biblioteca, los ácaros, el capitán Hook y los censores *muggles*. Ríndete, vuelve aquí y escoge a otro escritor vivo al que atormentar.

—Nunca.

—¿No vas a volver? —preguntó intentando parecer esperanzado.

—Me refiero a que nunca me rendiré; voy a seguir buscando el *Codex pluviae*. He encontrado, en el índice de Bannatyne...

—¿Quién es?

—George Bannatyne fue un editor escocés que aprovechó su confinamiento por la epidemia de peste de 1568 para recopilar unos textos…

—No, ese no. La rubia alta del siglo XXI que acaba de cruzar en mangas de camisa y sin pantalones.

—Estoy en una cafetería.

—Es la habitación de tu hotel, son más de la una de la madrugada en Wellington. Y he visto pasar a una persona que está demasiado viva como para ser George Bannatyne.

—No sé de qué me hablas. Pásame a mi sobrina.

—Eso me preocupa. —Mientras desenchufaba el portátil para llevárselo a la biblioteca, Carter imitó el tono burlón que Bruno había utilizado con él unos momentos antes—. Que estés enamorándote.

—Cierra el pico, maldito traductor.

—Estás —dijo sosteniendo el ordenador a la altura de su cara y deteniéndose antes de abandonar el despacho—, literalmente, en mis manos. Sé más educado.

—O también podría terminar esta videoconferencia, llamar al teléfono de mi sobrina y preguntarle qué piensa sobre las relaciones angloespañolas y los traductores que recitan a Shakespeare en la ducha.

—Esto no es ninguna comedia romántica de regencia y Beatriz es demasiado sensata como para escucharte. Aunque pronuncie tu apellido a la inglesa, tú no eres el tío de ninguna Bennet y yo no soy Mr. Darcy.

Pero en cuanto lo dijo en voz alta, tuvo una imagen de la musa descalza, de puntillas para alcanzar los libros de los estantes más elevados de la biblioteca, la luz de una mañana de octubre arrancándole reflejos dorados a su larga melena, como si siempre hubiese compartido espacio con un roble centenario, dos cuervos, un perro dormido y el recuerdo de un tiempo en el que Federico García Lorca recitaba sus versos para la familia Masriera. Todo incompatible con la idea que Carter tenía de la sensatez.

—La primera vez que Dante vio a Beatriz tenía ocho años —Bruno interrumpió sus alarmantes pensamientos para complicárselos todavía más—. Ella vestía de rojo sangre y él se enamoró perdidamente y para toda la eternidad.

Carter intentó no pensar en el vestido rojo de *su* Beatriz la primera vez que había traspasado el umbral de la mansión Masriera y fracasó. Empezaba a hacerse una idea aproximada de lo que debió de ser la infancia de Dante y de por qué escribió sobre visitar los círculos del infierno.

—Una eternidad que resultó ser breve —carraspeó— porque ella se casó con otro y murió muy joven.

—«Quien sabe de dolor, todo lo sabe». —El editor citó a Dante Alighieri a voz en grito mientras Carter bajaba las escaleras y su voz resonó en los altos techos de la bella mansión neoclásica.

Su exabrupto dramático despertó a Sonia, la telefonista del pelo violeta, que se levantó de un salto de detrás del sólido escritorio y se apresuró a descolgar el teléfono con cara de sonámbula, las gafas perdidas a saber dónde.

—Dalia Ediciones, ¿en qué puedo ayudarle?

—No ha llamado nadie —le aseguró Carter cuando ella se

lo quedó mirando con cierto reproche porque el auricular que había levantado solo daba señal de línea.

—He llamado yo —dijo Bruno desde el portátil.

—¿En qué puedo ayudarle? —repitió confusa Sonia sin soltar el teléfono.

El traductor pasó de largo la recepción y subió las escaleras del ala este en dirección a la biblioteca huyendo de más explicaciones. La vida ya era lo bastante complicada como para enzarzarse en otra conversación surrealista entre una telefonista somnolienta y un editor en las antípodas.

Encontró a Beatriz de pie, afortunadamente en vaqueros y jersey rosa de algodón en lugar de con un vestido rojo, junto al estante de la letra H, absorta en uno de los clásicos editados por Dalia, mientras Piper mordisqueaba una pelota de goma bajo las ramas del roble. Carter sabía que había pasado por casa de su amiga Marta a recogerlo temprano esa misma mañana porque Beatriz lo había llamado para avisar de que llegaría un poco tarde por culpa del tráfico en hora punta.

—Bruno —la advirtió dejando el ordenador sobre su mesa.

Acercó otra silla al escritorio, pero procuró quedarse fuera del alcance de la cámara del portátil, todavía temeroso de las barbaridades que podía soltar el editor y con la esperanza de que se olvidase de ellas si lo perdía de vista. Antes de sentarse junto a Carter y saludar a su tío, Beatriz dejó sobre la mesa el libro que había estado hojeando: *Mis historias perrunas favoritas*, de James Herriot. El traductor le lanzó una mirada escrutadora a Piper, pero el animal, con la pelota bien asegurada bajo sus zarpas, parecía fascinado en la *toilette* matutina de Hugin y Munin, que se acicalaban las plumas con esmero.

—Tío Bruno, anoche Wraxford firmó el contrato con Salisachs. No publicaremos su novela, lo siento.

—Bien, bien. —El editor, con su sonrisa pixelada, asintió complacido.

Beatriz intercambió una mirada perpleja con Carter, que se limitó a encogerse de hombros.

—Tío, ¿has escuchado lo que te acabo de decir? —preguntó extrañada por su respuesta.

—Si Wraxford se va con Salisachs ya no es asunto nuestro —dijo Bruno con calma. En la biblioteca, la conexión se congelaba durante un par de segundos cada cierto tiempo—. ¿Cumpliremos con las fechas de imprenta?

—Llegamos bien a todas las de este año —intervino Carter sin asomarse a la pantalla—. Pero espero que Ogilvy decida honrarnos con su visita a principios de noviembre, porque me gustaría empezar cuanto antes su traducción.

Beatriz intervino:

—He estado pensando…

—Buena chica —la interrumpió su tío.

—… en mantener las cinco tiradas acordadas con la imprenta. Me refiero a que podemos sustituir el libro de Wraxford por otro.

—¿De un autor vivo? Imposible, no pensé en un plan b la pasada primavera, por si se caía algún título.

—Si te parece bien, me gustaría tener la oportunidad de escogerlo a mí. De entre los manuscritos que guardas en tu despacho.

Carter la miró con espanto y articuló «Minotauro», lo que solo consiguió hacer sonreír a la muy incauta.

—Qué gran idea, querida —dijo Bruno, porque lo de ser incautos debía de venir de familia—. Voy a quedarme un tiempo más en Wellington, llámame cuando hayas elegido otro título. Pero no me consultes, decide tú. Carter y yo te asistiremos a lo largo de todo el proceso de edición.

—Tío —intervino la musa recobrando la sensatez—, me gustaría escoger un nuevo título, pero eso no cambia el hecho de que sigo sin tener ni idea de cómo acertar. Si tú o Carter…

—Dime qué criterios vas a seguir para seleccionar uno de los manuscritos de mi despacho —la interrumpió Bruno.

—Que la tinta todavía pueda leerse, que no esté en la pila de AUTORES NAZIS, ni tampoco en la de AUTORES NAZIS QUE TODAVÍA NO SABEN QUE LO SON —enumeró Carter en voz baja—, y que quede cerca de un lugar accesible del laberinto para poder salir más o menos indemne del alud de polvo y telarañas que provoque cuando lo saques de la montaña de manuscritos.

—Chist —lo riñó Beatriz conteniendo la risa—. No lo sé, tío. No tengo ninguna idea preconcebida, creo que me decantaré por algo que me apetezca leer.

—Interesante —asintió Bruno a trompicones al congelarse la imagen—. Los exigentes criterios editoriales a los que yo me atengo, como un estricto código de honor, para elegir los títulos de Dalia Ediciones son…

Pero el mundo tendría que esperar otra ocasión más propicia para descubrir los exigentes criterios que seguía Bruno Bennet a la hora de escoger con qué títulos regalaría el intelecto y esparcimiento de la humanidad porque, en esos momentos, la conexión falló definitivamente y se perdió la señal. Carter decidió que ya había tenido bastante teatro del absurdo por esa mañana e invitó a Beatriz a comer.

—Todavía es temprano —dijo la musa sensata.

—Es que primero debemos hacer una visita muy importante.

Gigamesh, fundada en 1985 por el traductor, editor y crítico literario Alejo Cuervo, era la librería más grande de Europa especializada en géneros fantásticos y de ciencia ficción. Hacía unas décadas que se había trasladado al número 8 de la calle Bailén desde su ubicación inicial en Ronda de Sant Pere, por lo que Carter, Beatriz y Piper apenas tuvieron que recorrer unas cuatro manzanas, en dirección mar desde la mansión Masriera, para traspasar las puertas automáticas de cristal flanqueadas por sus solemnes y sobrias columnas de piedra clara. Había dejado de llover y entre las nubes se asomaba de vez en cuando el tímido sol de octubre. A lo largo del paseo, Carter había disfrutado manteniendo un críptico silencio respecto hacia dónde se dirigían hasta que se plantaron ante las puertas de la librería. Beatriz contempló la entrada con la misma temerosa solemnidad con la que habría contemplado Morannon y le confesó que aquella sería su primera visita a Gigamesh pues solía frecuentar poco la fantasía, más allá de los clásicos.

—Bruno dice que eres una gran lectora. Y muy ecléctica.

—Lo era. En estos últimos años conseguí convencerme de que ya no tenía tiempo para leer. Por eso he desterrado la televisión: quiero volver a los buenos hábitos. ¿Por qué la librería se llama Gigamesh en lugar de Gilgamesh? ¿Es una errata?

—Me temo que a Alejo Cuervo, su fundador, le gusta atormentar con esa duda a los historiadores de época babilónica. Creo que el nombre tiene relación con Stanisław Lem y que la editorial se fundó, con el mismo nombre, después que la librería, pero no sabría decirte más.

Tras admirar el impresionante escaparate y traspasar su umbral, no se adentraron mucho más allá de los controles de alarma pues Beatriz se quedó boquiabierta ante el inquietante minialtar repleto de monedas, encajado entre los paneles de la pared de su izquierda.

—Es una estatuilla de Cthulhu —le aclaró Carter—, la terrible divinidad de H. P. Lovecraft. Quienes entran en Gigamesh pueden colaborar para erigirle un altar impío.

—¿Para pedirle un deseo?

—Más bien para pedirle clemencia… o dejarle el currículum. En esta librería nunca se sabe.

—He leído *La llamada de Cthulhu*. No estoy segura de que entrar aquí sea una buena idea.

De espaldas a las ofrendas, plantado frente a la caja registradora, un cliente pelirrojo, joven, menudo y muy pálido, parecía pasar por uno de los peores momentos de su vida decidiendo si prefería pedir ayuda o salir corriendo. Dos de los libreros de Gigamesh, Antonio y Alba, tras el mostrador elevado, saludaron a los recién llegados con amabilidad antes de atender al pelirrojo que por fin había arrancado a hablar.

—Estoy buscando un libro —dijo en un tono que más parecía una pregunta que una afirmación.

—De momento vas bien —asintió el Librero del Mal.

—Con la cubierta de color verde. El nombre de la autora empieza por eme.

Los libreros ni siquiera parpadearon ante la adivinanza, seguramente acostumbrados a escuchar peores acertijos que ese.

—¿Género? —preguntó Alba.

—Masculino.

—Mi compañera se refiere —aclaró Antonio todavía impertérrito— a si es un libro de ciencia ficción, de fantasía, de terror...

—De no ficción. Va sobre librerías imaginarias.

—Qué suerte tienen algunos —murmuró la joven librera.

Antonio se volvió un momento, escogió varios títulos de la enorme estantería de suelo a techo que tenía a sus espaldas y puso sobre el mostrador cuatro tomos de cubiertas de diferentes colores escritos por autoras.

Carter observó cómo una gota sudor resbalaba por la sien del hombrecillo pelirrojo.

—Son ensayos sobre bibliotecas y librerías de ficción —sentenció el Librero del Mal.

—Ah, creo que es este —tartamudeó el pelirrojo sacando de la pila *Magia portátil* de Emma Smith.

—Pero no es verde —apuntó Alba echando un ojo al ejemplar escogido—. Y el nombre de la autora no empieza por eme.

—No… no tengo prejuicios, señorita —tartamudeó el cliente del día en un susurro apenas audible—. ¿Me cobra?

Tras pagar en efectivo y rechazar una bolsa, huyó de la librería aferrado a su libro como alma perseguida por Cthulhu.

—De nada —dijo Antonio cuando el hombrecillo hubo salido por las puertas automáticas de la librería—. Por eso me hice librero, por la amabilidad de la gente.

—Al menos no nos ha escondido ningún libro. Odio a los que esconden libros. Aunque la mayoría son majos. No puedes meter a todo el mundo en el mismo saco.

—Pero sí en el mismo incinerador.

—Me ha llamado señorita —sonrió Alba acostumbrada a los epitafios de su compañero—. Qué pasada tu poni —le dijo a Beatriz, que había retrocedido un poquito, probablemente intimidada por el Librero del Mal.

—Se llama Piper —dijo—. Puedo esperar fuera si no se admiten…

—A menos que sea un dragón —la interrumpió Antonio muy serio—, es bienvenido.

—¿Qué tienes en contra de los dragones? —Alba miró con suspicacia a su compañero de fatigas.

—Fuego y libros. Mala combinación. Es de primero de

librera. —Una chispa de humor le iluminó la mirada cuando la chica bufó y dijo que se iba a buscar libros escondidos aprovechando que todo estaba tranquilo—. Sir Blackstone —el librero saludó socarrón con una pequeña inclinación de cabeza—, ¿en qué puedo ayudarle?

—Esta es Beatriz Valerio, la sobrina de Bruno Bennet.

—Bienvenida. Tu tío es uno de nuestros mejores clientes. Le gusta el terror.

—Eso explica el miedo que dan los manuscritos que escoge para publicar —murmuró Carter al oído de Beatriz—. Es la primera vez que entra en Gigamesh —añadió dirigiéndose al librero.

—Entonces… —sentenció saliendo de detrás del mostrador—. Tour de bienvenida por el túnel del tiempo.

Salieron de Gigamesh con toda la bibliografía en castellano de Connie Willis; los cuatro primeros libros de la saga de Thursday Next de Jasper Fforde; *La torre*, de Daniel O'Malley; la preciosa nueva edición de Salamandra —con aquel majestuoso cuervo en la cubierta probablemente antepasado de los inquilinos del roble de la biblioteca— de *Jonathan Strange y el señor Norrell*, de Susanna Clarke, y *Las doce en el Beheaded Ben*, de James Stapleton. Todos ellos escogidos con cariño y esmero por Carter, convencido de que Beatriz no solo los disfrutaría sino que resultarían justo el tipo de libros que necesitaba en esos momentos. Para él, compró un par de novelas en inglés de C. K. McDonnell y de China Miéville, siempre dispuesto a echarle un ojo a las novedades susceptibles de traducción.

—Si vas a escoger uno de los manuscritos del despacho de Bruno para darle una oportunidad, me aseguraré de que tu sentido del humor y tu apreciación de la más excelente prosa esté en plena forma gracias a todos estos títulos —le dijo a la periodista cuando le agradeció su generosidad.

Al salir de la librería, zigzaguearon por las callejuelas de Sant Pere, uno de los barrios más bonitos de Barcelona, en dirección a Via Laietana, a través de la magia sombría del Callejón Diagon del Passatge Sert y dejando atrás la bella fantasía modernista que, entre los años 1905 y 1908, Lluís Domènech i Montaner hizo realidad para el Palau de la Música, sede del Orfeó Català y única sala de conciertos declarada patrimonio de la humanidad por la Unesco. Tras cruzar Via Laietana, siguieron por el carrer Comtal hasta dar con el atajo que los dejó en el carrer de Montsió donde, en el número 3, casi disimulada en uno de los preciosos arcos modernistas de la Casa Martí, del arquitecto Puig i Cadafalch, se abrían las puertas del restaurante Els Quatre Gats. Todavía era temprano y Piper los acompañaba, pero iban demasiado cargados de libros como para cambiar de planes, así que entraron, con la luz de la belleza modernista de la ciudad prendida en la retina, y se detuvieron a esperar a ser atendidos frente a la reproducción del gran cuadro, *Ramon Casas i Pere Romeu en un tàndem*, que el propio Casas pintó expresamente para la taberna original.

Beatriz conocía la historia de Els Quatre Gats, fundada en 1897 por Pere Romeu a su regreso de París, en donde había sido camarero en el cabaret Le Chat Noir de París, negocio en el que se había inspirado para abrir su propio local. Sin embargo, una leyenda urbana contaba que el nombre no le venía del gato parisino sino de la frase que más veces tuvo que escuchar Romeu de amigos y vecinos cuando explicaba que estaba a punto de abrir un restaurante donde tertulianos y artistas se sintiesen como en casa: *«Sereu quatre gats!»*. Se equivocaban: el proyecto de Romeu se convirtió en el corazón efervescente del modernismo, frecuentado por artistas e intelectuales como Santiago Rusiñol, Antoni Gaudí, Isaac Albéniz, Enric Granados o el mismo Ramon Casas, entre otros muchos nombres ilustres. Un joven Pablo Picasso expuso por primera vez en aquel café taberna donde, a todas horas, se podía disfrutar de buena comida casera y la conversación más interesante de la época.

—¿Es el original? —preguntó Carter señalando el gran cuadro de Ramon Casas.

—El original está en el MNAC, si no recuerdo mal. Leí en la prensa que a principios del siglo XX, Casas y Romeu lo habían sustituido por otro autorretrato en el que aparecían en coche, pero los puristas siguen prefiriendo la pintura del tándem.

—El Londres de finales del XIX era una metrópoli caótica y sucia, atestada de carros, caballos, coches de línea... Pero Barcelona todavía tenía déficit de vías transitables; fue el triunfo de las bicicletas en aquella década lo que preparó la ciudad para la llegada de la circulación de los coches.

—Y ahora volvemos atrás en el tiempo, intentando sustituir el coche por la bicicleta, como si renegáramos asustados de nuestra propia osadía al inventar el motor de combustión.

—Poco asustados estamos para el desastre medioambiental en el que sobrevivimos.

Beatriz le mantuvo la mirada y encontró algo que no supo descifrar, un brillo de tristeza, de melancolía, de secretos en los que nunca nadie había indagado. Aunque en esos últimos días habían charlado largo y tendido sobre pequeñas cosas, no se había atrevido a hacerle preguntas demasiado personales. El traductor le había hablado de su infancia en Surrey, de sus vacaciones de verano en Málaga, tierra natal de su familia materna, de la riqueza que siempre le había supuesto crecer con dos idiomas distintos; de lo poco que le costó adaptarse a la ciudad condal, excepto por la añoranza que sentía por los bosques y colinas ingleses; del pensamiento recurrente de no pertenecer a ningún lugar, pero tampoco sentirse extranjero, al menos no del todo. La incertidumbre de saberse en deuda con dos culturas distintas y al mismo tiempo abandonado, de una forma y otra, por ambas.

—¿Es por eso por lo que sigues sin comprar ni alquilar un lugar propio donde vivir?

—Buen intento —sonrió Carter—. No, no es por eso.

—¿Me lo vas a contar?

—Cuando llegue el momento.

—Tener casa propia crea la ilusión de raíces, de que te vas a quedar. ¿Es esta tu Troya? ¿Hay una Penélope esperándote al otro lado del mar?

—*Canta, oh musa, la cólera del Pélida Aquiles* —recitó Carter divertido.

—Creo que es «oh diosa».

—No sé por qué me habré confundido —dijo mirándola de una forma que Beatriz no supo interpretar—. No, no hay nada ni nadie esperándome al otro lado del canal de la Mancha. Pero tampoco aquí.

—Me cuesta entenderlo. Lo de no tener un lugar al que volver cuando termina el día. Ocurra lo que ocurra, sé que en casa encuentro mi refugio, que estaré a salvo. El mundo duele, es ruidoso, agresivo, te hace sentir terriblemente expuesta. Cuando traspaso el umbral de mi casa todo es silencio y calma. Nada malo puede ocurrirme allí.

—Dices eso porque has desterrado la televisión —bromeó—. Edward Coke —prosiguió al cabo de un momento sin que el brillo divertido abandonase su mirada—, juez y parlamentario de finales del siglo XVI, regaló una frase a los anales británicos de la posteridad: «La casa de un inglés es su castillo». Coke la escribió en el contexto de una sentencia sobre un caso de abuso de la autoridad y se refería al derecho del propietario de una vivienda de no dejar entrar a los hombres del rey sin una causa legalmente justificada. Pero la Historia le dio otra interpretación, tu idea de refugio: nada entra en mi hogar sin mi permiso, solo tras las murallas inexpugnables de mi casa estoy a salvo. Solo que para mí, en lugar de castillo hay literatura. Ya ves, no somos tan distintos. Mi refugio son los libros. En la editorial me siento a salvo. El concepto de hogar varía según las personas. Para Holly Golightly ese lugar seguro en donde nada malo podía ocurrirle era Tiffany's.

—Holly era un personaje de ficción y además uno terriblemente trágico.

—No como Ulises —dijo con ironía Carter—, tan alegre mientras le prendía fuego a Troya.

—Al menos, tenía un hogar al que volver.

De pronto, la cogió de la mano y la miró a los ojos poniéndose serio pese a la tenue sonrisa que todavía merodeaba en la comisura de sus labios.

—No voy a irme a ningún sitio, Beatriz, te lo prometo. Mi lugar está aquí, con Dalia Ediciones. Aunque tu tío la haya trasladado a una mansión neoclásica del siglo XIX.

—Desarraigado —suspiró bajito.

—*Rootless, uprooted* —pronunció en inglés—. Tal vez. —Carter le guiñó el ojo—. O quizá habitante del Londres de Peter Grant, del San Petersburgo de Ana Karenina, de la Tierra Media, del Brooklyn de Francie, del Barsetshire del doctor Thorne, del Hogsmeade de McGonagall o del Pemberley de Darcy.

—Entonces, ya tardas en invitarme a tomar el té.

Pero aquel día no habría tiempo para el té, ni siquiera para comer en Els Quatre Gats porque justo entonces sonó el móvil de Beatriz desbaratando cualquier plan.

—Es urgente —sonó la voz de uno de los correctores de Dalia al otro lado del teléfono.

—Por la imprenta —añadió su compañero.

—Han cambiado la fecha de entrada de impresión.

—A cambio, nos proponen ampliar la tirada y como el manuscrito de Torres...

—... está maquetado y corregido...

—... listo, excepto...

—... por su última lectura...

—... debería salir esta misma noche.

—Junto con la novela de Rodríguez.

—Son Pyp —le aclaró a Carter en cuanto terminó la llamada—. Volvemos a Dalia.

Beatriz se sentía mareada por el extraño vaivén dialogante de los dos interlocutores comportándose como uno solo y a la vez tremendamente responsable y adulta porque Pyp la hubiese llamado a ella, en lugar de a Blackstone, como definitiva responsable del libro de Ángela G. Torres.

—¿Qué ha pasado?

—No estoy segura. No me acostumbro a que se terminen las frases el uno a la otra.

—El truco es pensar en Pyp como en una esfinge de dos cabezas que habla con una peculiar entonación.

—Pasas demasiado tiempo con mi tío.

—¿Qué querían?

—Me ha parecido entender que necesitan que volvamos a la editorial para dar el último repaso a las galeradas de Ángela Torres porque mañana a primera hora entra en imprenta junto al *Otro Whisky* de Rodríguez, por un cambio imprevisto que se nos compensará con algún misterioso pacto mefistofélico.

Todo eran susurros en la biblioteca de Dalia Ediciones cuando la luz de la luna se coló por los ventanales y tocó de plata las hojas dentadas del roble centenario. En la planta baja, el entarimado del escenario teatral y la madera de los muebles arrinconados del Taller Masriera crujían en voz baja y el eco de los recuerdos jugaba al escondite en las habitaciones vacías. Los Pyp trabajaban en el escritorio de Beatriz mientras Carter y la periodista dedicaban un último repaso a las galeradas impresas, en el sofá que habían arrastrado hasta la biblioteca desde el despacho del traductor, con los abrigos puestos para contrarrestar el frío nocturno que entraba a través de las ventanas rotas. Sonia, la telefonista somnolienta de pelo violeta, se había marchado a las diez de la noche, después de encargar comida china y cenar con ellos, consciente de que poco más podía aportar en el gabinete de crisis nocturna y tras confesar que tenía un segundo trabajo, como bailarina en un club nocturno, lo que por fin aclaró sus siestas tras la recepción de la editorial. Beatriz la había acompañado hasta las puertas del Erecteion y se había detenido bajo el porche de columnas corintias, con el aroma nocturno de la higuera y los limoneros casi escondido entre el de la tierra mojada de aquel otoño tan inusual.

—Sonia —interpeló a la telefonista antes de que esta abandonase la protección del hermoso friso neoclásico y se perdiera en la noche—, ¿te gusta tu trabajo?

—¿Cuál de los dos? —sonrió ella abrochándose el abrigo y haciendo equilibrios con el bolso, el paraguas y una boina francesa.

Parecía extrañamente fuera de lugar en aquel jardincillo asilvestrado, a punto de abandonarlo para volver al ritmo desenfrenado de la ciudad.

—El de Dalia. Me imagino que bailar debe de ser vocacional.

—No creas, más bien se trata de supervivencia. No me malinterpretes —bostezó—, Bruno me paga un sueldo justo, pero vivo sola y el alquiler astronómico de mi pisito y las clases en el conservatorio de danza se llevan todo lo que gano. Así que podría decirse que bailo para comer, para comprarme unas zapatillas cuando se rompen las que tengo, para ir al ballet o al teatro de vez en cuando, y pagar el optometrista y el dentista. He pensado más de una vez en irme a vivir fuera de Barcelona, en busca de un alquiler más asequible, pero los abonos de transporte diarios para venir a la ciudad tampoco son precisamente baratos comparados con mis ingresos, por no hablar del tiempo de desplazamiento y lo mal que funcionan los trenes…

Una punzada de culpa atravesó el pecho de Beatriz cuando la chica del pelo violeta le dio las buenas noches y se marchó a bailar. Nunca había tenido que pensar en el alquiler, como Sonia, o en la hipoteca, como Marta. Su sueldo de periodista, aunque precario, le alcanzaba para el mantenimiento y el seguro de la casa, los impuestos, los suministros y bienes de supervivencia, pero a final de mes podía contar con el ingreso por el alquiler de la planta baja para ayudarla con los imprevistos médicos, la ropa y el calzado, el ocio o los viajes de las vacaciones. Hasta la fecha, al igual que Sonia pero con la mitad de su esfuerzo y el doble de horas para descansar, había tenido dos pequeños sueldos que le habían permitido vivir sola, sin ayuda familiar o de una pareja. Se imaginó la desazón y la tristeza de vivir para trabajar, sin apenas tiempo para nada más, y la comparó a la desazón y a la tristeza que la rondaban, desde que se había quedado sin trabajo, por la culpabilidad y la incertidumbre. Tal vez los seres humanos llevaban la infelicidad en su naturaleza y solo lograban distraerla de vez en cuando.

Beatriz cruzó el teatro Studium deprisa, espoleada por un repentino temor a aquella oscuridad cargada de fantasmas, y subió las escaleras hasta la biblioteca pensando en el breve tratado de Lucio Anneo Séneca que había leído el año anterior: *Sobre la brevedad de la vida, el ocio y la felicidad*. Entre sus páginas había recordado nociones de historia y filosofía sobre el estoicismo y comprendía por qué el pensamiento del filósofo y naturalista que protagonizó la mejor etapa del gobierno de Nerón aportaba cierto consuelo. Al menos, hasta que descubrió que Séneca había nacido en una familia patricia acomodada y que jamás se preocupó por el alquiler, la factura de la electricidad o cualquier revés de la fortuna más allá de sus ataques de asma. Por debajo del umbral de la pobreza, no había espacio para plantearse la ética de la felicidad. Aunque, bien mirado, vivir al servicio de un emperador tan insensato como Nerón sí que conllevaría un montón de reveses de la fortuna. A medida que Beatriz se hacía mayor cada vez le resultaba más evidente que los juicios absolutos pocas veces resultaban verdaderos y que casi todas las personas —excepto los escritores y los Sith, que pertenecían íntegros al lado oscuro— tenían sus luces y sus sombras.

Entró en la biblioteca con el ánimo más ligero y el propósito de dejar de lamentarse por los reveses de la fortuna mientras pudiese volver a casa, tumbarse en su *chaise longue* y leer a Dorothy L. Sayers. Se detuvo un instante, a pocos pasos del umbral de la puerta, el silencio roto con los clics del teclado y del ratón de Pyp, los ronquiditos de Piper, el leve acomodo de las ramas del roble entre la suave brisa nocturna, los restos del olor del pollo *kung pao* y del *chop suey* desvaneciéndose más allá de la ventana sin cristales, perdiendo la batalla con la hierba de burro trepadora, que florecía todo el año, la tierra húmeda y los limoneros. El ruido de la ciudad no era más que un rumor lejano, sonido de fondo del teclear esporádico de los ordenadores y el susurro estruendoso de la impresora. Entonces su mirada se cruzó con la de Carter, el único que había levantado la cabeza al escuchar sus pasos, y el corazón le dio un vuelco. Se preguntó qué culpa arrastraría aquel hombre paciente y bueno, de ojos grises como un cielo de tormenta y ademanes tranquilos. Se dio cuenta de lo sencillo que le resultaría cruzar la biblioteca y acurrucarse junto a él en el sofá, lejos del ruido y la furia, su cuerpo rotundo ofreciéndole amparo y consuelo, sus brazos alrededor de su cintura y aquel aroma a jabón Yardley tan cerca, apenas a unos centímetros de la promesa de sus labios. Y entonces los clásicos de la letra C cayeron con estrépito de su estantería.

—¿Jueves? —preguntó uno de los Pyp sobresaltado por el ruido.

—Jueves —corroboró el otro Pyp sin apartar la mirada de la pantalla de su portátil.

Carter se puso en pie y se desperezó para desentumecer la espalda.

—El fantasma decimonónico —le aclaró a Beatriz.

La periodista recogió los libros caídos.

—*Cuentos de almas en pena y corazones encogidos* y *Espíritus que habitan el arte*, de Samuel Taylor Coleridge —dijo leyendo los títulos de las cubiertas—. Pues no es un fantasma demasiado sutil.

—Pensé eso mismo al principio. Si te fijas en los libros de la letra C también tienes *El juego del escondite*, de Wilkie Collins, y *El misterio de Cloomber*, de Arthur Conan Doyle.

—También está Cicerón —observó Beatriz—. Estoy segura de que *Sobre el destino* podría atormentar incluso al alma en pena más pintada.

—Bruno compró una güija para ponerse en contacto con el fantasma de la biblioteca. Primero le preguntó por qué arrojaba al suelo esos libros cada jueves por la noche, pero después resolvió que le interesaba más saber qué tiraba cuando aquí no había ninguna biblioteca o qué asunto pendiente tenía para no irse. Entonces decidió preguntarle cómo y cuándo murió, cómo era el Taller Masriera en tiempos de la familia de mecenas o a qué artistas famosos habían invitado a cenar.

—Vaya, pensaba que mi tío solo tenía la capacidad de volver locos a los vivos.

—Solo que el fantasma tiene la suerte de ser inmune a sus conversaciones.

—Podríamos investigar sobre si hubo alguna muerte violenta en este lugar.

—Me entrevisté con un historiador del barrio que conocía bien la mansión Masriera: ha tenido un uso tan extraordinario y variado durante tantas décadas que podría haber sucedido cualquier cosa entre estas paredes. La época de esplendor del taller de artistas, de pensadores de la República, las óperas, los bailes, el teatro, los recitales privados de poesía… La reclusión de una orden religiosa femenina, su posterior apertura a las personas más necesitadas del barrio, el lugar de encuentro vecinal, el esparcimiento de las familias y el refugio de quienes pensaban distinto al régimen durante la dictadura… Estamos rodeados de Historia, podría haber sucedido cualquier cosa.

—Alguien debería escribir una novela sobre el Taller Masriera. ¿Por qué te ríes?

—Porque te pareces más a tu tío de lo que pensaba.

—Puede que sea una de las cosas más bonitas que me han dicho nunca —sonrió.

—Cualquier cosa bonita que podamos decir sobre ti se queda siempre demasiado corta. A Bruno se le ocurrió que el fantasma podría ser alguien que escribió la verdadera historia de la mansión Masriera y que murió antes de publicarla. Cree que el manuscrito inédito podría estar emparedado tras la pared de la estantería de la letra C de los clásicos de Dalia, exactamente tras los títulos de Coleridge. Pero como no se pueden agujerear las paredes, nunca lo sabremos.

—Tú no crees que sea así.

—Un jueves por la mañana, cogí esos dos libros y los puse en la estantería de la W. Volvieron a caerse al suelo por la noche.

El campanario cercano de Sant Francesc de Sales tocó la medianoche y supo que estaba demasiado cansada como para pensar con claridad. Notó la mirada interrogativa de Carter, pero prefirió no dar más explicaciones y acercarse a Pyp para preguntar cómo iba todo.

—Acabamos de enviar la revisión del diseño de cubierta de *Otro Whisky* y su correspondiente faja al buzón de la imprenta —dijo la mujer rubia hablando de nuevo en plural.

—En cuanto sir Blackstone nos pase los últimos capítulos...

—... también los enviaremos porque...

—... por nuestra parte...

—... si no ocurre ninguna otra catástrofe...

—... como una inundación, un corte del suministro eléctrico...

—... o el meteorito...

—... está perfecto.

—No digáis eso —los reprendió Carter—, trae mala suerte. Seguro que se acaban de duplicar las erratas.

—Ningún libro sin su errata —sonrió el hombre rubio.

—*Errare humanum est* —asintió la otra cabeza dorada de Pyp.

—¿Por qué solo habéis enviado el diseño de cubierta de *Otro Whisky*, ¿qué pasa con el de *Consejos para insomnes*?

—preguntó Beatriz súbitamente alerta por la mirada que habían intercambiado los Pyp.

—Está aprobada por Bruno…

—… pero alguien debería echarle otro vistazo.

—Solo por si acaso. —Los Pyp sonrieron siniestros al unísono.

Carter hizo un gesto de rendición, les prometió que les pasaría las últimas correcciones enseguida y le pidió a Beatriz si podía encargarse ella de la supervisión de la cubierta y la faja del libro de Torres. La periodista recogió su portátil sobre la mesa y estaba a punto de regresar al sofá cuando cambió de opinión. Abrió el archivo con los diseños para *Consejos para insomnes* y se quedó contemplando la pantalla del ordenador sin entender qué estaba viendo. Parpadeó con fuerza para espantar el cansancio y el sueño que pudieran nublarle el juicio, pero cuando volvió a fijar la mirada en la pantalla el horror seguía ahí, impecablemente espantoso.

—¿Carter? —llamó en voz baja—. ¿Puedes acercarte un momento a ver esto? Me parece que en la agencia se han equivocado de libro.

El traductor estudió con calma el diseño rojo y marrón con pintas de algo destripado en medio de la cubierta, abrió el resto de los archivos para cerciorarse de que se trataba de las cubiertas, sobrecubiertas, portadas, fajas y lomo del libro de Torres y soltó un suspiro de cansancio.

—Falta el título, el nombre de la autora y la sinopsis. Envíales los créditos ahora mismo y mañana a primera hora les llamamos para pedirles que lo cambien.

—¿Solo te has fijado en lo que falta?

—Es un diseño un poco... rompedor.

—Lo único que rompe son las ganas de comprar este libro. Tú lo has leído. *Consejos para insomnes* es esperanzador, luminoso, conmovedor. Ese dibujo raro marronoso parecen tripas esparcidas en una acera muy sucia.

—No parece muy esperanzador —reconoció sir Blackstone—. Sobre todo para el propietario de las tripas. ¿Qué sugieres? Tenemos poco tiempo para cambiar el diseño. Aquí está todo casi listo. Si va según lo previsto, a mediodía la imprenta nos enviará los ferros.

—¿Qué es eso?

—Otra maqueta, como las galeradas, pero esta vez se trata de los pliegos de papel que conforman el libro en sí. Sirve para comprobar que el orden de las páginas, su encuadre y el entintado son los correctos. Bruno prefiere la impresión offset a la digital porque es un romántico, así que mañana tendremos los ferros, los revisaremos y, si todo está en su sitio, por la noche la imprenta empezará con los mil ejemplares de *Otro whisky* y con otros mil de *Consejos para insomnes*. Necesitarán la cubierta definitiva.

—Es mi libro preferido de autores vivos de Dalia —suspiró—. No me canso de lo bonito que escribe Ángela Torres ni aunque tuviera que corregirla diez noches más. Se merece una cubierta de colores alegres, quizá en tonos de verde, como la tinta de Neruda, con flores, un micrófono antiguo y unicornios.

Carter la miró con el ceño fruncido.

—Vale, podría prescindir de los unicornios, pero no de las flores ni de la referencia radiofónica.

—Beatriz —la llamó con timidez uno de los Pyp—, el año pasado hicimos un curso de collage digital.

—Habían suspendido mis clases de yoga. Por la gripe —explicó una de ellos con un brillo alegre al mencionar la pandemia.

—Y las mías de pintura —continuó su compañero.

—Así que probamos con el collage.

—Podríamos intentar algo...

—... a modo de sugerencia...

—... para que la agencia de diseño pueda trabajar con más rapidez...

—... mientras esperamos a que sir Blackstone nos devuelva sus últimas revisiones.

—Di que sí —le susurró Carter al oído—. Los Pyp poseen un gusto estético peculiar, pero seríamos unos incautos si no nos hubiésemos dado cuenta de lo bien que calculan la simetría, el equilibrio y la complementación. Quizá sus flores tengan cierto aire fúnebre, pero será una buena materia prima sobre la que los diseñadores puedan trabajar con mayor rapidez. Vamos a contrarreloj.

—De acuerdo —respondió a Pyp. Sorteó la mesa y se quedó de pie entre los dos para que pudiesen ver la pantalla de su portátil—. Esto es lo que había pensado.

Cuando estuvo segura de que los Pyp entendían su idea y se ponían manos al collage, se dirigió hacia su rincón junto al roble gigante. Carter se había quedado dormido, con el ordenador sobre el regazo, en la familiaridad de su sofá. Piper, que en algún momento se había echado a sus pies, abrió los ojos en cuanto Beatriz se sentó en el otro extremo del sofá. El animal subió de un salto, acomodó la cabezota sobre las piernas de su humana y la miró con adoración.

—No despiertes al traductor —susurró mientras hacía equilibrios con el portátil.

Solo quedaba redactar y enviar un correo a los diseñadores con las especificaciones para los créditos de las portadas y el archivo con la nueva cubierta en cuanto Pyp le pasara su obra de arte digital. Con una mano enterrada en el pelaje de un encantado Piper y la otra sujetando el portátil, se le ocurrió que estaba desechando un diseño aprobado por su tío; que por primera vez tomaba una decisión editorial personal, basada en su propio criterio y en el entusiasmo que sentía por el libro de Torres. Y se sabía dispuesta a defender esa decisión delante de Bruno o de cualquiera que la cuestionase. Por primera vez en mucho tiempo, pisaba terreno firme, se veía segura, le gustaba tomar las riendas de ese libro. Empezaba a comprender la belleza de aquel arte sutil y casi invisible que rondaba cada una de las pequeñas decisiones que terminan con la llegada de una novela a las estanterías de una librería. No estaba nada mal ser comadrona de libros.

Recuperó la mano que Piper había secuestrado bajo su cabeza, la unió a la otra sobre el teclado, y se concedió un instante antes de redactar el correo para los diseñadores. Cerró un momento los ojos y respiró tranquila el aroma levemente gruñón y salvaje de un roble antiguo, el rastro cercano de las flores silvestres que se colaban por las ventanas rotas y el agradable olor a jabón Yardley del hombre bueno que dormitaba a apenas un Piper de distancia. Y supo que no quería estar en ningún otro lugar ni con ninguna otra compañía.

Dalias en octubre

—He cerrado mi blog de reseñas literarias. Me he dado cuenta de que no hacía más que ponerle pegas a todos los libros que leía porque me había convertido en una gruñona insoportable. Sigo leyendo un montón y echo de menos comentarlo con mis amigas del club de lectura, hasta que caigo en la cuenta de que mis opiniones no aportan nada y se me pasa.

—Querida lectora atormentada, opinar es humano. No tengo ni idea de cómo cocinar una tarta, pero cuando pruebo una puedo decir si me gusta o no, si le falta mermelada de fresa o si ha quedado demasiado dura. Mientras no insulte al cocinero o desprestigie su trabajo en público para hundirlo en la miseria y arruinar su negocio solo porque a mí no me gusta su tarta, es válido. Por otro lado, lamento comunicarte que leer es entrenar el pensamiento crítico, así que aunque hayas dejado de escribir opiniones en internet, tu cerebro ha seguido gruñendo, solo que de manera más discreta.

ÁNGELA G. TORRES,
Consejos para insomnes

La urgencia editorial nocturna se resolvió con el final feliz de los cuentos de hadas y en un par de días la imprenta tuvo listas para distribución las novelas de dos de los autores vivos del tío Bruno. La propuesta de Pyp para la cubierta de *Consejos para insomnes* había quedado algo más siniestra de lo que Carter supuso, pero los dedos mágicos de los diseñadores de la agencia, tras un escandaloso cargo adicional por el cambio de última hora, la habían convertido en una preciosa maraña floral de verde, blanco y rosado alrededor de un micrófono *vintage*. A Beatriz le encantaba el detalle de las flores que se escapaban hasta la contracubierta y tocaban con dedos suaves la mancheta de la sinopsis y el logo, también floral, de Dalia Ediciones. Decidida, casi eufórica, rechazó la amable invitación de Carter de acompañarla y se desplazó sola hasta la imprenta para supervisar los ejemplares antes de que la empresa de distribución llegase con su furgoneta y se los llevara. Se le aceleró el corazón cuando tuvo ese primer libro entre las manos y acarició su cubierta rugosa. Olía a tinta nueva y a papel, a promesas y a incertidumbre. Era precioso y perfecto, con sus esquinas impecables, su lomo intacto y sus páginas ávidas de lectores. Con permiso del tío Bruno y de Ángela Torres, sentía que aquel libro también le pertenecía. De vuelta a la editorial, con las buenas noticias cosquilleándole en el estómago, Piper trotando a su lado y un ejemplar de cada novela entre los brazos, apretados contra el pecho, notaba los pies ligeros y la sombra de una sonrisa en los labios cada vez que pensaba que también era suyo. Suyo. Su primer libro.

Como siempre ocurría con los meses otoñales, octubre pasó veloz entre largos paseos bajo las encinas, las acacias y los pinos blancos de la ciudad, evitando las hojas crujientes y marrones de los plataneros que alfombraban las aceras de algunos barrios porque a Piper le desagradaban. Por las mañanas, viajaba en autobús hasta la Plaça de Mossèn Cinto Verdaguer y desde allí caminaba hasta el Taller Masriera. Y, por las tardes, volvía a casa temprano, casi siempre con algún libro de Dalia en las manos y a tiempo para comprar en los colmados del carrer Gran y cocinarse una cena rica. Cuando trabajaba en la agencia de comunicación, con sus horarios maratonianos y sus teletipos de última hora, raro era el día en el que al volver a casa encontraba las tiendas abiertas o se sentía con fuerzas para algo más que dejarse caer en el sofá con alguna ensalada plastificada del supermercado.

Mientras disfrutaba de los clásicos del tío Bruno en su fabulosa *chaise longue*, empezó a sospechar que cuando se amaba aquello en lo que se trabajaba la línea entre vida laboral y privada se difuminaba; algo que, sin duda, resultaba peligroso para los cerebros obsesivos y también para algunas profesiones, como Marta y su insistencia en llenarle la casa de animales convalecientes cuando vivían juntas. Sabía que por mucho que su tío se lo hubiese adornado, no era más que una alumna en prácticas descubriendo los misterios de la edición y que Dalia habría salido adelante sin grandes sobresaltos, hasta la vuelta de Bruno, solo con la supervisión de Carter y el diligente trabajo de Pyp. Pero resolver la urgencia de la semana anterior y su iniciativa con la sustitución de la cubierta fea por un diseño propio le había dado alas.

Cayó en la cuenta de que era un privilegio aprender un nuevo oficio a aquellas alturas de su vida y entendió, por primera vez, lo afortunadas que eran las personas que se reinventaban. Siempre las había mirado con pena y conmiseración, como si sufriesen una maldición terrible que las hubiese obligado a exiliarse de aquello que les resultaba familiar: profesión, rutina, horarios, esquemas mentales y, a veces, lo más terrible, su hogar. Reaprender a vivir se le antojaba un calvario. Pero desde que estaba en Dalia empezaba a darse cuenta de que salirse de la predeterminación del camino escogido —o impuesto por la sociedad, o por el sentimiento de culpa inducido por sus padres— no solo llevaba a lugares nuevos, que podían resultar maravillosos o un fabuloso desastre, sino que constituía una potente cura contra el miedo. El fin de un modo de vida, de un trabajo, de una vocación profesional, de una relación, casi nunca era el fin del mundo (a no ser que hubiera otros factores implicados, como un meteorito gigante dirigido hacia la Tierra). Incluso para alguien que se consideraba poco valiente, como era su caso, los grandes cambios vitales dejaban de dar tanto miedo cuando se prestaba atención a los factores positivos de ese nuevo rumbo.

Se sorprendió disfrutando de su octubre editorial. Compartía el primer café de la mañana con Carter, al amparo de la higuera del patio delantero, a los pies de las majestuosas columnas corintias de la mansión. Se leían en voz alta las noticias más extrañas que encontraban en la prensa digital del día, en parte para que la periodista no perdiese la costumbre, en parte porque les divertía aquella escena doméstica en el jardín mientras esperaban el regreso de Bruno Bennet. A veces, sir Blackstone le contaba algún cotilleo del mundillo como qué editor presumía de la calidad de sus ediciones cuando eran mediocres tirando a malas porque ni siquiera él las repasaba antes de salir a librerías, qué brillante profesional había fichado por otra editorial, quién había sido tan canalla como para robar una novedad largamente anunciada en la página web de otra editorial, o quiénes habían tenido la fabulosa idea de unirse para publicar juntos y mejor algún tesoro literario. A Beatriz, que siempre se mantuvo al margen de los codazos implacables del mundo periodístico, la abrumaba la parte más competitiva del sector editorial; quizá porque toda brutalidad le parecía contradictoria comparada con el bello y sutil arte de la literatura.

—Piensa en los marchantes de obras pictóricas, en el circuito de las salas de exposición, en los concursos para la gestión de los museos, en los codazos entre violinistas y las inclementes giras de conciertos de las grandes orquestas —le decía Carter cuando ella expresaba su desaprobación sobre alguna jugarreta entre editores—. El mundo del arte también es despiadado.

El resto del día lo pasaba en la biblioteca de la mansión,

redactando y enviando notas de prensa sobre los libros de su tío, atenta a las indicaciones del traductor sobre la distribución, aprendiendo a descifrar las instrucciones que había dejado Bruno sobre los lanzamientos literarios y la agencia de comunicación que gestionaba sus redes sociales, absorta en los catálogos del último trimestre de editoriales más prestigiosas o repasando las correcciones de Pyp de la traducción francesa de F. F. Fleur. También quedaba tiempo para remolonear entre las estanterías, devolver los títulos que se había llevado a casa y escoger nuevas lecturas. Pero los jueves —quizá porque era el día en el que el fantasma les recordaba que lo increíble también tenía su lugar en Dalia— siempre se reservaba un ratito para dejarse vencer por la pereza o por el privilegio de trabajar en una biblioteca: se sentaba sobre una manta doblada en el suelo (porque Carter había devuelto el sofá a su despacho), con la enorme cabeza de Piper sobre las rodillas, una taza de té calentito y algunas onzas de chocolate a mano, la espalda apoyada en la rama más recia del roble, y leía a D. E. Stevenson (*Los Musgrave*, *Magia primaveral*, *Invierno y mal tiempo*), o la saga de Sorcery y Cecelia, de Patricia C. Wrede y Caroline Stevermer, que Bruno había tenido el encanto de publicar camuflada entre sus clásicos. Era entonces cuando se encontraba más cerca que nunca de entender el anhelo de su tío que, una noche de tormenta, decidió que no quería morirse sin haber intentado siquiera dedicar el tiempo que le quedase de vida en procurar a otros la felicidad.

Todos los días, compartía la pausa del almuerzo con Carter. Se escapaban juntos a Norma Comics, a Gigamesh, al gabinete de curiosidades en el que se había convertido el Friquest; comían un sándwich vegetal perfecto junto al Mercat de Santa Caterina o disfrutaban del *sushi* auténtico y amable del encantador matrimonio que regentaba el restaurante Machiroku, en el carrer de les Magdalenes. Otras veces, pedían pizzas familiares a domicilio que compartían con Pyp y Sonia, sentados sobre cojines en el escenario del teatro Studium, que aspiraban cada dos días por turnos para que no desapareciese bajo el velo del polvo y la penumbra. A Beatriz la atemorizaba manchar, con los dedos pringados de aceite, tomate y queso, un lugar tan cargado de historia, como si no llevase casi un siglo condenado a la barbarie del abandono, del olvido y de los desalmados planes de reconversión municipales. Entre un exceso de servilletas de papel, charlaban muy serios, las voces agravadas por la solemnidad y la resonancia del teatro vacío. Solo entonces Beatriz lograba relajarse con el diálogo sincopado de los Pyp y el tono somnoliento de la telefonista.

Piper se había hecho con su propio espacio en la biblioteca, cerca del roble, cuyas hojas dentadas se tornaban naranjas y rojas a medida que las bellotas maduraban. Arrastraba su cuenco para el agua lejos del recipiente de baño de Hugin y Munin, a quienes mantenía a raya con un suave gruñido de advertencia cada vez que los cuervos se acercaban demasiado. Beatriz le llevaba la comida de casa en una tartera y Carter le había comprado una cama mullida que siempre parecía pequeña cuando el enorme perro se echaba a dormir la siesta. El animal se había acostumbrado, con pasmosa facilidad, a la rutina tranquila de la editorial. Si Beatriz se veía obligada a salir sin él, sus lloriqueos se acallaban pronto, arrullado por el graznido de advertencia de los cuervos, que no le permitían semejantes muestras de debilidad delante de los humanos.

Los fines de semana, Beatriz paseaba con Piper, cocinaba lasañas de espinacas y calabacín y bizcocho de limón, de ruibarbo o de lavanda, leía a Connie Willis y a Susanna Clarke, y cenaba en la terraza con Marta, cada vez más abrigadas a medida que el frío se adueñaba de las noches y el cierre de las ventanas del piso de abajo amortiguaba las bellas notas góticas de violonchelo. Para entonces, las buganvillas locas, que se habían tornado de un verde oscuro, habían decidido florecer de nuevo —pese al inminente noviembre— con sus capullos fucsias relucientes bajo la suave iluminación de las lucecitas de la pérgola. Como la amiga preocupada que era, suspicaz por las dos docenas de veces que Beatriz pronunciaba su nombre cada vez que charlaban, Marta le preguntaba a menudo por su relación con sir Carter Blackstone.

—No es que piense que no puedas vivir sola —aclaró esa noche con una copa de rueda verdejo en una mano y la última porción de *focaccia* de olivas negras y queso feta en la otra.

La ciudad murmuraba en el corazón peatonal de Sant Andreu, a cierta altura sobre la desierta Plaça Mercadal, con las notas de fondo del *Réquiem* de Mozart, cortesía de la serenata de la inquilina misteriosa. Soplaba una ligera brisa otoñal y a Beatriz casi le parecía adivinar, aunque sabía imposible porque no todos los árboles estaban tan enloquecidos como su buganvilla gigante, el aroma del azahar temprano de los naranjos ornamentales, abajo en las calles.

—Un poco tarde para que te preocupes por eso —riñó a su amiga—: me abandonaste hace más de cinco años. Quizá sí estaba muy sola, pero ahora tengo a Piper.

Marta, guapa con una sudadera blanca de borreguito y una manta a juego sobre las piernas cruzadas, el pelo rubio recogido en un moño alto, la miraba con el cariño que siempre le había profesado.

—Hablo más contigo que con Andrés —se defendió de la acusación de Beatriz—. Yo a eso no lo considero dejarte vivir sola. No me interrumpas —la advirtió—. Como decía, me parece que te las apañas muy bien tú solita, aunque me preocupa el grosor de la burbuja.

—Sé que voy a arrepentirme de preguntártelo, pero allá voy: ¿qué burbuja?

—En la que vives.

Beatriz hizo un gesto de impaciencia. Puede que su amiga tuviese razón: había estado muy sola, empeñada en protegerse del infernal ruido del mundo. Pero eso había sido antes de Piper. Antes de Dalia. Antes de conocer a sir Carter Blackstone... o, al menos, de intentar conocerlo un poquito más.

—No necesito que me recuerdes lo privilegiada que soy, ya lo sé —le dijo simulando un tono cansino—. Parte de mi sentimiento de culpa proviene de haberme convertido en una persona quejumbrosa pese a mis necesidades básicas cubiertas.

—Todos tenemos derecho a quejarnos.

—Excepto Bill Gates.

—No, él también puede quejarse.

—¿Sobre qué?

—Sobre lo horribles que somos los seres humanos. El caso es que todos podemos concedernos unos minutos al día de quejumbre.

—Seguro que te has inventado esa palabra.

—Pero después hay que arremangarse y seguir adelante —continuó Marta sin hacerle caso—. Y no me interrumpas porque no estaba hablando de privilegios sino de la pecera de cristal en la que llevas encerrada los últimos años: parece que mires la vida desde fuera, como si estuvieses frente a un escaparate, como espectadora de algo que solo nos ocurriese a los demás.

—Se llama desmotivación.

—O miedo a mojarse. ¿Qué razones tienes para no estar ahora mismo besando a sir Blackstone?

Beatriz disimuló el sobresalto desviando la vista para recolocar los cojines y las mantas del sofá a su alrededor. Se arropó con mimo en el chal de color vino tinto que llevaba sobre su jersey gris de cuello vuelto.

—No puedes besar a un inglés así como así, sin avisar —murmuró sintiendo cómo el calor le subía desde la boca del estómago a las mejillas mientras intentaba a toda costa no pensar cómo sería besar a Carter.

—Pues de alguna forma tendrás que descubrir si te gusta tanto como parece. Además, es solo medio inglés.

—Me gusta. Pero quizá solo porque pasamos demasiado tiempo juntos.

Tan juntos como para reconocer cuánto echaba de menos,

los fines de semana, su olor a algodón limpio, a loción del afeitado y a jabón, la calidez del hueco de su antebrazo cuando la apremiaba a cruzar una calle muy transitada, lo agradable que había sido cogerse de la mano en casa de Wraxford, cuando todo era raro, incómodo y tenebroso pero ellos estaban allí, el uno para el otro, peregrinos en tierra extraña; incluso verlo cansado, lo suficientemente seguro como para abandonar toda cautela y cerrar los ojos junto a ella, reclinado contra el roble de los cuervos.

—Yo paso mucho tiempo con Rosendo, el maldito loro de Andrés, y no me gusta nada —interrumpió Marta sus pensamientos románticos.

Beatriz decidió tomárselo con humor. Unos lazos de amistad tan extraordinarios como los que estaba estableciendo con Carter no se merecían ningún drama.

—Será porque Rosendo no usa palabras como «lamentable» o «espléndido», ni lee a Austen o a Dickens, no cree que el aroma del café sea perfecto y sus ojos no son del color exacto de un cielo de tormenta.

—Entiendo tu calvario. No soportaría trabajar cada día con alguien así.

—Somos amigos —dijo al cabo de un momento, como si hubiese necesitado unos minutos para reunir el valor de mentirse a sí misma—. No quiero estropear lo que tenemos ahora. Además, él nunca habla de sí mismo. Resulta complicado establecer cierta intimidad con alguien que lo más personal que cuenta es cómo le gusta el té o lo mucho que le desagrada Henry James.

Pero no era cierto. Carter se había ido abriendo con el paso de los días, a medida que establecían rutinas propias. Le hablaba de sus libros y autores favoritos, sobre cómo le había impactado la primera vez que había leído *La feria de las vanidades*, la falta de ética de Rebecca Sharp, o lo mucho que tardó en entender por qué los saqueadores de tumbas de la Antigüedad no quedaban aterrorizados ante las inscripciones de las maldiciones egipcias, o la manía de reconocer a Ralph Nickleby como el predecesor malvado de Ebenezer Scrooge en *Cuento de Navidad* o al lord Orville de Frances Burney en el Mr. Darcy de Austen. Charlaban sobre restaurantes sorprendentes de Barcelona y Londres, sobre lo bienvenido que era aquel otoño tan lluvioso y quién era su hombre del tiempo favorito —Carter prefería a Francesc Mauri, pero Beatriz a Tomás Molina porque siempre le hacía sonreír cuando decía «*farà frescot*»—. Hablaban sobre los viajes más desastrosos que habían hecho, sobre que un día eras joven y al siguiente te encontrabas delante de un armario pensando en que nunca se tienen suficientes perchas, sobre el discreto encanto de Dalia Ediciones y lo que pasaría si algún día uno de los libros del tío Bruno ganase el premio al libro mejor editado del año.

—Se olvidaría de ir a recogerlo.

—O se equivocaría de día.

—O de libro.

—O de editorial.

—No logro entender cómo alguien que tiene un gusto tan impecable para los clásicos elige títulos de autores vivos tan… peculiares —comentó Beatriz una vez.

Carter la había mirado, todavía risueño y se había encogido de hombros.

—Sospecho que tiene alma de explorador victoriano —dijo poniéndose serio—. Esos aventureros siempre andaban perdidos, con unos mapas inexactos, equivocados, a medio terminar, y la extraña manía de guiarse por el instinto y las estrellas en lugar de por lo que estaban leyendo en la brújula y los diarios de sus antecesores. Quizá piensa que entre esos manuscritos tan rarunos algún día encontrará un diamante.

—O las instrucciones para llegar a Narnia —asintió la periodista sin perder el gesto risueño.

Las risas compartidas, el respeto con el que se acercaba a Piper, la luz en sus ojos grises cada vez que la miraba. Tal vez, podía conocerse la pasta de la que estaba hecha una persona por la lista de sus libros favoritos o por cómo trataba a los camareros o a los libreros, o por la lealtad con la que disculpaba el extraño gusto literario de su jefe cuando no estaba delante. O, tal vez, era necesario desnudar el alma, como en un descuido, pese a lo mucho que costaba tirar abajo las murallas y fortificaciones de un inglés en su castillo.

—«Y de pronto llegará alguien que baile contigo aunque no le guste bailar y lo haga porque es contigo y nada más» —citó Beatriz a Jorge Luis Borges en voz alta al hilo de sus pensamientos.

—Pues igual Carter está aguardando a que lo saques a la pista de baile —sentenció Marta.

—Más bien espera a que le pase el manuscrito sustituto —cambió de tema con habilidad su amiga.

Marta dejó la copa vacía sobre la mesa, se arrebujó en la manta y dijo:

—Algo ha cambiado. Te veo distinta.

—Es Piper, me sienta de maravilla.

—Puede, pero hay algo más —insistió mirándola con los ojos entrecerrados—. Pese a tus hábitos quejumbrosos habituales te noto más contenta. Veamos, Watson —bromeó acercándose a Piper y simulando que hablaba con él—: primero el traductor guapo que huele bien y luego esa novela sobre la locutora de radio de la que tanto nos habla.

Piper contestó a sus sospechas con un ladrido casi alegre y le lamió las manos antes de bajar de un salto del sofá. Se desperezó a gusto y volvió a subirse a otro de los sillones, esta vez junto a su adorada Beatriz.

—Ten cuidado —la señaló Marta con dedo acusatorio—, alguien podría sospechar que te encanta tu nuevo trabajo.

—No se lo he dicho todavía al tío Bruno, pero sí; me está gustando mucho esto de ejercer de editora.

Marta alcanzó el precioso libro de flores en tapa blanda con solapas que coronaba la pequeña pila de volúmenes sobre la mesita baja y lo enarboló por encima de su cabeza.

—Este libro de la locutora de radio…

—*Consejos para insomnes*, de Ángela Torres. No lo muevas así, no es necesario agitar antes de abrir.

—¿Me obligarás a leerlo?

—Desde que lo publicamos, no hago otra cosa que entrar en todas las librerías que encuentro a mi paso y buscarlo. Lo pongo sobre otros para que se vea y me voy corriendo, antes de que los libreros me pillen. A veces se me escapa una risilla de adolescente pava mientras me escapo. Prométeme que lo leerás.

—No sé...

—Es delicado y un poco triste, pero a su vez esperanzador. Habla sobre la magia cotidiana, sobre acompañar a los demás a través de la comprensión y las palabras, sobre la pérdida y el rechazo, pero también sobre la capacidad de encontrar la luz incluso entre la negrura de nuestros más oscuros momentos.

Tres semanas después de que *Consejos para insomnes* y *Otro whisky* llegasen a las librerías, Beatriz reunió el valor necesario para entrar en el despacho de su tío. Había sido del todo sincera con Marta, le gustaba trabajar en Dalia y la entusiasmaba continuar su aprendizaje. No es que tuviese por costumbre andar por el mundo ofuscada y confusa, solo que una buena conversación con una amiga solía obrar el prodigio de revelar las verdades que a veces remolonean en el fondo de la conciencia. Desde que le había dicho a Bruno que quería elegir un manuscrito para publicar en sustitución del libro que se les había caído de la agenda, no había conseguido quitárselo de la cabeza. Si había retrasado tanto el momento de entrar en la jungla de papel que conformaba aquel despacho, se debía a esa inseguridad que acompaña siempre a los novatos... y un poco por la broma del Minotauro. Aunque era consciente de que la primera novela de una editora sin experiencia ni conocimiento contaba con escasas posibilidades de convertirse en un éxito, sí anhelaba escoger un título para Dalia. No uno cualquiera. Uno que la reconciliase con su propósito de realizar un buen trabajo. Un libro que la hiciese sentir orgullosa cuando viese su nombre en los créditos de las primeras páginas.

Cuando aceptó a regañadientes la oferta de su tío para ayudar a Carter en su ausencia no imaginó que acabaría hechizada por la editorial. Pese a las prisas y el miedo por meter la pata, había disfrutado de todo el proceso de llevar *Consejos para insomnes* a la librería, desde conocer a su autora y la firma del contrato, hasta que sostuvo el ejemplar definitivo en sus manos, pasando por la crisis nocturna de las últimas correcciones y la idea para el diseño de la cubierta. No recordaba haber disfrutado y sufrido tanto en mucho tiempo, tal vez porque nada le había importado hasta ese punto. Ahora tenía la oportunidad de publicar una novela escogida por ella y le parecía de lo más emocionante.

Carter le había dicho que sobre cada una de las pilas de manuscritos del despacho de Bruno encontraría, anotado a mano por la extraña letra picuda de su tío, un índice en donde se especificaban los nombres de los autores y los títulos de las obras.

—En teoría —le advirtió el traductor cuando lo informó de su intención de entrar a la caza de un título—, ese índice debería coincidir con los manuscritos que hay debajo. En la práctica… te deseo lo mejor. Ha sido un placer conocerte.

—Subestimas mi capacidad de supervivencia en entornos

editoriales hostiles. Aunque, solo por si acaso no volvemos a vernos, podrías concederme un último deseo.

—¿Por qué Su Majestad me concedió el título de sir?

—Te he buscado en internet y no he encontrado nada.

—Me cambié el apellido por el de mi abuela, no vas a encontrarme.

—¿Porque cumpliste una misión muy secreta en el MI5 o en un laboratorio clandestino de nuevas especies de té con propiedades mágicas?

—No.

—Estás en protección de testigos.

Se la quedó mirando con una ceja levantada, las mangas de la camisa azul arremangadas hasta el codo, el pelo despeinado y esa media sonrisa que a Beatriz a veces le daban ganas de borrar con un beso. La historiadora Tiffany Watt Smith había recogido el término en su *Atlas de las emociones humanas*: basorexia, la necesidad repentina de besar a alguien. Solo que, en su caso, ese alguien no era un alguien cualquiera sino cierto traductor que a menudo solía mirarla con el ceño fruncido sobre el gris tempestuoso de sus ojos.

—Estoy en busca y captura por Pyp —la corrigió sir Blackstone con un brillo de humor en sus ojos grises—. Si no les entrego ya las últimas correcciones del Trollope navideño me van a disparar. Y tienen pinta de conocer un montón de lugares perfectos para deshacerse de un cuerpo.

Beatriz se detuvo en el umbral del despacho de su tío, intrigada por las cajas de plástico transparente que asomaban detrás de la puerta. Era difícil fijarse en esos contenedores porque el laberinto de papel resultaba mucho más impresionante. Abrió la primera de las cuatro cajas y encontró la correspondencia de Bruno. Sobres de todos los tamaños y colores; algunos, probablemente, contenían un manuscrito. El timbre de correos indicaba que estaban ordenados por fechas y casi todas las direcciones de los remitentes procedían de ciudades españolas, aunque también vio un sobre grande procedente de Londres y otro de Inverness. Ninguno había sido abierto. No le pareció que hubiera facturas o comunicaciones bancarias, lo que la dejó algo menos preocupada, pero no pudo evitar preguntarse qué clase de editor se resistía a abrir la correspondencia.

—Uno muy ocupado buscando libros inexistentes —murmuró mientras volvía a dejar la caja donde la había encontrado y se atrevía a adentrarse por fin en pos de su propio grial.

A Beatriz le sonaban algunos de los bloques temáticos en los que su tío había agrupado las pilas, como AUTORAS PELIRROJAS ACUSADAS DE BRUJERÍA O MÁS REALISMO MÁGICO... OTRA VEZ, porque Carter solía bromear al respecto. Pero cuando echó un vistazo rápido a esos primeros folios sobre las pilas más cercanas a la puerta se dio cuenta de algo que había sospechado siempre: que la imaginación del tío Bruno no tenía parangón. Aquello era un catálogo de maravillas. Evitó con cuidado las pilas de AUTORES NAZIS, AUTORES SOSPECHOSOS DE SER NAZIS y AUTORES NAZIS QUE TODAVÍA NO SABEN QUE LO SON, y se adentró alegre entre estornudos en el laberinto. Apenas habían trascurrido unos meses desde que Dalia se había mudado a la mansión Masriera, por lo que parte de aquel polvo tenía que proceder de tiempos anteriores.

Tras una hora rebuscando entre las pilas, sentía tensión en las piernas y las lumbares, pero ya no estornudaba. A las dos horas, el dolor de espalda anulaba el resto de su malestar físico y la sequedad ocular la obligaba a parpadear como una actriz de cine mudo en una escena de seducción. Su plan era escoger una docena de manuscritos y batirse en retirada a la biblioteca para empezar a leerlos, pero la mayoría ya había pasado por la criba de Bruno, y la letra picuda de su tío, como arañas de patas largas, la enredaba en historias maravillosas con apenas un par de frases garabateadas junto a los títulos:

Un misterio tan fabuloso que ni siquiera Hércules Poirot sería capaz de desenredar. Las señas de contacto de la autora también han resultado un enigma. Sospecho que la ha reclutado el CNI.

Me sonaba esta historia, hasta que caí en la cuenta de que todas las historias de amor verdadero empiezan igual: con alguien perdiendo la chaveta.

¡Dinosaurios!

La parte de los conjuros me resulta inquietante y no he podido seguir leyendo. Me pregunto si debería quemarlo en algún ritual satánico. Consultar con Pyp.

Había caído la oscuridad temprana de la tarde cuando sir Carter Blackstone contempló la silueta de la musa descalza recortada en el umbral de su despacho. Acostumbrado a la lectura bajo la única luz del flexo del escritorio, necesitó unos instantes para distinguir la sonrisa deslumbrante y la montaña de folios que acunaba entre sus brazos. A lo largo de la tarde, Carter la había visitado en la biblioteca en distintas ocasiones para suministrarle bocadillos —porque había rechazado su invitación a salir a comer—, tazas de té, agua, un zumo de naranja y media docena de peticiones para que se tomase un descanso. Como sus intentos de interrupción habían sido cortésmente ignorados, hacia las seis de la tarde acabó por llevarse a Piper a dar un paseo convencido de que tenía más posibilidades de que Hugin y Munin lo invitasen a tomar el té antes de que la Beatriz inmersa en su búsqueda del nuevo *Código Da Vinci* le contestase.

—No sé qué pasaba por la cabeza de Bruno cuando se largó dejando Dalia en manos de su sobrina —le dijo Carter al perro mientras lo libraba del arnés para que pudiese trotar a su aire en los jardines de Jaume Perich—, pero mucho me temo que haya creado un monstruo. No me mires así, bestia peluda, tu humana se está chiflando. Y tú tienes parte de culpa, ¿por qué has dejado de llorar cada vez que se aleja de ti unos cinco pasos? Si la sacases de paseo más a menudo la mantendrías alejada de la peligrosa fiebre de la edición.

El perro le soltó un par de lametones con su lengua grande y rosada y se largó a inspeccionar los tristes tronquitos de los árboles que conformaban aquel descuidado, aunque tranquilo, parque de tierra alfombrado con las agujas de los pinos. Al igual que Beatriz, parecía mucho más alegre que la primera vez que traspasaron las puertas del Erecteion del Taller Masriera.

Hacía casi una hora que había vuelto de callejear con Piper, cuando Beatriz se presentó en su despacho y se dejó caer en la butaca de lectura, con un leve suspiro a medio camino entre el cansancio y la satisfacción, sin separarse de sus manuscritos. Al amparo de la penumbra, todo en ella parecía terciopelo. Carter se sorprendió deseando acariciar su hermoso perfil, desde la mejilla hasta el hueco del esternón, que quedaba expuesto, vulnerable, y detener la yema de los dedos un segundo en el inicio de aquel encantador escote en uve de su vestido de cuadros escoceses. En cambio, arrastró la silla de ruedas hasta situarse frente a Beatriz y esperó a que ella le contase cómo había ido el día de exploración por las selvas sin cartografiar del despacho de Bruno. No estaba seguro de en qué momento habían empezado a parecerle tan sexis los cuadros escoceses, pero necesitaba poner freno a la imaginación si no quería acabar como Diana Gabaldon.

—He reducido mis candidatos a tres —dijo la periodista triunfante tras explicarle que había preferido buscar entre los manuscritos que no llevaban anotaciones de Bruno para asegurarse de que no se trataba de descartes de su tío—. Uno lo escogí de la pila de AUTORAS MELANCÓLICAS CON SENTIDO DEL HUMOR y los otros dos, de una pila que mezclaba LA ALEGRÍA DE LA BOTÁNICA con los ENSAYOS SOBRE CIVILIZACIONES

Y CASAS DE CAMPO. Apenas he leído unos capítulos de cada uno, pero me gustan.

—Cuéntame de qué van.

Le brillaban los ojos y su sonrisa era contagiosa, pero pese a su entusiasmo se la veía relajada en la butaca de lectura, como si hubiese empezado a entender que en aquel palacio neoclásico nada podía hacerle daño.

—El primero —le dijo— es una novela, ambientada en la Vall Fosca, protagonizada por dos mujeres detectives que siguen los pasos de un ladrón de libros antiguos y valiosos.

—Suspense y misterio —asintió Carter.

—También resulta divertida y excéntrica porque las detectives son urbanitas hasta la médula y no encajan en un entorno rural tan peculiar. La segunda es la novelización de la vida y aventuras de un explorador victoriano por los Cotswolds.

—No suena demasiado apasionante.

—No creas, la campiña inglesa de esa época era más asilvestrada y menos turística de lo que nos imaginamos hoy en día.

—¿Por las ortigas urticantes, los zorros y las víboras venenosas escondidas entre las hierbas altas para atentar contra la vida del inocente excursionista?

—Por los vicarios con ganas de ensayar sus sermones con los recién llegados, los desayunos de arenques ahumados y tripas de jabalí, la competencia de la Royal Society y el romanticismo que inspiraban los exploradores entre las jovencitas en edad casadera.

—La caza del hombre soltero con una renta respetable.

—¿Dónde queda su romanticismo, sir Blackstone?

—Pues pensaba que lo había dejado enterrado con los despojos de mi adolescencia, pero cada vez que te miro empiezo a tener mis dudas. ¿Y el tercer libro? —añadió con rapidez mientras maldecía mentalmente los cuadros escoceses.

—Un ensayo que todavía no estoy segura de entender, sobre dromología.

—¿Qué es eso?

—Es la ciencia que estudia la aceleración que se ha apoderado de nuestro tiempo en todos sus aspectos: los acontecimientos históricos, la vida cotidiana, el intercambio de información... El autor dice que nuestra especie inició su declive y autodestrucción con la aceleración y formula una especie de preceptos para romper la maldición de la instantaneidad y la inmediatez. Propone cultivar el arte de vivir despacio.

—¿Y por qué te gusta?

—Porque es raro y bonito. Leer es una manera de pausar el mundo, abrir un libro es bajarse un momento de esa velocidad mareante que nos rodea y darle tiempo y paz a nuestro pensamiento para viajar más despacio. Somos la generación de la inmediatez, sin tiempo para observar, incapaces de mantener la atención más allá de lo que dura un vídeo de TikTok, así es imposible escuchar los propios pensamientos.

—Intento imaginarme en una librería, frente a una mesa de novedades, junto a la entrada, sobre la que se exponen los tres libros que acabas de mencionarme. El de las detectives, con su cubierta granate y letras doradas a lo Agatha Christie. El del explorador, verde y negro, como la fronda y los tejados de pizarra, respectivamente, de los Cotswolds. El del dromólogo (si es que esa palabra existe), azul cielo, como el color que surcan los aviones muy deprisa.

—¿Cuál escogerías?

—El de Charles Dickens —sentenció Carter muy serio—. Es uno de los pocos autores publicados por tu tío que no me quita las ganas de vivir.

Su sonrisa le iluminó los ojos y a Carter se le olvidó cualquier otro pensamiento que no fuese más allá de que, al fin y al cabo, a Diana Gabaldon tampoco le había ido tan mal.

—Te lo estás pasando bien —observó evitando mirar sus labios entreabiertos.

—Acepté echarle una mano a mi tío a regañadientes, en un momento en el que me sentía muy mal por no tener trabajo. Ya sé que no es ninguna vergüenza estar desempleada, pero me cuesta asimilarlo, por la educación que he recibido, por mis traumas…

—Y porque vivimos en la sociedad de la utilidad. Si no eres útil, si no produces, no sirves.

Beatriz asintió y pareció reflexionar un momento.

—Me gusta estar aquí, Carter. Sin darme cuenta me he ilusionado con la perspectiva de publicar un título de mi elección.

—Pero…

—Pero Bruno no me ha dicho qué planes tiene. No sé qué pasará cuando regrese.

—¿Quieres quedarte?

Lo preguntó con una repentina punzada en el corazón.

No se había parado a pensar en que aquellas semanas con la musa descalza tenían fecha de caducidad. Lo sabía, por supuesto, solo que había evitado cuidadosamente fijarse en que cuando volviese Bruno, se acabarían las visitas a las librerías, los paseos y las charlas tranquilas del desayuno y el almuerzo con Beatriz.

—Tal vez —contestó—. Estaba buscando algo en publicidad, pero quizá… Debería disfrutar del momento, de esta oportunidad y ya está. Cuando venga mi tío ya tendré tiempo de decidir o puede que no tenga nada sobre lo que decidir. Qué estúpida, preocupándome por mi futuro.

—Eres muchas cosas, Mrs. Poe, pero no una estúpida —dijo en voz baja para no espantar la oscuridad alrededor del círculo de luz suave que los envolvía—. Vuelve a casa. Recoge a Piper y vete a descansar. Deja esos manuscritos aquí. Mañana seguirán esperándote en la biblioteca.

—Inescrutables y un poco inquietantes, como Hugin y Munin y el misterio del fantasma de los jueves.

—Prometedores, como la carrera criminal de Pyp.

—Misteriosos, como el traductor de Dalia Ediciones.

Un pequeño inconveniente

Tendemos a encajar mejor el dolor y la pena, como si fuese algo largamente esperado, como si en el fondo supiéramos que los merecemos. En cambio, muy pocos saben disfrutar a fondo de los momentos felices. Yo suelo tener miedo, miedo de que termine esta dicha, este golpe de suerte, de que se vuelva en mi contra; en secreto, espero que la vida se dé cuenta, de un momento a otro, de que se ha equivocado al ofrecérmela porque esta felicidad no me corresponde. Tengo miedo casi todo el tiempo. No solo miedo de que me arrebaten esta felicidad sino también de que se me castigue doblemente por no merecerla: que me la arranquen de cuajo y por el terrible recuerdo de la felicidad perdida.

ÁNGELA G. TORRES,
Consejos para insomnes

La mayoría de las personas asocia lo inesperado con la desdicha y la tragedia. Probablemente son las mismas personas que creen que son capaces de controlar sus vidas a fuerza de dejar fuera de la ecuación a los demás, las circunstancias o al azaroso destino de un rayo una noche de tormenta. Bruno Bennet había asumido, mucho tiempo atrás, que el control no era más que una ilusión pasajera y si no se hubiese marchado a la otra punta del mundo en busca de un improbable tesoro literario le habría dicho a su sobrina que, a menudo, los mejores regalos de la vida tenían su origen en lo inesperado. Como, por ejemplo, la breve postdata, en un rinconcito del dominical de un importante diario de tirada nacional, al pie de una breve crónica de un viaje a Kenia de Javier Biurrum, uno de los más reputados reporteros del país.

No me sentí del todo de vuelta en casa hasta que no abrí *Consejos para insomnes*, de Ángela G. Torres, el libro de no ficción más entretenido, curioso y profundamente humano que he leído en los últimos años. Un soplo de esperanza que, por raro que parezca, no proviene de la fantasía sino de aquello de lo que nunca decimos en voz alta… tal vez porque nadie está dispuesto a escucharnos.

Y entonces sucedió algo maravilloso. Tres días después de que Beatriz rescatase tres manuscritos del laberinto polvoriento en el que se había convertido el despacho de su tío, la tirada de mil ejemplares de *Consejos para insomnes* se agotó. Las redes sociales de la editorial recibieron felicitaciones por parte de media docena de lectores, y cuando Beatriz preguntó a los libreros de confianza de su tío cómo había sucedido semejante milagro con uno de los autores vivos de Dalia, contestaron que los clientes habían mencionado un párrafo pequeñito, de apenas cinco líneas, del afamado reportero de viajes Javier Biurrum.

Ilusionada, un poco más segura de sí misma desde que trabajaba en su elección de un título para Dalia, Beatriz tomó su primera decisión editorial en solitario: avisó a Pyp para que preparase una reedición de *Consejos para insomnes*, llamó a la imprenta, les recordó el favor que había quedado pendiente y consiguió, en tiempos jamás vistos antes en aquella editorial, una reimpresión de dos mil ejemplares. Los Pyp se ocuparon de los añadidos pertinentes a los créditos, ajustaron maquetación y diseño, se aseguraron de exorcizar la maldición de las pequeñas erratas que toda primera edición padece y se las apañaron con la distribuidora para que todo fuese sencillo y rápido. Beatriz quedó con Ángela Torres para ponerla al día de las buenas noticias y llevarle los ejemplares justificativos de su libro que, por descuido o desidia o por cualquier otra extraña razón, seguían cuidadosamente empaquetados sobre el mostrador de Sonia.

—Pensaba que esto habría salido por mensajero hace tres

semanas —le dijo a la recepcionista señalando el paquete etiquetado con la dirección de Torres.

—Las empresas de mensajería sobrepasan nuestro presupuesto. Bruno prefiere acumular varios paquetes para contratar a un solo mensajero que los recoja todos de una sola vez cada mes.

—¿Una vez al mes? —se extrañó Beatriz—. Pero, entonces, un paquete tarda más en llegar a su destinatario que si lo enviase a través del sistema de diligencias de 1888 de la Wells Fargo.

—No trabajamos con esa empresa de transportes —dijo en tono de duda la chica del pelo lila.

—Eso es porque el tío Bruno todavía no ha encontrado la máquina del tiempo.

Ángela la volvió a citar en su pequeño piso gris del extrarradio y la recibió con café horrible, galletas de chocolate y una expresión de duda y cautela, como si todavía no estuviese preparada para creer que alguien quisiera leer su libro.

—Pero ¿la reimpresión…? ¿No serán demasiados ejemplares? —preguntó un poco aturdida cuando Beatriz terminó de explicarle lo que había pasado.

—Somos una editorial pequeña, pero estamos acostumbrados a repetir tiradas. Es por culpa de los clásicos de mi tío; tiene el don de escoger los títulos que, por alguna misteriosa razón, padecen del delicado encanto de esquivar el canon de Harold Bloom y aun así encuentran su rinconcito en el corazón de los lectores. Dalia nunca aparece en la lista de los más vendidos, pero muchos de sus títulos clásicos se van agotando a medida que pasan los años y requieren reimpresión. Hace dieciocho años que publicó un Dickens que va por la vigésima edición. Son tiradas discretas, pero las librerías nos piden reposición y la política de Dalia es no contrariar jamás a los libreros. Mi tío dice que los carga el diablo.

—¿A los libreros? —preguntó Ángela un poco aturdida—. Pero yo no soy Dickens, ni siquiera soy escritora.

Beatriz estuvo tentada de decirle que ella también era periodista, pero que la vida a menudo tenía un sentido del humor algo retorcido.

—He avisado a la agencia que lleva las redes y la página web de la editorial para que actualicen la información y añadan algún detalle más a tu página de autora, si te parece bien. Yo me encargo del dosier de prensa porque, a raíz del artículo de Javier Biurrum, han empezado a llegar solicitudes de los medios interesándose por ti y tu libro. Y tal vez podríamos organizar una presentación de *Consejos para insomnes*. El tío Bruno dice que la presentación de un libro es una celebración, que solo acuden al evento los amigos, familiares y lectores que de todas formas se hubiesen comprado el libro, pero…

—Preferiría prescindir de las presentaciones —la interrumpió—, y de las ruedas de prensa, y de cualquier otra actividad relacionada con el libro que comporte salir de casa y hablar con otras personas, por favor —pidió con una risa nerviosa.

—Es una buena noticia, Ángela, ¿por qué no se alegra?

—¿Sabes por qué decidí escribir ese libro?

Beatriz asintió. Había leído *Consejos para insomnes* unas cinco veces —antes, después y durante las correcciones y ajustes de Pyp— y tenía fresco en la memoria el pasaje, hacia el final del libro, en el que Ángela explicaba cómo la despidieron del programa porque se había hecho demasiado mayor, porque la franja de edad de sus oyentes no coincidía con el *target* de consumidores de los anunciantes de la emisora, porque no entendía el funcionamiento de las redes sociales ni que las audiencias radiofónicas temáticas estuviesen desapareciendo en favor de los pódcast. Porque era un fósil, un dinosaurio que había escapado del impacto del meteorito simplemente por ser demasiado pequeña, porque había pasado desapercibida cada vez que la emisora había hecho ajustes de personal o de parrilla de programación, porque se había vuelto invisible.

—No fue solo que me jubilasen —le dijo adivinando el hilo de sus pensamientos—. De pronto tenía todo el tiempo del mundo para mí, para olvidarme de los horarios nocturnos y los biorritmos cambiados. Me di cuenta de que lo más bonito de cumplir un sueño son las personas que te acompañan. Y yo me había quedado sola.

»Mis padres habían muerto, mis hermanas se habían ido a vivir a otro país, mi pareja hacía tiempo que me había dejado por alguien más joven y divertida, sin propensión a la melancolía y a pensar en exceso. Mis amigos habían ido desapareciendo, bien porque eran más cercanos a mi expareja, bien porque se fueron cansando de que nunca tuviese tiempo para ellos por mis horarios extraños, por mi obsesión con el programa, por mis largos silencios. Pasaba tanto tiempo charlando en antena cada noche, que solo me apetecía estar callada el resto del día. Y a esa sensación de abandono y pérdida se añadió la estrechez económica: mi escueta pensión de jubilación anticipada no soportaba pagar una hipoteca de mil euros mensuales por el ático que había comprado cerca de la emisora de radio. Vendí el piso, cancelé la deuda y me quedó lo justo para este apartamento, en un barrio humilde. Y entonces, recién llegada a este sitio gris y mortecino, incluso antes de terminar de desembalar todas las cajas de la mudanza, en lugar de ponerme a llorar me puse a escribir. He tenido una actividad profesional maravillosa, no quiero olvidarla nunca. No porque sea lo único bonito y brillante que he tenido en mi vida sino porque deseo recordarme, cada vez que caiga en el abismo de la desesperación, que hubo un tiempo en el que comprendía la esencia de lo que significa ser humano.

Beatriz guardó silencio, impresionada por la confesión de la mujer. El café se había enfriado en la taza y todavía no había comido ni una sola galleta. Pensó en lo sola que había estado hasta que Piper no había entrado en casa, hasta que no había sentido el deseo de conocer mejor a Carter, hasta que Dalia, con sus correctores excéntricos, su telefonista somnolienta y su nido de cuervos, no le había devuelto la ilusión por crear algo tan hermoso como un libro. Al igual que Ángela, había perdido mucho por el camino, solo que había sido Beatriz quien había echado fuera de su vida a los demás y se había encerrado con siete llaves donde nada ni nadie pudiese tocarla porque estaba cansada del ruido, de la toxicidad de sus relaciones. Durante mucho tiempo, Marta había sido su única toma de contacto con el resto del mundo.

—He leído su libro varias veces —dijo al fin—. Usted entendía a todas esas personas que llamaban a la emisora por la noche en busca de comprensión, de consuelo, de consejo, de alivio.

Ángela asintió con gravedad y la miró a los ojos.

—¿Y te diste cuenta de cuál era la razón verdadera por la que llamaban? —le preguntó con amabilidad.

—La soledad —concluyó Beatriz—. Se sentían solos. Algunos, porque no tenían, literalmente, a nadie con quien hablar; otros, porque se habían dado cuenta de que a su alrededor todos habían olvidado cómo se escuchaba.

—Yo también me había quedado sola. Hasta que ayer me enviaste el comentario de Javier Biurrum sobre mi libro, llevaba más de quince años sin saber nada de él.

Beatriz se sintió una cretina integral por hablarle de las teorías de su tío sobre los amigos y familiares que acudían a las presentaciones de libros a alguien que se sabía tan aislada en el mundo.

—¿Eran amigos? —preguntó con timidez.

—Éramos pareja. Se marchó con una de sus alumnas de la facultad de Periodismo: una chica joven, aventurera, vibrante… dispuesta a acompañarlo por el mundo. Alguien como yo había sido antes de empezar ese programa de radio y pasar el día durmiendo, cada vez más encerrada en mí misma, menos social, con una ansiedad creciente por la interacción humana sin un teléfono de por medio. No se lo reprocho. Javier quería una compañera de aventuras; a mí se me ponía un nudo en el estómago con solo pensar en bajar la maleta del altillo.

—Es usted demasiado comprensiva —se le escapó.

—No creas, me costó lo mío deshacerme del dolor y la rabia y el sentimiento de traición. Pero todo se diluye con el tiempo, excepto la soledad y la pérdida.

—Y siguió escuchando el dolor de los demás, ofreciendo ayuda y consejo.

—También busqué ayuda para mí. Por eso sigo aquí, más o menos funcional. ¿Crees que debería llamar a Javier para darle las gracias? Al fin y al cabo, mi libro no se habría agotado en las librerías de no ser por sus generosas palabras.

—O tal vez sí. Es un libro precioso. Cuanto más sé del oficio de publicar más dudas me surgen. Un título que parece perfecto pasa desapercibido y otro por el que nadie apostaba triunfa. Novedades que parecen copar las redes sociales apenas se venden en las librerías… ¿Sabe lo raro que es que una historia tan preciosa como la suya tenga la visibilidad que se merece? Empiezo a entender esa costumbre de mi tío de vivir como si no existiera Instagram.

—Llamaré a Javier —decidió Ángela al fin con media sonrisa en los labios—. Hace mucho tiempo que estoy a salvo del rencor o la decepción y siento curiosidad por saber cómo le ha ido; me refiero a cómo le ha ido de verdad, más allá de la fama y el reconocimiento internacional de su trabajo.

—Si organizásemos una presentación, podría pedirle que la acompañase.

Pero Ángela se mantuvo firme:

—Te echaré una mano con la actualización de mi ficha de autora para Dalia y con ese dosier de prensa, pero nada de presentaciones ni entrevistas.

Beatriz asintió, resignada, y dudó un momento antes de añadir la pregunta que llevaba un tiempo rondándole.

—Ángela —la interpeló—, antes ha dicho que hubo un tiempo en el que lo supo: ¿cuál es la esencia del ser humano?

—Equivocarse.

Pero Beatriz no entendió del todo a qué se refería Ángela Torres cuando hablaba del error y de la esencia del ser humano hasta que, días después, a las tres y media de la madrugada, una llamada de Bruno Bennet la despertó.

—¡Cariño, enhorabuena por tu primer éxito editorial! —exclamó al otro lado del teléfono.

Beatriz encendió la luz de la mesilla de noche, le echó una ojeada al despertador y le pareció que Piper, a los pies de la cama, le lanzaba una mirada de reproche.

—Estoy dormida, tío Bruno —se quejó.

—No, no es un sueño —le aseguró malinterpretando sus palabras—. He leído tu correo sobre tu éxito con Torres y todo me parece fenomenal, excepto por una cosa.

Beatriz hizo un esfuerzo por abrir del todo los ojos e incorporarse. Piper, en señal de protesta, saltó de la cama y se marchó del dormitorio, en busca de un lugar más tranquilo donde seguir durmiendo sin que las llamadas intempestivas de un exabogado con problemas para entender la diferencia horaria internacional lo molestasen.

—¿Es por la cantidad de ejemplares? Si te parecen demasiados...

—No, no es por eso.

—No me he olvidado de pedir a Pyp que añada en los créditos lo de segunda reimpresión. ¿Debería haber puesto «edición»?

—Lo que decidas estará bien, Beatriz. Siempre que dudo entre reimpresión y edición le pregunto a Carter. Al parecer, antes de trabajar en Dalia era una especie de sabihondo en una universidad londinense.

—¿Por eso le otorgaron el título de sir? ¿Se convirtió en la Wikipedia de Su Majestad?

—Vaya, te pones muy imaginativa por las tardes.

—Aquí son casi las cuatro de la madrugada.

—No entiendo los horarios que lleváis los jóvenes de hoy en día.

—Tío Bruno, ¿qué he hecho mal?

—¿Para tenerme en la familia? Supongo que es un castigo kármico. En una vida anterior debiste de ser Gengis Kan.

—Tío, has dicho, respecto a la reimpresión del libro de Ángela Torres, que todo te parecía bien excepto por una cosa —le recordó Beatriz con paciencia.

—Ah, sí, querida. Es solo un pequeño detalle, nada más. Verás... No sé cómo decírtelo... ¿Quién es Ángela G. Torres y por qué demonios hemos publicado un libro titulado *Consejos para insomnes*?

Beatriz se preguntó, no por vez primera, si seguía despierta. Su tío siempre había sido excéntrico y algo despistado, pero aquella conversación empezaba a resultarle alarmante incluso para sus estándares.

—¿Beatriz? ¿Sigues ahí? La línea se ha cortado.

—Se... seguí tus instrucciones —tartamudeó con un hilo de voz.

—¿Las tienes a mano? Acabo de enviártelas al WhatsApp, por si acaso. Echa un vistazo, en la segunda línea: A. G. Torres. Son las iniciales de Augustus Garcilán Torres, el autor de una novela negra, especialmente sangrienta y desagradable que no recuerdo cómo se titula, aunque te aseguro que el único insomne que podría aparecer en ese manuscrito sería colega de Jack el Destripador y no creo que ese necesitara consejo alguno... Bueno, tal vez el de un carnicero con experiencia. ¿Beatriz? —preguntó de nuevo el editor ante el silencio prolongado al otro lado de la línea—. ¿Sigues ahí? Se ha vuelto a cortar.

—Pero hablé contigo cuando leí el manuscrito —protestó con un hilo de voz, una menguante esperanza y un deseo creciente de echarse a llorar—, después de que la autora nos firmase el contrato. Te pareció bien.

—Cariño, solo insististe en que el libro de Torres te había gustado mucho.

—¿Una novela negra plagada de asesinatos horripilantes? Por todos los dioses, tío Bruno, te dije que me había parecido divertido y encantador.

—Yo no soy quién para juzgar los gustos de nadie.

—¿Y no te pareció raro que me entusiasmase una novela digna de la mesilla de noche de un autor escandinavo especialmente resentido con la humanidad?

—Quizá la encontrabas inspiradora. Estabas pasando por una mala racha, con todo eso de las entrevistas de trabajo y tus padres recordándote lo poco útil que eras para la sociedad. Y Carter a veces provoca ese efecto en las personas: te saca de quicio hasta que empieza a tentarte la idea de envenenarle el té o destriparlo con el cuchillo de la mantequilla de esos *scones* que compra en Miss Perkins.

—Tío Bruno, por favor, dime que esto es una broma, que me estás tomando el pelo.

—Mi querida Beatriz, cuánto lo siento. No quería disgustarte.

—Oh, tío, no. Soy yo quien lo siente. Lo lamento tantísimo. No sé qué decir. ¿Cómo ha podido pasar?

—No soy la persona más organizada del mundo. Debí dejarte unas instrucciones más detalladas, con los datos de contacto de Augustus G. Torres. Y una copia del contrato con el título de su novela, y también una sinopsis y los comentarios al borrador de la primera vez que la leí y…

—No es culpa tuya, soy yo la que ha metido la pata. Debí preguntarte, avisarte de que no entendía tus instrucciones. Tendría que haberme parecido raro no encontrar el contrato, ni tus notas sobre la novela… Y sospechar de ese diseño de cubierta tan espantoso.

—Beatriz…

—No sé cómo se me ha podido ir tanto la pinza. ¿Cómo pensé tan solo por un momento que...?

—Beatriz...

—Qué horrible equivocación.

—¡Beatriz! ¡Basta! Deja de lamentarte. Acabas de tener tu primer éxito editorial, uno del todo inesperado. Pero aunque no hubiese sido así, aunque el libro de tu Torres hubiese sido un fracaso, tampoco habría pasado nada tan terrible como para que te sientas tan culpable y atormentada. Todos nos equivocamos y el tuyo ha sido un error maravilloso.

—Voy camino de los cuarenta años, tío Bruno. No tengo trabajo, ni pareja, ni hijos, ni unos padres que me caigan bien. No tengo sueños por cumplir, ni ganas de viajar, ni sentido de la proporción cuando se trata de aceptar la culpa. Ni siquiera tengo idea de a qué quiero dedicarme en el futuro.

—En lugar de centrarte en enumerar todo aquello que no tienes —interrumpió el editor la larga retahíla de lamentos quejumbrosos—, ¿por qué no pruebas a fijarte en lo que sí tienes?

—Porque no sabría por dónde empezar.

—Me tienes a mí.

—Tío...

—Me tienes —repitió despacio—, total e incondicionalmente. Soy tu segundo más rendido admirador, y solo porque el primero es sir Blackstone y jamás me atrevería a pasar por delante de un caballero al misterioso servicio de Su Majestad. Tienes a tu poni con ansiedad por separación y a Mirtle...

—Marta.

—¿Quién es Marta?

—Mi mejor amiga.

—¿No era veterinaria?

—Sí.

—Una veterinaria que se llama Marta. Yo ahí veo una señal del destino. ¿Por dónde iba?

—Enumerabas todo lo que tenía.

—No es lo que tenemos, Beatriz, es lo que somos —dijo tan orgulloso como si estuviese citando al emperador Marco Aurelio.

—Me he perdido, tío. En esta conversación, pero también en la vida.

—No importa. Eres fabulosa y lo estás haciendo muy bien.

Cuando Beatriz llevaba cinco años trabajando en la agencia de noticias le habían encargado que cubriese la grabación de un documental sobre los jardines secretos de Barcelona. Dos grandes medios de comunicación habían publicado su crónica y al final de ese año había recibido una modesta mención en el Colegio de Periodistas. Su madre no solo no había asistido a la ceremonia de entrega de su diploma de reconocimiento sino que jamás le había preguntado qué tal había ido. Sabía que su padre había leído la crónica y le había gustado porque se lo había dicho al tío Bruno, pero nunca a ella. En esa ocasión, Beatriz había lidiado bien con su autoestima y sus problemas de afecto porque ya era adulta, porque tenía a Marta y al tío Bruno aplaudiendo en el patio de butacas y porque hacía tiempo que había aprendido a reconocer la extraña minusvalía emocional de sus padres. Pero estaba convencida de que esa falta de apego y de reconocimiento de sus pequeños logros —aunque no de sus errores, que su madre procuraba recordárselos al menos una vez por semana— había pautado su falta de seguridad y su autoestima. Que el tío Bruno sostuviera que su error era un acontecimiento afortunado, que celebrase con sinceridad el éxito del libro de Ángela Torres, la conmovía hasta lo indecible. Las palabras de Torres sobre el secreto de la naturaleza humana habían resultado irónicamente proféticas en su caso.

—Tío Bruno —susurró dejando caer la cabeza sobre la almohada y tapándose con el edredón hasta la barbilla en busca de consuelo—, ¿cuándo vuelves?

—Pronto, supongo.

—Siento no haberte preguntado por tu libro sobre la meteorología feérica o lo que sea.

—Todavía no lo he encontrado, pero fíjate en que he dicho *todavía*.

—Tío… —dudó—. Estas últimas semanas he estado pensando en que quizá no ha resultado tan mala idea que me pidieras que echase una mano en Dalia.

—¿Aunque hayas publicado el libro del Torres equivocado? —se rio Bruno.

—Supongo que algún día me reiré contigo de eso —gruñó—, pero no será esta madrugada.

—Hablaremos cuando vuelva, Beatriz. No te atormentes, confío en tu iniciativa.

—¿No te he decepcionado?

—Ni siquiera un poquito.

—Supongo que no habías puesto demasiadas esperanzas en mí como editora.

—La esperanza hay que cultivarla para uno mismo, no respecto a los demás —puntualizó su tío con esa voz que Beatriz solía atribuir a la actitud *carrolliana* de su tío cuando decía: «Estoy preparado a creer seis cosas imposibles antes del desayuno»—. Y tú siempre te encuentras por encima de todas mis expectativas.

Un escocés llama a la puerta

—La semana pasada quedé a desayunar con una buena amiga. No fue hasta que volví a casa que caí en la cuenta de que se la veía muy seria, demasiado. En lugar de llamarla y preguntarle al respecto, mi cerebro decidió que mi amiga estaba molesta conmigo, que se aburría conmigo, que había quedado por puro trámite, etc. Ayer me contó que había acudido a nuestro desayuno con un dolor terrible en el pecho que la tenía muy preocupada, pero que intentó disimularlo porque necesitaba distraerse, que estar conmigo la ayudaba a olvidarse del dolor y de los malos presagios. Más tarde, en Urgencias, le diagnosticaron un esguince intercostal que le alivió sus peores temores. Perdemos demasiado tiempo y energía solucionando problemas que nunca han existido.

—Pero también tiene otra lectura: sé amable con los demás y no juzgues con ligereza porque nadie sabe qué batallas están librando en su interior.

ÁNGELA G. TORRES,
Consejos para insomnes

Sir Carter Blackstone no recordaba la última vez que se había reído tanto ni tan a gusto. Beatriz le había contado su desdichada metedura de pata con el libro de Ángela Torres mientras desayunaban en el jardín de la mansión Masriera, bajo la higuera. Había intentado reprimir la carcajada cuando se había percatado de su cara de desolación, pero resultaba complicado.

—No debería habértelo contado —bufó la periodista enfurruñada.

—Me hubiese enterado de todas formas. Por ejemplo, cuando Augustus G. Torres, que por cierto tiene nombre de personaje de Roald Dahl, nos enviara su manuscrito.

La miró intentando parecer más o menos serio y preocupado, concentrado en la ligera fatiga abdominal provocada por los últimos minutos de risa, pero fue inútil.

—Espero que no haya firmado el contrato que le envió el tío Bruno —se quejó Beatriz fulminándolo con sus preciosos ojos marrones.

—Todo ajedrecista sensato empieza por disponer de dos torres… —Y no pudo continuar la frase porque volvió a estallar en carcajadas.

—Muy bonito. Riámonos de la pobre novata que no da pie con bola.

—¡Pero si eres responsable del primer best seller de un autor vivo de la editorial! Ya verás cuando Pyp se entere de que se debe a una catástrofe.

—No lo entenderán. Seguro que no se han equivocado nunca desde el parvulario. Ay, no...

—Beatriz...

—Que no se entere Ángela Torres, por favor.

—Lamento comunicarte...

—Se merece ser leída, se merece que vuelvan a escucharla.

—... que has vuelto a cometer un terrible error.

—¿No crees que Ángela se merece que le pasen cosas buenas con su libro?

—No es...

—No digas eso.

—Es que acabas de terminarte mi café. El tuyo es el de la taza negra.

Beatriz se lo quedó mirando desolada, con las mejillas sonrosadas y el ceño todavía adorablemente fruncido. Le devolvió su taza vacía, abrió *El verano de la coronación*, de Angela Thirkell, y se escondió tras el libro. Carter se concedió unos momentos, hasta estar seguro de que no volvería a dejarse llevar por la hilaridad y la llamó con suavidad. Al pronunciar su nombre se preguntó por qué Bruno había evocado el fantasma del amor imposible de Dante en lugar de a la Beatriz de *Mucho ruido y pocas nueces*, de William Shakespeare. Por mucho que al traductor le costase confesar sus más oscuros temores, la relación entre ellos dos también podría traducirse en tintes de comedia; y si no, que se lo preguntasen a los de Parques y Jardines. Los tira y afloja de Benedicto y Beatriz tenían su punto de partida en su naturaleza descreída y algo cínica, lo que resultaba triste de extrapolar a su vida real porque, aunque se le había olvidado cómo sincerarse con otro ser humano a fuerza de recluirse tras siete murallas y sus respectivos fosos, Carter sí creía en el amor, solo que sospechaba que Beatriz lo veía como una especie de traductor decrépito y aburrido. Y, sin embargo, hubiese preferido que Bruno pensara en ellos como los personajes de la comedia romántica del Bardo antes que como los de la *Divina comedia* de Dante. Al fin y al cabo, no tenía ninguna prisa por visitar el infierno, por más que allí estuviese casi toda la gente con la que resultaba interesante tomarse una cerveza, y la mujer que tenía sentada al lado, fingiendo que leía, no parecía estar a punto de casarse con ningún otro.

—Beatriz —repitió cuando no obtuvo respuesta—. Emily Dorothy Stevenson decía que lo fundamental no es lo que te pasa sino cómo te lo tomas.

—Ella nunca publicó el libro que no era —replicó sin asomarse desde detrás de su novela.

—Y probablemente tampoco robaba los cafés de los demás.

—Pensaba que intentabas proporcionarme algo de consuelo.

—«Abandonad toda esperanza quienes aquí entráis».

—¿Shakespeare? —preguntó como si fuese capaz de leer la inquietud de Carter.

—La inscripción que lee Dante Alighieri antes de traspasar las puertas del infierno.

—Comprendo cómo se sentía —suspiró. Le puso un marcapáginas de flores secas al libro antes de dejarlo sobre su regazo y por fin lo miró a los ojos con una expresión a medio camino entre la tristeza y el cansancio—. Mi tío me dejó a cargo de supervisar la publicación de cinco novelas. Cinco títulos ya decididos, apalabrados con sus respectivos autores, con fecha de entrada en imprenta, en almacén y en distribución, con el respaldo de un buen equipo editorial.

—Gracias, de mi parte y de la de Pyp. No estoy seguro en lo que respecta a Sonia.

—Solo cuando está dormida. —Beatriz levantó la mano abierta y fue bajando los dedos a medida que continuaba con su recuento—. De esos cinco títulos, dos ni siquiera han pasado por mi escritorio porque el tío Bruno ya los dejó encarrilados con Pyp, contigo y una traductora francesa. Otros dos no se publicarán: uno, porque un espíritu llamado Manolo decidió que no me merecía los derechos de autor y, otro, porque jamás llegué a solicitarle el manuscrito al autor correcto. Hasta la fecha, el resumen de mi eficiente gestión desde que mi tío me ofreció hacerme cargo de su negocio es la edición de un solo libro que nunca nadie me pidió que publicase.

—Y su reimpresión, no te olvides.

—No vas a dejar que eso suceda.

No era la primera vez que Carter reprimía el deseo de abrazarla. Deseaba sentirla mucho más cerca, acunarla un instante mientras le preguntaba si tenía idea de lo fabulosa que era, hundir las manos en su larga melena castaña, respirar el aroma tenue y fresco en la curva suave de su cuello. En cambio, la obsequió con una pequeña inclinación burlona que bien podría haber sido la envidia de Benedicto.

—Por eso el título de sir —aventuró Beatriz mirándolo con suspicacia—, en agradecimiento por tus servicios memorísticos a Su Majestad.

—No creo que eso exista. Y no —añadió divertido por el empeño de la periodista en intentar averiguar más sobre su pasado—, no fue por eso.

—Cambia el punto de vista —le propuso Carter—: desde que estás en Dalia han llegado a las librerías tres títulos bien editados y una reimpresión. Lo que significa que cuando Bruno vuelva a Barcelona, encontrará su empresa tan floreciente como cuando la dejó. A eso yo lo llamo conservación del patrimonio.

—Ah, qué fastidio —suspiró—. Eres uno de esos optimistas.

—Creo que he tenido mucha suerte —dijo mientras recogía los restos del desayuno y la instaba a entrar en la mansión para no enfriarse—. Tu tío me contó que había bautizado su editorial con el nombre de tus flores preferidas. Menos mal que no eran los ranúnculos.

—Ranúnculo Editorial no suena tan elegante como Dalia Editorial —concedió con una tímida sonrisa.

—Sigue sin sonar tan bien como Blackstone & Poe Editores.

Traspasaron juntos la doble puerta del Erecteion del Taller Masriera, dejaron atrás la pronaos solemne, dieron los buenos días a la recepcionista en voz baja para no despertarla y subieron uno detrás del otro hasta la biblioteca.

—Puede que esté exagerando —admitió a regañadientes Beatriz con el libro de Thirkell tan bien agarrado como si fuese su único punto de anclaje a una tierra que acababan de dejar un poquito más abajo—. Pero cuando te has quedado sin trabajo y con una tonelada de culpa, cuando te flaquea la autoestima y sospechas que solo le importas a tu perro, y de repente llega alguien tan brillante y excepcional como mi tío Bruno y te da una oportunidad, quieres hacerlo bien. Deseas devolverle el voto de confianza y pretendes a su vez demostrarte a ti misma que todavía vales, que no has perdido esa vieja magia de hacer bien las cosas. Yo solía ser —pronunció con un divertido deje de nostalgia— eficiente.

Carter estuvo a punto de preguntarle si también solía ser feliz, pero le faltó valor. Acostumbrado a no compartir con otros sus estados de ánimo y sus traumas pasados, se había vuelto muy prudente a la hora de indagar sobre los de los demás. Aunque reconoció que con Beatriz había bajado la guardia y había llegado a un punto de confort, cuando estaban juntos, en el que le resultaba tan complicado seguir guardando silencio sobre sí mismo como no querer saber más sobre ella. Durante aquellas semanas compartiendo tanto tiempo con la musa tenía la sensación de haber llegado a conocerla bastante bien. Beatriz era honesta y serena, juiciosa, y con un espantoso sentido de la responsabilidad. Le gustaba su capacidad para asombrarse con las pequeñas cosas cotidianas —como las muestras de cariño de Piper o el descubrimiento de un pasaje gótico entre las calles de la ciudad—, sus ganas de aprender y la manera sencilla de aceptar lo poco convencional que era Dalia Ediciones. En el fondo, Carter se sabía prendado de aquel proyecto editorial y su corazón maltrecho no habría soportado que la musa descalza que se ponía de puntillas para alcanzar los libros de los estantes más altos de la biblioteca hubiese señalado sus faltas. Comprendía la desazón por el error con el libro de Ángela Torres, pero le costaba entender por qué le parecía tan terrible. No estaba seguro de si a Beatriz le daba miedo defraudar a los demás o solamente a su tío. Llevar ese terrible peso sobre los hombros debía de resultarle agotador. Y, sin embargo, ahí estaba, tan cerca, terriblemente hermosa en la penumbra de la biblioteca, mirándolo con suspicacia, pero también con algo parecido a la esperanza.

—Aquí hay alguien que piensa que eres la humana más eficiente y maravillosa del mundo —señaló cuando Piper se acercó a saludarlos.

—Eso es porque le encantan mis albóndigas con arroz.

—No creas, yo odio las albóndigas y pienso como Piper.

—¿Te has dado cuenta de que ya no lloriquea cuando nos separamos? Salgo de la habitación y ni se inmuta.

—Sabe que siempre vuelves.

—Ha pasado sin darnos cuenta. Un poquito cada vez. Creo que es amor verdadero.

Fue una punzada, pequeñita y casi sin importancia, como los guijarros que se desprenden justo antes del derrumbe de siete murallas y sus respectivos fosos, la que atravesó el estómago de sir Blackstone cuando Beatriz expresó su añoranza en tan pocas palabras. Trazó el último recodo del sendero que llevaba hasta el lugar marcado con una equis en el mapa a medio cartografiar de sus deseos y todo encajó con claridad. Supo, en aquel preciso momento, a tantos metros sobre la tierra, que habría dado cualquier cosa por que algún día aquella mujer hermosa y sensata pronunciase esas mismas palabras sobre él.

—¿Estás muy ocupada? —le preguntó.

—Redacto el dosier de prensa con las novedades del próximo trimestre. Al menos, de las novedades que conozco, porque desde que llegué os oigo hablar a ti y a Pyp de un Trollope navideño misterioso que…

—Trollope no necesita ningún dosier de prensa. Aunque…

El estruendo de dos golpes secos y contundentes, que reverberaron lúgubremente en los altos techos del palacio neoclásico, los interrumpió. Carter había estado tan perdido en la mirada de la musa, pendiente de sus palabras, resistiendo a un extraño impulso de ponerse a bailar —pensó que solo tendría sentido si aquello fuese una novela de Susanna Clarke— con ella a lo largo y ancho de la enorme biblioteca, sobre las baldosas claras holladas por tanta Historia, que se sobresaltó.

—Las aldabas —se sorprendió identificando el origen del sonido de aquellos golpes de ultratumba.

—Admiro tu vocabulario, pero más bien parece que alguien intenta echar la puerta abajo.

—A veces, me exaspera tu sentido común.

—Pues a mí me gusta.

—¿La terrible sensatez que te caracteriza?

—Que hables como en una novela de Jane Austen.

Carter masculló entre dientes algo sobre las guerras napoleónicas, la inexistencia de antibióticos a principios del siglo XIX y lo poco que le apetecía hablar como en esos tiempos, mientras salía al pasillo seguido por la periodista. Al bajar las escaleras, se encontraron con una desorientada Sonia que acababa de despertarse y se asomaba, con el pelo violeta despeinado, por encima del mostrador.

—¿Qué es ese ruido? —preguntó parpadeando deprisa para espantar el sueño.

—Alguien llama a la puerta.

—¡Adelante! —gritó—. Está abierto.

Carter movió la cabeza, desaprobador, pero no tuvo tiempo de mucho más porque los Pyp también bajaban por las escaleras, procedentes del ala este de la mansión.

—Nos puede la curiosidad —dijo uno de ellos a modo de explicación.

—Nadie antes había utilizado esas aldabas —añadió el otro.

—Gracias —enfatizó Carter mirando a Beatriz con intención.

Casi habían alcanzado la pronaos en penumbra cuando la doble puerta se abrió con un quejido de ultratumba, dejando entrar la luz resplandeciente de aquella mañana de noviembre y a una figura alta y robusta con una enorme joroba.

—¿Qué día es hoy? —preguntó en inglés el recién llegado mirando a su comitiva de bienvenida.

—Jueves —contestaron los Pyp al unísono. Parecían extrañamente felices de que alguien en la mansión Masriera los superara en rareza.

El hombre dio un par de pasos, contempló con interés la piedra desnuda de las paredes, el inquietante altar de la entrada y el artesonado del techo, dejó lo que resultó ser una mochila y no una joroba a sus pies y se inclinó levemente ante sus anfitriones, todavía con la expresión inescrutable porque seguía a contraluz.

—Traigo lo que acordé con Mr. Bennet —dijo con un acento tan oscuro que casi parecía que no estaba hablando en inglés, a la par que señalaba la voluminosa mochila.

—Que no sea Augustus G. Torres, que no sea Augustus, por favor —murmuró Beatriz cruzando los dedos con fuerza.

—Es Magnus Ogilvy —adivinó Carter adelantándose para estrechar la mano del recién llegado—. Nos trae su novela.

—Pues vas a necesitar unos cuantos años para traducirla —dijo la periodista indicando con un leve movimiento de la cabeza la enorme mochila.

—Sabemos de quién se trata —exclamó sin pizca de animación una de los Pyp.

—Es el escritor escocés —continuó su compañero con el mismo lúgubre entusiasmo que los franceses en Waterloo cada vez que escuchaban aproximarse las gaitas del batallón *highlander*.

Sin embargo, Carter observó que la camarilla de bienvenida había optado por seguir parapetados a sus espaldas, al parecer no demasiado seguros sobre las intenciones del enorme escocés.

—Señor Ogilvy —le dijo al recién llegado sin hacer caso de los demás—, permítame que le ayude con el equipaje.

—¿Lleva ahí su novela? —preguntó en inglés Pyp, al parecer impaciente por confirmar las malas noticias.

—Casi toda —sonrió el enorme escritor—. De eso quería hablarles. No la he terminado.

El escritor residente

No se me da bien juzgar el carácter y las motivaciones de la gente, pero lo compenso con mucha imaginación y la habilidad para captar los estados de ánimo de los demás. Puede resultar extraño que me haya dedicado durante tantos años precisamente a conectar con las personas y aconsejarlas, pero por muy especiales que nos creamos, la experiencia emocional humana no es tan amplia como tendemos a pensar. Si has vivido lo suficiente y no eres una piedra, sabes qué se siente cuando te han roto el corazón, qué es el arrepentimiento, la culpa, la decepción y la hermosa trampa mortal de la esperanza. Compartimos el mismo registro emocional, nos diferencia la profundidad con la que sentimos.

Ángela G. Torres,
Consejos para insomnes

Magnus Ogilvy, descendiente del clan Olgilvy que combatió en segunda línea de batalla en Culloden bajo las órdenes del teniente coronel Walter Stapleton y las de lord David Ogilvy, se había jubilado hacía un par de años de su puesto como guardabosques en Inverness. Desde muy joven, se había aficionado a escribir a mano, en gruesas libretas de espiral, largos sonetos remotamente relacionados con la célebre criatura mítica que moraba en las aguas del lago Ness. Llenaba los márgenes de esos cuadernos con un montón de notas explicativas sobre sus poemas: para aclarar un término, una metáfora, para aportar referencias históricas o geográficas, para explicar la historia de los seres que danzaban, nadaban o se escondían entre sus versos. Hasta que las notas fueron más abundantes que los sonetos y Magnus decidió que se merecían un cuaderno aparte, un espacio propio. Pero no fue hasta que se jubiló cuando empezó a escribir su novela.

Magnus Ogilvy y Bruno Bennet se conocieron en la mítica Leakey's Bookshop, una mañana de invierno. La caótica y maravillosa librería de segunda mano, que antes había sido una iglesia gaélica del siglo XVIII, todavía ofrecía, en un rincón de su segunda planta, la posibilidad de tomarse un té caliente y unos *scones* recién horneados. Magnus, que repartía su tiempo de escritura entre la cercana biblioteca pública y Leakey's, se sentaba en uno de los dos sillones de orejas de gastado azul Oxford del piso superior, junto a las vidrieras del coro, cuando el editor se fijó en el ejemplar de *44 Scotland Street*, de Alexander McCall Smith, que el guardabosques tenía sobre las rodillas. Bruno había estado buscando ese título durante más de media hora después de que los amables libreros le aseguraran que tenían un ejemplar en la tienda.

—Ya es mala suerte —masculló en castellano— que, entre más de cien mil títulos, el único que deseo comprar haya ido a parar al regazo de un maldito escocés enorme.

Pero entonces se había fijado en el semblante amable de Magnus Ogilvy, en su gesto concentrado y en el hecho innegablemente romántico de que estaba escribiendo con bolígrafo en una libreta, cosa que Bruno no había visto desde sus años en el instituto. Dejó el abrigo sobre la butaca libre al otro lado de la mesa baja junto al escritor y volvió al cabo de un rato con un par de humeantes tazas de té, un plato lleno de pastas y la boca a rebosar de *scones*. Se instaló cómodamente en el sofá e invitó a Magnus a merendar. Horas después, los libreros tuvieron que subir para avisarlos de que hacía más de veinte minutos que había pasado la hora de cierre de la librería. Bruno salió de Leakey's con su ejemplar de *44 Scotland Street*, que el escritor confesó haber olvidado por qué motivo había ido a parar a su regazo, y la firme promesa de que Magnus lo llamaría en cuanto considerase que su novela estaba lista para ser publicada.

Cinco años después, Ogilvy había volado hasta Barcelona

y había hecho su espectacular entrada en la mansión Masriera con la misión de entregar el manuscrito que una vez le había prometido a Bruno Bennet mientras merendaban en Leakey's junto a las sorprendentes vidrieras del siglo XVIII. Su llegada había estado precedida por una larga carta —que con toda probabilidad estaría sin abrir en una de las cajas que Beatriz había encontrado tras la puerta del despacho de su tío— en la que le explicaba al editor que le faltaban algunos capítulos para terminarla, pero que prefería hacerlo en otra ciudad, pues andaba falto de inspiración y estaba convencido de que un viaje era justo lo que necesitaba para rematar su historia con éxito.

—En mi misiva —le había explicado a Carter—, le pedía a Mr. Bennet que viniese a recogerme al aeropuerto y tuviese la amabilidad de hospedarme. Como su invitado —añadió.

—Bruno está de viaje. Quizá no haya leído su carta.

Aunque Carter conocía la existencia de las cuatro cajas de correspondencia sin abrir tras la puerta del despacho de Bruno, también sabía que el editor era muy capaz de haberla leído y olvidado.

—Voy a quedarme una temporada —siguió Ogilvy—, pero no tengo dinero para pagarme un hotel. Pensé que tal vez Mr. Bennet, en honor a nuestra antigua amistad y a lo que incluí en mi carta, me dejaría quedarme en su casa.

—¿Por qué no le llama? —preguntó antes de acordarse de que Ogilvy no creía en los teléfonos.

—Preferiría no usar tecnología de ningún tipo. Verá, tengo por costumbre…

Carter escuchó atento las tribulaciones del escocés, consiguió no señalarle que había venido en avión en lugar de en barco o en calesa, y terminó por asegurarle que, de momento, mientras se ponía en contacto con Bruno, podía quedarse en la mansión Masriera. Lo animó a instalarse en su despacho y le solicitó el manuscrito y el contrato firmado. Ogilvy abrió su mochila monstruosa y sacó de ella dos gruesas libretas de anillas, escritas a doble cara con una letra abigarrada, y una tercera de la que se lamentó tenerla escrita solo hasta la mitad. Carter amagó un suspiro de alivio en cuanto entendió que la novela eran aquellos tres cuadernos y que el resto del equipaje lo constituían los efectos personales del escritor.

Tras dejar al recién llegado en su despacho, insistiendo en que podía instalarse allí de manera temporal hasta aclarar la situación, sir Blackstone se trasladó a la biblioteca con su portátil, sus diccionarios y ningún pesar.

—¿Quién no ha perdido el primer tercio de una novela alguna vez? —preguntó en tono irónico a Beatriz tras ponerla al día sobre las tribulaciones del guardabosques jubilado que acababa de robarle el despacho.

—A mí no me preguntes: yo he publicado la novela equivocada. Dos veces. No me extrañaría que el libro de Magnus Ogilvy se convirtiera en mi próximo desastre editorial.

—Eres adorable incluso cuando te preocupas.

—Entonces, debo resultar adorable la mayor parte del tiempo.

—Ni te imaginas lo difícil que me lo pones.

—El joven Skywalker sufre sin medida.

—Un mártir —asintió Carter muy serio.

—¿Conceden el título de caballero a los mártires?

—Depende de por qué se sacrificaron. Y no, no fue por eso.

Beatriz le preguntó dónde dormiría si el escocés se quedaba en su despacho.

—Pues pensaba irme al Four Seasons con la tarjeta de crédito de Dalia Ediciones, hasta que he recordado que no tenemos ninguna. —Consultó la hora en el reloj—. Voy a llamar a Bruno.

Pero Bruno no contestó. Parecía seguir ajeno a cualquier escocés, casi en las antípodas de la mansión Masriera.

El regreso

—El actor Dani Rovira decía en una entrevista que superar una grave enfermedad le había enseñado a vivir como si fuese a morirse en el plazo de un año. Me ha empujado a reflexionar sobre aquello que voy aplazando como si tuviese todo el tiempo del mundo para hacerlo otro día. El problema es que cuando pienso en lo que estoy posponiendo solo se me ocurren cosas como lavar las cortinas, aprender a dibujar u ordenar el armario de las toallas. Soy una persona muy aburrida y poco ambiciosa.

—En absoluto. Eres una persona esencialmente feliz.

ÁNGELA G. TORRES,
Consejos para insomnes

Bruno Bennet tenía la terrible sospecha de que se estaba enamorando de su meteoróloga neozelandesa. Prefería evitar la palabra certeza porque, aunque a su edad conocía bien los síntomas de la enfermedad, no estaba seguro de si sería más conveniente vacunarse lo antes posible o dejar que el virus siguiese su curso. Hacía por lo menos dos semanas que quedarse en Wellington había dejado de tener sentido más que para dar largos paseos por Mount Victoria de la mano de Charlotte Turner, preparar pícnics nocturnos en la biblioteca circular tras haber observado las estrellas en el telescopio gigante de la Sociedad o besar a la hermosa descendiente de criminales condenados. El editor había tirado del hilo del índice Bannatyne y tras consultarlo con el bibliotecario de la Universidad de Wellington, creía que tenía alguna probabilidad de saber más sobre el *Codex pluviae...* en Escocia, el hogar de Bannatyne. Pero, como todas las cosas maravillosas de este mundo, esa posibilidad albergaba mucho de incertidumbre.

—Han sido unas vacaciones extraordinarias —se sinceró una noche con Turner—. He descansado, he respirado el aire puro de Mount Victoria y estoy preparado para olvidarme de todo lo que me has enseñado sobre las constelaciones.

—Entonces ¿te marchas?

—Estoy preparado para partir, pero eso no significa que quiera separarme de ti. ¿Vendrías conmigo al viejo mundo?

A Charlotte, que leía con facilidad cada mota de color en los mapas de los satélites y el intrincado baile de las isobaras, no debía de resultarle ni la mitad de difícil leer el futuro de su relación. Con un admirable sentido de la intuición le dijo con suavidad:

—Me pregunto cuánto espacio hay en tu vida para una meteoróloga.

—Supongo que el que esté dispuesto a darte —reconoció el editor.

Bruno se encogió de hombros, disimulando su sorpresa por la atinada reflexión de su compañera y esbozó una sonrisa que, a su pesar, le quedó bastante melancólica. Le gustaba muchísimo aquella mujer asombrosa, de inteligencia cósmica y una capacidad infinita para aceptar de buen talante lo inusual. Pero estaba casi seguro de que, incluso en la más optimista de sus suposiciones, todavía le quedaban unos años al frente de Dalia Ediciones. Su viaje a Nueva Zelanda había puesto en marcha un plan *bennetvélico* largamente esbozado que tal vez, solo tal vez, daría sus frutos pronto. Hasta entonces, la editorial seguía necesitándolo y no pensaba abandonar su proyecto de vida a la incertidumbre o, todavía peor, en manos desconocidas. Ahora bien, si era capaz de resistirse a la mujer más increíble del mundo, pensó con tristeza que se debía a la pérdida de gran parte de su romanticismo legendario.

—No desconfío de tu generosidad, Bruno Bennet —suspiró Charlotte—, pero me temo que me quedaré aquí.

—¿Para asegurarte de que vuelva?

—Los motivos son importantes.

—Los motivos lo son todo. ¿No puedo hacer nada para que cambies de opinión? ¿Estás segura?

—En absoluto —sonrió con valentía—. Pero al menos sé que volverás. Lo he visto escrito en las estrellas.

Bruno envolvió a la bella meteoróloga en uno de aquellos abrazos que tanto admiraba su sobrina Beatriz y, en voz baja, para que solo las estrellas y aquella mujer extraordinaria pudiesen oírlo, dijo con todo el cariño del mundo:

—Mi querida señora Turner, vine a su país buscando un libro raro que me obsesionaba y me voy con la certeza de haber encontrado un tesoro mucho mayor.

Bruno ignoró las llamadas perdidas en su móvil, consultó su correo, comprobó que los mensajes de Carter y de su sobrina solo se quejaban de Magnus Ogilvy, y compró un billete de avión para volver a casa. Se lamentó amargamente de las cuarenta horas de trayecto, incluidas las tres escalas, hizo las maletas, fracasó estrepitosamente en darle un último beso a Charlotte Turner sin sentir que se dejaba el corazón en Mount Victoria y no pudo resistirse a regresar a Trevillés Books y charlar con Abril Bravo antes de coger un taxi hacia el aeropuerto. Encontró a la joven librera con una taza de té en la mano, la mirada pensativa clavada en su escaparate y en compañía de un lobo de dimensiones respetables.

—Mi sobrina tiene un poni —dijo señalando al impresionante animal—, pero su compinche parece mucho más feroz.

—Gracias… supongo —sonrió—. ¿Ya se marcha? —preguntó señalando las maletas.

—No del todo, tengo la sensación de que dejo una parte de mí en este lugar.

—Suele ocurrir. Las personas tenemos una extraña tendencia a echar raíces en los lugares más insospechados, pero sobre todo, allí donde hemos sido más felices. ¿Ha encontrado su libro raro?

Bruno negó con la cabeza e intentó adoptar un semblante trágico, pero solo consiguió parecer estar aguantándose la risa por culpa de un chiste muy malo.

—Empiezo a pensar que nunca lo encontraré —suspiró.

—Pero va a seguir buscándolo.

—¿Qué sentido tendría la vida si no lo hiciese?

Abril, que había estado trasteando con la tetera como si fuera la máquina registradora, salió tras del mostrador, le tendió una taza de té y se detuvo junto a Bruno, de nuevo pensativa, con la mirada perdida más allá de los ventanales de la librería que daban a la calle.

—No estoy segura —contestó al fin.

—¿Sobre el sentido de la vida?

—Sobre qué hacer con mi escaparate. Debería quitar todos esos libros de terror y los adornos de la *spooky season*, pero no sé si es demasiado pronto para reemplazarlos con la decoración y los libros navideños. Todavía meriendo pastel de calabaza.

—Mi sobrina Beatriz le diría que nunca es demasiado pronto para la Navidad.

—Entonces, dele este libro de mi parte —resolvió tras una rápida incursión entre las baldas de una de las estanterías que ostentaba el curioso título de ARSENIC, OLD LACE AND FEEL-GOOD NOVELS.

Bruno tomó nota de la clasificación de la estantería de Trevillés Books, por si pudiera aplicarla a alguna de las pilas de manuscritos que poblaban su despacho y leyó el título del libro de Dean Street Press que le tendía Abril: *A Winter Away*, de Elizabeth Fair.

—Me encanta esta autora —se entusiasmó la librera—. Es tan fabulosa como Angela Thirkell o Margery Sharp. Anthony Trollope dijo una vez de los libros de Fair que los recomendaba a quienes prefiriesen no tomarse la vida tan en serio como lo hacía él. Adoro a Trollope, pero me pareció una recomendación irresistible. Y, para usted —añadió tendiéndole otro volumen sacado de la misma estantería—, *My Dear Aunt Flora*, de Elizabeth Cadell.

—Epidemia de Elizabeths —sonrió Bruno tras aceptar los libros con gratitud—. ¿Son autoras neozelandesas?

—Británicas con un sentido del humor tan grande como el Imperio de la reina Victoria.

—Gracias, querida, me quedan un montón de horas de viaje por delante; me va a hacer falta una buena dosis del sentido del humor de sus Elizabeths.

—Y puede que se anime a editarlas en castellano —dejó caer la librera guiñándole un ojo antes de esconderse tras su taza de té.

—Aunque solo sea para consolar la nostalgia de mi traductor británico, lo haré. Y le mandaré unos ejemplares, si le apetece. O mejor todavía, se los traeré en persona las próximas vacaciones de verano.

—Muchas gracias, Bruno, ha sido un placer conocerlo.

El editor inclinó la cabeza en una sentida reverencia mientras le aseguraba que el honor había sido todo suyo.

—¿No echa de menos su casa en los Pirineos? —le preguntó con curiosidad.

—Verá, una vez dije que el hogar está donde guardamos nuestros libros y un imbécil me señaló, con toda la condescendencia del mundo, que era una frase manida que se usaba en camisetas, tazas y bolsas. Desde entonces es distinto.

—¿Ya no cree que su hogar sean sus libros?

—Ya no hablo con imbéciles.

El tío Bruno explotó en una de sus carcajadas contagiosas, devolvió la taza de té vacía, guardó los libros en su equipaje de mano y le dio unas palmaditas en la enorme cabeza al fabuloso lobo de compañía, que no se había separado de Abril durante todo aquel tiempo. Envolvió a la librera de Trevillés Books en un ligero abrazo y se giró, todavía risueño, para despedirse una última vez antes de salir de su tienda.

—A más ver, querida Abril —dijo con los ojos brillantes y la certeza de que volvería.

—Bruno —lo llamó la joven cuando el editor estaba a punto de traspasar el umbral de la librería—. Ningún hogar, por muy lleno de libros que esté, vale la pena si no queda nadie allí que espere nuestro regreso.

Gracias a las dos Elizabeths y a media botella de bourbon, al estilo de los viejos periodistas de los años cincuenta, el viaje de vuelta de Bruno no fue tan espantoso como se había temido. Casi dos días después de que saliese por la puerta de Trevillés Books, llegó a su pequeño piso de Barcelona, le envió un mensaje a Charlotte para decirle que había sobrevivido al vuelo transcontinental con el único propósito de echarla de menos, se derrumbó en la cama y se concedió todas las horas de sueño que le pidieron sus cansados huesos y el desajuste horario. Sin tener ni la más remota idea de qué día de la semana era, entró en el Taller Masriera un hermoso mediodía de noviembre. Atravesó la pronaos y el teatro Studium con la serena felicidad de quien se sabe a salvo, pasó sin hacer ruido por el mostrador de recepción para no despertar a Sonia —que dormía con las gafas puestas, probablemente para que sus sueños no perdieran ni un ápice de nitidez— y subió las escaleras de la izquierda, directo al despacho de Carter. Pero en lugar de a su traductor medio inglés, se encontró con un escocés voluminoso, de pelo oscuro y barba tupida, que escribía con bolígrafo sobre una libreta, tan concentrado que no lo escuchó entrar.

—¿Ogilvy? —se extrañó el editor en cuanto lo reconoció.

El escritor abandonó sus útiles de amanuense de buena gana, se puso en pie y se adelantó para estrecharle la mano con peligrosa efusividad.

—¡Qué bien me ha venido el cambio de aires! —exclamó con entusiasmo—. Calculo que una semana más a este ritmo y la novela estará terminada. No recibiste mi carta —añadió, probablemente porque a Bruno se le daba bastante mal disimular su cara de saber de qué demonios le hablaba aquel pedazo de escocés.

—He estado fuera.

—¿Los últimos seis meses? Te envié una carta con las instrucciones y con el manuscrito ese con el que siempre das la tabarra en los pubs de Inverness cuando vas por la segunda cerveza. Lo encontré en Leakey's.

—No sabía que lo hubieses perdido —se extrañó el editor.

Ogilvy lo miró con una expresión indescifrable.

—No lo he perdido —dijo algo molesto—. Es que me falta el final. La tercera libreta. Ya sabes.

—Sí —asintió Bruno que no sabía nada—. Pero tu libro tiene que salir antes de la primavera del año que viene y todavía hay que traducirlo. Por eso le dije a sir Blackstone que fuese a recogerlo a tu casa a principios de noviembre.

—Pues he venido yo. Necesitaba un poco de luz mediterránea para desatascarme.

—Magnus, la última vez que hablamos, tu novela trataba sobre el monstruo del lago Ness.

—Todavía es así.

—Disculpa si me meto donde no me llaman, pero la luz

mediterránea no arroja precisamente misterio sobre un monstruo escocés de las profundidades.

—Es por la crema solar —asintió Ogilvy muy serio.

Quizá Bruno había dado con la horma de su zapato.

—¿Qué te parece si te invito a una cena temprana y me explicas un poco más sobre cómo estás rematando ese manuscrito bajo la inspiradora luz mediterránea?

Ogilvy asintió con entusiasmo.

—Pero antes deja que salude a mi familia. Lo siento pero tengo que preguntártelo, ¿qué has hecho con el anterior propietario de este despacho?

—Sir Blackstone duerme en su vestidor —dijo señalando con un vago ademán la puerta cerrada del otro lado del pasillo—. Y por las mañanas trabaja en la biblioteca, con Mrs. Poe y su poni.

Preguntándose en qué momento Dalia Ediciones había viajado en el tiempo y se había convertido en una novela de Elizabeth Jane Howard llena de vestidores, bibliotecas y Mr. y Mrs., dejó al escritor con su cuaderno, su bolígrafo y su luz mediterránea y se asomó al despacho de Pyp. Si había alguien en aquel lugar capaz de aferrarse al siglo XXI por la sencilla razón de que este estaba más cercano al fin del mundo, eran los correctores de la editorial. Pero su despacho estaba vacío porque era su hora de almorzar. Bajó las escaleras, comprobó que nada había perturbado el sueño de la recepcionista del pelo violeta y subió para dirigirse al ala oeste.

Cerca de la doble puerta abierta de la biblioteca, una pareja discutía en el tono bajo y tenso de las personas educadas que reprimen su frustración con voz contenida en lugar de gritarla en público. Si hubiese sido diez años más joven, a Bruno no le habría faltado el coraje para entrar a hurtadillas y agazaparse tras el escritorio más cercano, al más puro estilo de Bertie Wooster, para escucharlos a escondidas. Pero como sus huesos, su dignidad y su admiración por P. G. Wodehouse esperaban algo más de él, se contentó con pegarse lo más posible al marco de la puerta y permanecer atento sin ser descubierto por la adorable pareja.

—Me parece encantador que no tengas ni idea de lo fabulosa que eres —decía el hombre—, pero empieza a cansarme que te escudes en la falta de autoestima para esconderte.

—Claro, porque tú jamás lo haces —replicó la mujer con sarcasmo—. Que todavía no me hayas contado por qué te concedieron el título de sir es solo un descuido.

—¿Por qué es tan importante?

—Porque me lo prometiste.

—También le prometiste a Bruno que trabajarías en Dalia y piensas largarte incluso antes de que regrese a Barcelona.

—No he faltado a mi promesa: he publicado una novela que ha sido un éxito, aunque mi tío jamás la haya leído; casi he escogido otra, y te hago compañía mientras gruñes porque no entiendes la caligrafía del *highlander* que acaba de pasarte los dos primeros tercios de su novela para traducir.

—¿Y ya has cumplido? ¿Qué ocurre con el resto de los títulos de autores vivos de Bruno?

—No me necesitas para sacarlos adelante.

—Te sorprendería la cantidad de cosas que empiezan a costarme sin ti.

El hombre hizo una pausa, como si se estuviese tomando un momento para recuperar la calma. Quizá había dicho demasiado, pero se mantuvo firme, ni un paso atrás.

Bruno se arriesgó a echar una mirada rápida antes de volver a pegarse contra el vano. Carter y Beatriz estaban tan cerca el uno del otro que no habría hecho falta más que un empujoncito para arrojar a uno en brazos del otro.

—¿Y la novela que ibas a escoger? —preguntó al fin el traductor.

—No me he decidido todavía.

—¿Por qué? ¿No sabes cómo hacerlo? —dijo con retintín.

—¿Cómo puedes ser tan odioso?

—Me sale sin esfuerzo.

Bruno reprimió la carcajada.

—No te decides a escoger un manuscrito —siguió Carter. Sonaba como si estuviese enumerando en voz alta y Bruno se lo imaginó moviendo con énfasis los dedos de una mano—, no te decides sobre dónde quieres trabajar, no te decides sobre qué quieres hacer…

—Puede ser, pero al menos sé lo que no quiero.

—Alabados sean los dioses.

—No quiero a un chiflado del té, con pintas de bibliotecario oxoniense tan asustado de los traumas de su pasado que es incapaz de pronunciar en voz alta qué demonios le pasó para volverse tan irritantemente críptico y misterioso.

—Si en lugar de obsesionarte con los asuntos de los demás te ocuparas un poco más de los tuyos…

—¿Ahora soy una metomentodo?

—No lo sé, pregúntaselo a Ángela Torres, que un día estaba tan tranquila en su casa y al siguiente la habías arrastrado a las librerías.

—Al menos, a mí no se me escapan los derechos de autor porque el fantasma de un botánico muerto me los quita en mis aristocráticas narices.

—Mis narices son plebeyas —masculló malhumorado.

—Pensaba que éramos amigos.

—Los amigos no te dejan tirado en mitad de un proyecto. Además, yo paso de que seamos amigos y si esos cuervos no me estuviesen mirando con tanta inquina te diría cuatro cosas sobre lo que me gustaría que fuéramos.

—Echémosles la culpa a los cuervos. Tío Bruno, si crees que no puedo verte partido de risa mientras intentas pegarte al vano de la puerta es que has vuelto más chiflado de lo habitual de tu aventura neozelandesa.

—No estaba escondido, me… ataba el cordón de los zapatos —improvisó el editor entrando en la biblioteca con fingida naturalidad.

—Tus zapatos no tienen cordones.

—Y vuestra conversación, ningún sentido. ¿Qué demonios os pasa?

Bruno apretó a su sobrina en uno de los mejores abrazos del mundo y obsequió a su traductor con la espléndida imitación de una mirada furibunda. Aquel par parecían desorientados y un poco avergonzados, como si no supieran demasiado bien cómo habían llegado hasta ese punto tan incómodo y triste, en medio de una biblioteca decimonónica. Con un rápido vistazo comprobó que el roble seguía tan imponente como de costumbre y que el perro gigante de su sobrina dormía bajo sus frondosas ramas, poco impresionado por la discusión de aquellos dos.

—Si es así como habéis gestionado Dalia en mi ausencia… —dijo con su mejor imitación de reina ofendida.

—La traidora de tu sobrina se va a trabajar para una empresa de publicidad y nos deja en la estacada.

—Solo me han llamado para hacer otra entrevista. Silvia Durán, de Ollivander & Fuchs, ha ganado dos cuentas grandes para el año que viene y tiene luz verde para contratar a una redactora para su equipo. En septiembre, antes de que aceptase echar una mano en Dalia durante tu ausencia, me prometió que más adelante me ofrecería otra oportunidad.

—Pensaba que pasabas de hacer más entrevistas de trabajo —señaló Carter.

—Y yo, que os sorprendería verme aquí —se quejó Bruno, que tenía la sensación de que no lo habían echado de menos todo lo que habría cabido esperar de las dos personas más importantes de su vida.

—¿Te ha llamado Magnus Ogilvy? —le preguntó su sobrina.

—Ogilvy no cree en el teléfono.

Carter lo miró con suspicacia:

—¿No seguirás buscando el *Codex comosellame*?

—He llegado en el momento preciso: justo antes de que os dijeseis algo que más tarde tuvieseis que lamentar —observó el editor sin hacer caso de la pregunta.

—Muy oportuno —masculló el traductor con mucha ironía en muy pocas palabras.

—Lo único que lamento es haber aceptado tu oferta, tío.

Carter resopló, ya no parecía tan enfadado como unos minutos antes aunque cierto desánimo le ensombrecía el rostro. Si Bruno lo había interrumpido justo antes de decirle a su sobrina algo decisivo, el momento había pasado. El traductor recuperó su aspecto sosegado, señaló a Beatriz con un gesto de la cabeza y advirtió a Bruno:

—Ahora es la parte en la que vuelve a ponerse quejumbrosa enumerando todos sus supuestos errores y torpezas y bla-bla-bla.

Beatriz le lanzó una mirada tan furibunda que bien podría haber despertado la envidia de las gárgolas de la catedral de Sant Pere i Sant Pau.

—¿Qué hacéis aquí? —les preguntó Bruno en un intento de distraerlos de su enfado mientras le indicaba a su sobrina que tomase asiento. Se apoyó en el escritorio, pero Carter permaneció de pie, de espaldas a la habitación, con la vista perdida más allá de la ventana invadida por las enredaderas y la hierba de burro.

—Ogilvy se ha quedado el despacho del sir traductor —contestó Beatriz—, así que he sido tan amable de compartir la biblioteca con él y con su mal humor.

—También ha sido muy amable al comunicarme que acaba de recibir una llamada de Ollivander —el tono de la voz de Carter delataba una tensa calma—. Si me disculpáis —dijo cruzando la sala en un par de grandes zancadas en su dirección—, he tenido bastante por hoy. Mi mal humor y yo nos vamos a otra parte.

Recogió su portátil y las libretas de Ogilvy del escritorio y se marchó hacia la puerta.

—No tienes adónde ir —le señaló Beatriz elevando la voz porque las espaldas del traductor desaparecían ya por la puerta—. Has perdido tu despacho en manos de un *highlander*.

—No es lo único que he perdido.

Como no era Shakespeare, a Bruno todo aquel drama le parecía de menor importancia. Pese a sus insondables misterios, conocía bastante bien la naturaleza leal y bondadosa de su traductor, aunque se empeñase en esconderla bajo tantas capas de indiferencia; su enfado con Beatriz se le pasaría rápido. Le preocupaba un poco más la decisión de su sobrina, sobre todo porque podría trastocar los planes de futuro que había esbozado en Mount Victoria, mirando por el telescopio gigante de la meteoróloga más hermosa del universo. Abandonó el escritorio, movió la silla que quedaba libre para sentarse frente a Beatriz y le guiñó un ojo sin perder la sonrisa.

—No sé qué le has hecho a mi traductor, pero no lo había visto tan alterado desde que lo conocí en una librería de Oxford, con la ropa arrugada, la boca llena de galletas y la única certeza de que aquella noche no tenía un techo bajo el que dormir.

—Excepto por las galletas y la ropa, sigue más o menos igual.

—Carter es más bien imperturbable —dijo casi para sí mismo, como si pensase en voz alta—. ¿Qué es eso de que te vas a una empresa de publicidad? —le preguntó a Beatriz tras una breve pausa.

—Solo voy a repetir la entrevista, quiero hacerlo bien. Existe la oportunidad de que tengan un puesto para mí, pero nada es seguro.

—Hay varias cosas que sí lo son —sonrió el editor pese a que cierta tristeza le rozó la mirada—. Y una de ellas es que Carter y yo te queremos aquí.

—Me gusta estar en este sitio. Me queda mucho por aprender, aunque eso también me parece un privilegio. Pero cuando llegué a la editorial, tú ya te habías marchado y en las instrucciones que dejaste no decías nada sobre si tu oferta de trabajo era permanente, o si solo estabas siendo amable y me ofrecías un lugar en donde no quedarme del todo sola mientras decidía qué hacer con mi vida.

—Tenía prisa y no quería asustarte —se excusó Bruno—. No parecías muy receptiva en esos momentos. Si te hubiese dicho que quiero jubilarme y que, tras meditarlo mucho, tú eras mi primera opción para tomar el relevo al frente de Dalia Ediciones, habrías salido huyendo por esas preciosas puertas de inspiración clásica. Además… Estás un poco pálida, querida. ¿Quieres un vaso de agua?

—Tío Bruno —logró protestar Beatriz—. No puedes… Dalia es tu sueño, tu proyecto de vida.

—Lo sé, lo sé. Pero estoy cansado. Durante estos días en Wellington me he dado cuenta de que quiero tiempo para mí, para enamorarme, cortejar a Charlotte y plantar árboles...

—Siempre se te ha dado muy mal la jardinería. ¿Y quién es Charlotte?

Bruno se lo explicó. Le contó su extraña excursión a Mount Victoria, perdido entre una naturaleza sin domesticar, sin siquiera el consuelo de perseguir al Conejo Blanco; su primer encuentro con Charlotte, lo mucho que tenían en común, las semanas que había pasado en su compañía mirando las estrellas, adivinando las mentiras de los satélites meteorológicos... La certeza de que le quedaba muy próxima la hora de dar un paso atrás para contemplar la plácida belleza de un jardín que había arado, sembrado, regado y cuidado durante más de veinte años. Había llegado el momento de recoger las dalias y disfrutarlas con Charlotte.

—No quiero obligarte —dijo cuando terminó su pequeña historia— y asumiré tu decisión, sea cual sea.

—Pero, si yo no acepto, ¿cerrarás la editorial?

—Eso sería hacer trampa y he dicho que no pienso presionarte. Dalia continuará, ya pensaré la forma. —Bruno estaba mintiendo un poquito. Sabía que si la editorial no permanecía en la familia, moriría con él porque no era capaz de soportar ver su adorado jardín en manos de ningún otro—. Además, no pienso jubilarme la próxima semana, ni la siguiente. Aun en el caso de que aceptases la oferta, me quedaría un par de años para enseñarte el sutil y extraordinario arte de la edición.

—¿Y el *Codex pluviae*?

—Será el último título que publique antes de retirarme, palabra de editor.

—¿Te das cuenta de que si cumples esa promesa es muy probable que no puedas jubilarte jamás?

—Agradezco tu confianza —se rio Bruno—. Cariño —dijo tras consultar la hora en su teléfono móvil—, quiero reunirme con Pyp y ponerme al día y después me llevaré a Ogilvy a cenar de acuerdo con su despiadado horario norteño. Y tú tienes mucho en que pensar... ¿Cuándo asistirás a la entrevista con los publicistas del mal?

—El próximo lunes.

—¿Qué te parece si te tomas unas vacaciones hasta entonces? No quiero echarte, pero necesito a mi traductor más o menos funcional si quiero sacar la novela del lago Ness. Oh, no pongas esa cara de espanto, no voy a enviar a Carter a bucear en noviembre, a ninguno nos gustaría molestar al pobre monstruo con su malhumorada visita, me refería a publicar el libro de Ogilvy, que al parecer está ambientado allí.

—Tío Bruno, me temo que me he perdido.

—Yo te encontraré. Siempre lo hago —dijo poniéndose en pie y estirándose como un gato feliz—. ¿En qué estabas trabajando? ¿Crees que puedes seguir desde tu casa?

—Me gustaría.

Beatriz le contó que se sentía entusiasmada con la oportunidad de editar un libro desde el principio, tal y como habían hablado por videoconferencia cuando el editor estaba en Nueva Zelanda. Se lo recordó con cierta vacilación, como si esperase que Bruno la mandase a casa castigada, lejos de cualquier tarea editorial.

—Todavía no estoy segura de qué título me gustaría publicar —confesó al fin.

—Esa es la parte más difícil.

—¿Vas a darme algún consejo? Por favor, que no sea sigue a tu corazón o lanza una moneda al aire o cuenta las palabras y el que sea más largo o no cruces el Rubicón... No te rías, tío Bruno, nunca sé cómo vas a sorprenderme.

—Pocas cosas en esta vida ofrecen una mejor oportunidad que la magia de lo inesperado —se defendió Bruno levantando el dedo índice en ademán pontificador—. Verás, a cada editor le funciona algo distinto, solo necesitas encontrar tu propio estilo.

—¿Y cómo lo consigo?

—Equivocándote muchas veces. Te daré una pista: deja de leer y releer esos manuscritos durante unos días. Llévatelos a casa y enciérralos en un cajón. Queda con Mirtle...

—Marta.

—... y comed cruasanes de chocolate de esa pastelería tan fabulosa de tu barrio. Sal ahí fuera con tu poni, pasead por la ciudad, disfrutad del otoño, sé que es tu estación favorita. Acércate al mar, llénate los ojos de la luz mediterránea con la que sospecho que Ogilvy me va a dar la turra hasta que se vaya y respira el salitre. De tanto vivir aquí, a veces se nos olvida que esta ciudad también es orilla y azul.

—¿Y después?

—Nada. Si vuelves a Dalia te haré una sola pregunta y lo

sabrás. Por cierto, querida, cuando estuviste de expedición en mi despacho en busca de tu triada infernal de manuscritos, ¿viste una carta de Ogilvy entre las cajas de mi correspondencia? Detrás de la puerta de mi despacho…

—Sí, un sobre voluminoso. Pensé que era otro manuscrito, hasta que caí en la cuenta de que el pobre debía de escribir unas cartas larguísimas porque no usa el teléfono.

—Es que antes, cuando he hablado con él, me ha parecido… Bueno, es igual. Cuando puedas te agradecería mucho que le echases un ojo a esa carta.

—¿Por qué no abres tu correspondencia?

—No me gusta recibir así las noticias. Es por Evelyn Waugh.

Beatriz abrió mucho los ojos y soltó una carcajada.

—Periodistas. —Bruno le guiñó un ojo, feliz y complacido por que su sobrina favorita hubiese pillado el chiste—. Vete a casa.

La maldición de los domingos

—Estaba ahí, en la cafetería de la librería, tomándome un granizado de limón en plena ola de calor y sudando a mares. Y entonces va mi amiga y me suelta: si murieses justo ahora, ¿podrías decirme cinco cosas de las que te arrepientes? Y desde entonces no paro de darle más vueltas que un ventilador.

—Es una muy buena pregunta. Yo tampoco sabría qué responder, debería pensármelo. ¿Has llegado a alguna conclusión?

—Todavía no. Solo se me ocurren cosas como aprender inglés o viajar a Japón. Sé que debería pensar en algo así como pasar más tiempo con mis hijos, pero es que no los soporto.

—Tenemos en espera otra llamada, alguien que quiere contestar a tu pregunta. Adelante.

—No sé cuánto tiempo me queda de vida. Ninguno de nosotros lo sabemos. Pero si hay algo de lo que me arrepiento es de no haberme querido más a mí misma. Ojalá pudiese decírselo a mi yo adolescente.

—Mis hijos son adolescentes; no te hubieses escuchado.

ÁNGELA G. TORRES,
Consejos para insomnes

Como cualquier persona con cierta tendencia a la melancolía, en raras ocasiones Beatriz conseguía librarse de la velada tristeza de todos los domingos. A menudo lo achacaba a que no sabía sacarle partido a las últimas horas de su propiedad antes de volver a la rutina laboral de los lunes. Le resultaba desesperante la sensación de malgastar el precioso y escaso tiempo del que disponía con libertad antes de volver a la oficina. Lo curioso era que, ahora que no tenía ninguna rutina laboral a la que volver al día siguiente, la maldita tristeza del domingo seguía ahí, insobornable.

Siguiendo el consejo de su tío, había pasado unos días ajena a sus tres manuscritos. Cuando el martes volvió a casa desde Dalia, sin despedirse de nadie más que de los cuervos, lo primero que hizo fue guardar en el arcón de los adornos navideños —porque no se le ocurría ningún otro sitio que usara menos que ese— sus tres novelas inéditas y el sobre con el remitente de Magnus Ogilvy que había cogido, por un impulso, antes de irse, de la caja de la correspondencia de su tío. En cambio, trabajó en la presentación del proyecto para la segunda entrevista en Ollivander. Decidió que reutilizaría la de su primera entrevista, solo que esta vez iba dispuesta a contarle una buena historia a Silvia Durán.

Aprovechó las horas de luz para visitar rincones de Barcelona que tenía casi olvidados, aunque acabó por tropezarse con otros nuevos; en aquella ciudad, siempre en construcción, proliferaban como huevos de pascua los pequeños lugares secretos. Llevó a Piper a ver el mar, un Mediterráneo en calma, casi como un lago infinito, transparente y precioso. El perro se había bañado y después había corrido feliz por la arena dorada de la playa del Bogatell bajo un cielo espléndido. Comieron con Marta en Poblenou; patatas bravas, alcachofas a la brasa, *coca de recapte* y cerveza, un helado de pistacho de postre y de regreso al mar. Descalzas, paseaban algo alejadas de la orilla tras haberse helado los pies en el agua mientras Piper inspeccionaba todo lo que el Mediterráneo devolvía.

—Son estos momentos —suspiró Beatriz cerrando un instante los ojos, la cara vuelta hacia el cielo y la sonrisa de quien ha descubierto un secreto—, con la caricia del sol tibio de otoño en la piel y el sonido del mar de fondo, que me siento millonaria.

—Y poeta —se burló Marta.

—Mófate lo que quieras, doctora Dolittle, pero conmigo Piper ha dejado de llorar. Míralo qué feliz.

El perrazo, que husmeaba una madera de deriva algunos metros por delante de las amigas, levantó la cabeza al escuchar su nombre, ladró alegre y se les acercó con su trote caballuno. Exigió sus palmaditas de buen chico, saltó alrededor de las dos mujeres y volvió a alejarse en busca de más tesoros. A lo lejos, sobre las rocas del rompeolas, algunos pescadores aficionados pasaban la tarde del domingo.

—Tienes ese efecto en las personas que te rodean —dijo Marta dándole un codazo juguetón a su amiga.

—Será por lo bien que declamo mis versos.

—O por lo bien que cocinas las albóndigas con arroz.

—O por mi don de volver locas a las buganvillas.

—O por publicar los libros que no son.

Beatriz simuló que le apuñalaba el corazón y Marta imitó una risa brujeril.

—Lo digo en serio —añadió la veterinaria al cabo de un momento—. Transmites calma y buen rollo, pese a tu maldita quejumbre.

—Gracias —se rio.

—Eres transparente y te apasionas por las cosas, como ese rollo nuevo que te traes con la editorial de tu tío. Te ha costado decidirte, pero se nota que te gusta, contagias entusiasmo. Eres leal, divertida y cariñosa. Haces que resulte muy fácil sentirse bien y feliz a tu lado. Y no me refiero solo a Piper.

—Espero que te refieras…

—Al traductor sexy.

—Ya te he contado cómo andan las cosas entre nosotros. No he vuelto a saber nada más de él desde que me fui de Dalia el martes pasado. Tal vez sea mejor así.

—Qué estupidez. Solo está tomando aliento antes de volver a la carga.

—No pienso entrar en esa guerra.

—Dar paz es la mejor manera de querer.

Pero sir Carter Blackstone, que durante todas aquellas semanas de su aventura editorial constituyó serenidad y apoyo, había alterado su paz. Desde que Beatriz dejó Dalia, cada vez que salía de casa, se sorprendía comparando el gris del cielo de noviembre y los adoquines gastados de la Plaça Mercadal con la tonalidad tormentosa y perfecta de la mirada del traductor. Se le desacompasaba la zancada, con un leve tropiezo, al cruzar los jardines de Can Fabra cuando el aroma a tierra húmeda y a pino otoñal le parecía deslucido, muy lejos del reconfortante olor a algodón limpio y a jabón Yardley. Sonreía o fruncía el ceño sin querer, con el pensamiento ocupado por las conversaciones que había mantenido en el pasado con Carter. Hasta parecía encontrar un leve reproche, como una pregunta, en la adorable mirada de Piper por cada día que pasaba sin verlo.

También aquella mañana de domingo en la playa, con la serenidad del cielo reflejada en el mar y la tibieza acogedora del sol de noviembre y la compañía de su mejor amiga, la ausencia de sir Blackstone la entristecía. Había arrinconado, cuidadosamente, la discusión con la que se habían separado y solo tenía espacio para los días de librerías y aventura, de aprendizaje y camaradería, de lluvia nocturna en un parque del que no podían escapar tras una sesión de espiritismo, o de aquella otra noche, a media luz, en su despacho, cuando entró cansada y feliz, ilusionada por trabajar como editora y él la había mirado con infinita ternura y tuvo la sensación, fugaz y maravillosa, de que había estado a punto de besarla.

Quizá porque en esos días lejos de Dalia había vivido con el recuerdo de Carter, apenas se sobresaltó cuando el domingo por la noche le abrió la puerta de su casa al traductor. Bajó las escaleras hasta el portal precedida por Piper, que se lanzó contra el recién llegado entre ladridos y lametones, lo que le restó toda solemnidad al encuentro. Transcurrió medio minuto hasta que sir Blackstone logró calmar al perrazo y conseguir que se quedase más o menos quieto, pegado a su costado. Solo entonces, hombre y perro alzaron la mirada al encuentro de la suya, esperando. Beatriz entendió que durante todo aquel tiempo no había hecho más que llamarlo con el pensamiento. Y allí estaba, sin ninguna excusa en los labios, solo con una botella de vino blanco en una mano y la mirada gris llena de anhelo.

—He pasado el fin de semana recorriendo los bosques del Montseny —dijo como un Heathcliff que hubiese dejado atrás cualquier oscuridad y no le quedase más que una apasionada esperanza— y apenas ha cesado de llover durante cinco minutos seguidos. No me malinterpretes, he estado muy a gusto.

—Como pez en el agua —se atrevió a replicar Beatriz con un hilo de voz.

—Como un inglés en su castillo.

—Medio inglés.

—Ignoraba si querrías volver a verme después de mi estúpido comportamiento.

—Pero aquí estás —murmuró Beatriz consciente del repiqueteo enloquecido de su corazón.

Sabía que había llegado el momento de decidir entre cerrarle la puerta en las narices y salir corriendo a esconderse bajo el edredón o invitarlo a entrar en casa (¡ni que fuese un vampiro!). Paralizada por el hechizo que aquellos ojos grises ejercían sobre ella —después de todo, quizá sí tuviese alguno de los poderes de Nosferatu—, notó el morro el Piper en la palma de la mano y después su cabeza entera empujándole una pierna. El muy traidor quería llevárselos a los dos escaleras arriba y asegurarse de que se quedaban en casa.

—Me resultaba insoportable volver a encerrarme en la editorial. Bruno se ha llevado a Ogilvy a su piso, así que vuelvo a estar solo en el despacho. Sorprendentemente, ha resultado ser todavía peor.

—¿Echas de menos al escocés gigante?

—Soy víctima de una catastrófica desdicha.

—Entre en mi castillo y comparta un poco de la felicidad que trae consigo. —Probablemente Drácula no tenía un perro gigante de unos cincuenta quilos de peso empujándolo cuando pronunció esa frase para que Jonathan Harker entrase en su castillo.

Carter pareció dudar una milésima de segundo antes de cruzar el umbral, aunque Beatriz estaba bastante segura de que no llevaba ningún crucifijo encima y de que no había sido la mención al vampiro de Bram Stoker lo que le causaba inquietud.

—¿Todavía quieres saber por qué…? —preguntó sir Blackstone con voz ronca.

—Me lo prometiste.

—Entonces, Mrs. Poe, tráeme un sacacorchos y dos copas y moveré el mundo.

Sucedió una vez en Londres

¿Quién no se ha enamorado alguna vez a primera vista de una persona, de un lugar, de una canción, de un paisaje, de una tarta, de un libro? Como el dolor y la pérdida, ese enamoramiento instantáneo y auténtico se queda con nosotros como las únicas verdades que se escapan a nuestra razón, porque solo el alma las entiende.

ÁNGELA G. TORRES,
Consejos para insomnes

Para acompañar el *Réquiem* de Mozart que el violonchelo de la inquilina misteriosa practicaba, hubiera sido tan satisfactorio que fuese una noche oscura y tormentosa…, pero cuando Beatriz, Carter y Piper se instalaron en la terraza, noviembre seguía templado por un veranillo de San Martín tardío. Ni la más ligera brisa tocaba las pequeñas flores fucsias y violetas de la buganvilla loca, que ya no exhalaban ningún perfume aunque se mantuviesen cabezotas. La última superluna llena del año, enorme, esplendorosa y un poco aterradora con aquel halo violeta difuminando su temible contorno, iluminaba un cielo sin estrellas. Se había acercado tanto a la tierra como para poder leerla sin telescopio. Beatriz decidió no encender las lucecitas navideñas de su pérgola, temerosa de alterar siquiera la suave penumbra en la que Carter parecía haberse refugiado. Si al traductor le sorprendió que pasaran de largo por la biblioteca creciente del salón principal y subieran a la terraza, no dijo nada. Servido el vino, un brindis sin palabras constituyó el preludio de la confesión. La voz de sir Blackstone, sobre las serenas notas del violonchelo, empezó a hilar su historia.

Carter tenía veintitrés años cuando terminó la licenciatura en Filología inglesa y le asignaron al profesor Pedwick para supervisar la tesis de posgrado. Sus compañeros envidiaron su suerte; aunque Pedwick estaba en el ocaso de su carrera y llevaba algunos años sin publicar nada, se había labrado cierto prestigio entre las eminencias lingüísticas del país. El joven Carter no tardó en comprender que, a menudo, la fama era inmerecida; su profesor resultó ser un hombre petulante y jactancioso, demasiado ocupado en escucharse a sí mismo como para escuchar a los demás, absentista, perezoso y con una lamentable tendencia a delegar la guía de sus doctorandos en los jóvenes profesores adjuntos.

Carter encontró el corazón de su tesis casi por casualidad, tomando una cerveza con los colegas de la universidad, charlando sobre los orígenes de la palabra Azkaban y su relación con la Alcatraz *muggle* por culpa del estreno de la tercera película de Harry Potter. Alguno de sus amigos mencionó el uso del inglés medieval en la literatura fantástica y, al día siguiente, se internó en la sección etimológica de la biblioteca de su facultad para darse un paseo en el tiempo.

—Entonces me topé con uno de los trabajos de Pedwick sobre el origen de las palabras *lady* y *lord*. —Hablaba con serenidad, pero tenía los ojos brillantes y el ceño fruncido—. Resumiendo mucho la cuestión, mi profesor concluía que, en su origen medieval, *lady* significaba 'quien hace el pan' y *lord*, 'quien protege el pan'.

Lo había publicado a finales de los ochenta y nadie se había molestado en refutarlo o actualizarlo después de todo aquel tiempo. No es que Carter tuviese en mente pisotear los estudios de su tutor de tesis, pero quizá sí le movía cierto resquemor por el abandono al que condenaba a sus alumnos y por esa mirada prepotente que les lanzaba si alguna vez acertaba a cruzarse con ellos en el campus. Después de unas semanas con la nariz metida en un montón de estudios sobre los orígenes de la palabra *lady*, algo le llamó la atención.

—Tenía entre las manos el tratado de Prisciano Caesariensis y leía distraído sus conclusiones respecto a los lares del hogar. Allí estaba: la señora de la casa manteniendo el fuego encendido en el altar de los lares y, ya de paso, el horno para cocer el pan. En tres semanas había elaborado una hipótesis que conectaba la palabra *lady* con el concepto de 'dadora de pan', 'alimentadora del pueblo', y lo había llevado más allá, hasta las mismísimas reinas de Inglaterra, supremas señoras de la casa que era la pérfida Albión. Reuní un montón de pequeñas piezas, solo necesitaba ordenarlas para obtener la imagen de conjunto. Sabía que la conexión estaba ahí, no había más que relacionar los textos de manera adecuada, entrevistarme con catedráticos especialistas en la cuestión, buscar en el archivo... Lo siento, te estoy aturullando, me precipito. Quiero ser breve...

—No lo seas —le sonrió Beatriz apretándole con suavidad el brazo para animarlo a seguir, la copa de vino olvidada sobre la mesa baja—. Pocas veces te veo hablar con tanta pasión.

Carter inclinó la cabeza en una ligera reverencia de reconocimiento por sus palabras de aliento, acarició el cogote de Piper, que se había acurrucado a su lado tanto como puede acurrucarse un perro de sus dimensiones, y tomó aliento para seguir.

—Si podía relacionar *lady* con la voz del inglés antiguo *hloefhige*, 'dadora de pan', remontaría su origen a la época romana en un sentido de magnificencia patricia, relacionada con el poder femenino, en el que nadie lo había hecho hasta entonces. Algunos lingüistas se habían acercado, otros se habían quedado en los detalles, pero ninguno de ellos tenía la visión de conjunto. Como la palabra *minion* y su significado de 'esbirro' en inglés antiguo, nadie...

—¿Los Minions de Gru?

—Un poco menos divertido, pero sí.

Carter viajó al norte de Inglaterra, a los archivos de York, en busca de una de las pequeñas piezas, pero antes dejó en el buzón de Pedwick el borrador de su tesis para que le diese luz verde y poder seguir adelante con la investigación. La mala fortuna quiso que fuera el mismo Pedwick en persona, en lugar de alguno de sus ayudantes —como solía ser habitual—, quien le echase un primer vistazo. No tardó en escribirle un correo a Carter diciéndole que sus premisas eran incoherentes y fantasiosas, que el tema no estaba a la altura de una tesis doctoral y que tal vez sería mejor que dejase para el próximo curso su doctorando. Carter no se desanimó, había puesto muchas ilusiones en su hipótesis y confiaba muy poco en Pedwick, así que decidió seguir adelante con su investigación, sabía que estaba muy cerca de algo maravilloso. Quizá no le sirviese como tesis, pero pensaba escribir un buen artículo. Podía, incluso, solicitar un cambio de tutor.

—¿Lo conseguiste?

—Sí. Solo que alguien se me adelantó. Tres meses después

de que Pedwick me enviase ese correo riéndose de mí, publicó una ampliación de su trabajo inicial en donde incluía la confirmación de mi hipótesis.

—Te robó tu investigación —se indignó Beatriz.

Carter intentó hablar con Pedwick para pedirle explicaciones, pero el profesor se negó a verle. Elevó su queja al decano, al comité estudiantil, al tribunal de tesis, a todos y cada uno de los estamentos de la Universidad de Lowood que se le ocurrió, a cualquier profesor que estuviese dispuesto a escucharlo, pero nada pudo con la campaña de desprestigio de Pedwick contra él. Lo tachó de loco, de estar ávido de notoriedad, de inventarse todo aquello para desacreditarlo como venganza por una mala nota.

—La universidad no quería un escándalo ni una investigación que se alargaría años y que congelaría la publicidad que suponía el descubrimiento etimológico de Pedwick. Así que, resumiendo, tras unos meses de angustia y desesperación, me echaron, me marginaron de los círculos académicos. Me quedé solo.

—Nadie te creyó —observó Beatriz con desaliento.

La inquilina misteriosa había terminado con su réquiem y seguía con una lúgubre y bella melodía que no reconoció. Como en una película, la banda sonora del violonchelo y el telón de fondo de la luna gigantesca parecían complementar a la perfección la confesión de sir Carter Blackstone. Beatriz podía imaginar la oleada de pena y desesperación, de soledad y rabia, de injusticia, pero Carter desgranaba su discurso con serenidad, como si aquella historia fuese el argumento de una novela de Charles Dickens leída largo tiempo atrás. Le pareció que necesitaba contarlo, que le reconfortaba exorcizar en voz alta todos aquellos demonios de su pasado. La conmovió el recuerdo de aquel joven alumno traicionado, la confesión del hombre leal y honesto en el que se había convertido. El abuso de poder era algo que ocurría a diario en el mundo y las personas a menudo se comportaban como los animales depredadores que eran. Por más que intentaba ponerse en la piel de Carter, no lograba imaginar de qué manera podría haberla afectado a ella semejante injusticia. Se encogió un poquito al recordarse su suerte, lo protegida que había sido su vida y de súbito pensó cuánto se alegraba de haber conocido al hombre que tenía frente a ella: íntegro, amable pese a todo. Lo miró con atención. Nada parecía quedar de aquella desesperación o de amargura, solo un poso de tristeza, como el que dejan después de tantos años los amores perdidos de los que tanto se aprende.

—Eso fue lo peor —continuó Carter ajeno a los pensamientos de su interlocutora—. La mayoría de mis amigos, de los alumnos e incluso de los profesores que conocían bien la indolencia y la corrupción de Pedwick debían de creerme. Pero si albergaban dudas o pensaban distinto a la posición del rectorado, guardaron silencio. Tenían mucho que perder y supongo que el mundo está lleno de cobardes.

Carter vendió la casa de sus padres, lo único que le quedaba de su herencia, e invirtió el dinero en un prestigioso bufete de abogados especializado en propiedad intelectual y en una empresa de detectives privados y forenses digitales.

—Siguieron el rastro digital de los archivos que envié y establecieron una cronología que demostraba que el documento original era mío. La universidad no solo se negó a colaborar en la investigación sino que se encargó de presionar y amenazar a todos quienes habían tenido relación académica conmigo para que mantuviesen silencio. Finalmente, mis abogados respondieron a la campaña de desprestigio que la universidad había lanzado contra mí y propiciaron que el caso saltara a los medios de comunicación.

Fue como agitar un avispero. Cuando Carter volvía a su pequeño apartamento alquilado, casi siempre había alguien esperándolo en la puerta. Al principio, periodistas o compañeros de clase que fingían estar de su lado y le aconsejaban que retirase la demanda, pero después la presión se intensificó y se convirtió en víctima de un asedio constante, en su propia residencia, de gente que lo amenazaba o lo provocaba. Una vez, perdió los papeles y devolvió el empujón que uno de los esbirros del rectorado le había propinado tras insultarlo. Las fotografías aparecieron en la prensa para mermar su credibilidad. Su diminuto apartamento cerca de la universidad dejó de ser su refugio, su castillo. Entrar y salir de allí se convirtió en motivo de tensión porque nunca sabía qué podía esperar.

—Pedwick y la universidad no solo me robaron mi trabajo de investigación, también me arrebataron a mis amigos, la posibilidad de doctorarme o de encontrar un buen trabajo, mi credibilidad y la confianza en mí mismo.

—Y tu refugio.

—La casa de un inglés es su castillo —asintió con una leve sonrisa al recordar aquella conversación—. Y el mío había resultado ser un sitio fácil de tomar.

—Por eso sigues viviendo en la editorial —adivinó Beatriz.

—Durante los primeros años, puede que sí. Después, ya no sabría explicártelo. Supongo que por desidia o cabezonería o…

—O porque te gusta llevarle la contraria a mi tío.

—O porque me he acostumbrado a los cuervos y a los sonidos nocturnos de un palacio neoclásico que cruje bajo el peso de tanta historia.

«O porque te sientes solo», pensó Beatriz. Pero no se atrevió a decirlo en voz alta.

—Podría vivir aquí. —Carter tomó un último trago de su copa de vino, se puso en pie con cuidado de no despertar a Piper y se acercó al extremo de la terraza que daba a la Plaça Mercadal—. Con estas vistas —dijo mirándola—, con esta banda sonora tan alegre.

Beatriz sonrió, dejó el refugio de la manta y el sofá bajo la pérgola y se acodó junto al traductor sobre la balaustrada de piedra fría. Se había puesto el abrigo de color burdeos antes de subir a la terraza, pero echaba de menos una bufanda. Como si Carter pudiese adivinar sus pensamientos, se le acercó un poco más, tal vez en un intento de transmitirle un poco de calidez.

—Has contestado a una de mis preguntas —dijo Beatriz contemplando a hurtadillas el perfil severo de su mandíbula que tanto había echado de menos.

Carter, con la mirada perdida en el horizonte bajo, prendida de la hermosa cúpula de Sant Andreu del Palomar, no se quejó por la insistencia. Faltaba un pedazo de su pasado que todavía no había contado y, tal vez, a aquellas alturas de su amistad, aceptaba que Beatriz no se daría por vencida. Cuando volvió a hablar, a la periodista le pareció que su tono era más rápido, más ligero, menos oscuro, como si se hubiese quitado de encima el peor peso. Aunque fuese por una apuesta sobre su capacidad de rescate durante una noche lluviosa en un parque cerrado, Carter le había hecho una promesa.

—Casi dos años después de que Pedwick publicase su descubrimiento —continuó—, conseguí que mi demanda saliese adelante y que un juez dictase que el trabajo original era mío. La jueza, una encantadora dama de avanzada edad, a punto de jubilarse, se interesó a título personal en mi caso y en mi trabajo de investigación. Me pidió permiso para presentar mis conclusiones sobre las dadoras de pan en su club de debate histórico de los últimos martes de cada mes. Expuso con tanto fervor la injusticia de la que había sido objeto y el romanticismo inglés de mi tesis que conmovió el corazón de su presidenta —Carter hizo una pausa intencionada y se volvió a mirarla con un brillo pícaro en la mirada—, Elizabeth Alexandra Mary Windsor.

Beatriz dio un respingo.

—¡Isabel II! —exclamó.

—No te esperabas este giro de trama —sonrió complacido el traductor—. Me alegra haberte sorprendido.

—Siempre lo haces.

—Ahora soy algo menos misterioso. Me ha llevado mi tiempo —dijo echando una mirada a su reloj de pulsera—, pero creo que al fin he resuelto las dos cuestiones que te intrigaban. Como en las peores novelas de detectives, el culpable ha confesado.

—Eso dice muy poco sobre mí como investigadora. Pero ¿cómo fue?

—¿La ceremonia en la que Su Majestad me otorgó el título de sir como reconocimiento a mis servicios especiales por el país y la Corona?

Beatriz asintió repetidas veces mientras preguntaba:

—¿Tuviste que arrodillarte y te dio unos toquecitos con una espada gigante sobre los hombros?

—Isabel II ya estaba algo mayor y sus fuerzas mermaban, te puedes imaginar lo que pesan esos espadones medievales tan ornamentados. Al señor que nombraba sir antes que a mí le cortó sin querer parte de la cabeza cuando se le fue un poco la mano. Me tocó arrodillarme en un charco de sangre.

—¡No!

—Por supuesto que no —protestó muy serio—, hubiese sido un escándalo que no lo limpiasen bien antes de que me llegase el turno de arrodillarme.

—Deja de tomarme el pelo. ¿Cómo fue?

El violonchelo, que había guardado silencio durante unos minutos tras terminar la melodía desconocida que los había acompañado hasta entonces, presa de un ataque de romanticismo, arrancó con *The Last of the Mohicans: The Kiss*.

—Otro día, Beatriz —se rindió Carter—. Otra noche. Mira qué tarde es.

—No voy a cortarte la cabeza, Sherezade.

—Dices eso porque no tienes una espada medieval enorme. Llevo demasiado tiempo hablando sin parar y no le había contado esto a nadie. Cuando llegué a Barcelona con Bruno empecé de nuevo sobre las ruinas de lo que había ocurrido en Londres. Decidí que si no hablaba sobre ello, lo olvidaría. Solo conseguí que se convirtiera en un muro enorme que me impedía intimar con los demás. Cada vez que me preguntaban por mi pasado sentía vergüenza, como un fugitivo que había escapado de Inglaterra tras haber perpetrado unos crímenes inconfesables.

—Tú no hiciste nada malo.

—Socavé la reputación de la Universidad de Lowood, perdieron fondos y patrocinadores, muchas de sus investigaciones se resintieron, así como la valía del título de muchos alumnos, pasados y futuros.

—Eso se lo hicieron ellos solitos al apoyar a un mentiroso, sinvergüenza y ladrón.

—Quería huir de todo eso, olvidarlo, empezar de nuevo.

—No se te ha dado nada mal, sir Blackstone.

—Ese sir me persigue como una sombra de lo que ocurrió. Por eso no me importa usarlo.

—Te recuerda que, al final, la justicia siempre triunfa —adivinó Beatriz.

Carter, que se había vuelto hacia ella, acogió sus manos entre las suyas para hacerlas entrar en calor.

—No —la contradijo—, no siempre. Tan solo tuve suerte. Me cambié el apellido por el de mi abuela paterna, que sobrevivió a los bombardeos de Londres y a la tristeza de perder a su padre en las trincheras del continente, y se las arregló para conservar parte de su buen humor y optimismo. Pensé que ese apellido se merecía, más que yo, el título por servicios especiales a la Corona y al país. Al fin y al cabo, yo solo había superado a un imbécil y un montón de burocracia.

Beatriz se desasió las manos solo para entrelazarlas con las de Carter y le dio un leve apretón. Con la ciudad a sus pies y la luna enorme pendiente de sus palabras, tan cerca el uno del otro, parecían incapaces de sustraerse a la mirada del otro.

—Gracias —pronunció Beatriz.

—¿Tan importante era?

—Al principio, solo curiosidad. Una consecuencia de tantos años como periodista, supongo. Pero a medida que pasaba tiempo contigo, trabajando en Dalia, visitando librerías, paseando, quería saber más de ti. Eres tan reservado... me parecía chocar siempre con el muro de tu pasado cada vez que te interrumpías cuando algo se volvía demasiado personal.

—Nunca he fingido ser alguien que no soy, y no te he mentido. Aunque reconozco que me preocupa no parecerte tan misterioso como antes. ¿Qué vas a hacer ahora? —añadió con cierta torpeza.

—Pues, como no quieres contarme nada más, irme a dormir. Mañana tengo una entrevista de trabajo.

—Respecto a eso. Siento haber sido tan capullo. Estuve fuera de lugar.

—Estuviste muy desafortunado, pero sé que tu intención era buena.

—El infierno está lleno de intenciones perfectas. No quería que te fueras de Dalia. Todavía me gustaría que te quedases —dijo en voz baja, casi como si formulase un deseo.

—No importa qué proyecto escoja para mi nueva aventura profesional, vivimos en la misma extraordinaria y maldita ciudad. No vas a librarte de mí tan fácilmente, Carter.

—Lo que debería haberte dicho es que quiero seguir trabajando contigo. Eres una gran periodista y una excelente lectora, posees un don para reconocer la buena prosa. Tenía muchas ganas de verte triunfar como editora, descubriendo nuevos talentos por sorpresa como el de Ángela Torres.

—Si esto es una disculpa…

—La mejor que vas a recibir esta noche.

—Entonces, aceptada. Mañana tengo una entrevista…

—Si pudieses esperar un minuto…

Quedaba tan poco espacio entre ellos que Carter apenas necesitó inclinarse para besarla. Primero con suavidad y timidez, tanteando con cortesía británica de otro siglo en busca de un permiso que no tardó en llegar. Después, con firmeza y anhelo. Sus besos sabían a esperanza, a promesas cumplidas y al mejor de los inviernos.

—¿Solo un minuto? —se quejó Beatriz contra sus labios cuando Carter le dio un respiro.

Se había perdido del todo en su boca, en la firme calidez de su cuerpo, en la ternura de sus brazos, hasta el punto de no reconocer la tristeza de ningún domingo. Como las vivaces notas del violonchelo, se sentía flotar un poquito solemne en la noche.

—Te pediría el resto de tu vida, pero tienes la agenda bastante llena.

—Me gustas, sir Blackstone. Tu sentido del humor, tu amabilidad, tu honestidad, que te hayas mostrado así de vulnerable esta noche contándome por qué eres quién eres, lo bien que hueles siempre y tus maneras de bibliotecario oxoniense de novela romántica…

Se detuvo con el corazón desbocado y la certeza de que debía de ser una de las declaraciones de amor más extrañas que se hubiesen escuchado nunca. Para su fortuna, a Carter no se le escapó más que media sonrisa cuando escuchó la palabra bibliotecario; parecía que iba a decir algo al respecto, pero cambió de idea y la envolvió en su cálido abrazo. Al fin y al cabo, solo los lectores comprenden la importancia de un silencio a tiempo.

—He querido besarte desde que te vi por primera vez entrando en la mansión Masriera —confesó Carter en voz baja—: asombrosa, enloquecedoramente indecisa y con un perro gigante intentando rescatarte de tu bloqueo emocional. Pero no podía quitarme de la cabeza todos esos amores a primera vista tan desgraciados. Dante y Beatriz, Romeo y Julieta, Heathcliff y Catherine, Beren y Lúthien…

—No me gustarías tanto si fueses un optimista —se rio—. Te prometo que no soy una elfa, ni un fantasma, ni una Capuleto. Todos nos hemos enamorado alguna vez a primera vista, de una persona, de una canción, de un paisaje, de un idioma, de un libro… Ocurre porque estamos vivos. Sabemos que algún día ese enamoramiento acabará o se transformará en otra cosa, más bella o más dolorosa o menos importante, eso lo desconocemos. Pero está bien.

Carter dio un paso atrás para poder mirarla a los ojos antes de preguntarle:

—¿Me estás pidiendo que me arriesgue?

—Te estoy pidiendo que bailes conmigo.

—Tienes que irte a dormir —sonrió tras volverla a besar. Pero también parecía incapaz de soltarla, con las manos hundidas en el pelo de Beatriz y sus ojos grises de tormenta prendidos en los suyos—. Mañana tienes una entrevista y yo debo seguir peleándome con la demoniaca letra de Ogilvy.

Fue la mención del nombre del escocés lo que puso un fin abrupto al hechizo. Con la potencia del conjuro de las brujas de *Macbeth*, Beatriz aterrizó sobre sus pies y la pieza que faltaba encajó de pronto en su cabeza. Su ritmo cardiaco, que casi había vuelto a la normalidad desde que había dejado de besar a su bibliotecario oxoniense volvió a acelerarse por la emoción de saberse al borde de un extraordinario descubrimiento.

—Carter —pronunció nerviosa a la vez que establecía una cauta distancia entre los dos para evitarse el peligro de caer en la tentación y perder el hilo de sus pensamientos—, cuando me contaste que Ogilvy te había pedido asilo en la editorial, me dijiste que había indicado que lo hacía por la carta que le había enviado al tío Bruno.

—¿Qué? —Sir Blackstone sonó tan desconcertado como debía de sentirse. Nadie espera que la mujer a la que acaba de besar apasionadamente le hable de editoriales, escritores y parientes excéntricos.

—Recuerdo que me mencionaste la carta —insistió Beatriz—. ¿Cuáles fueron las palabras exactas?

—Yo qué sé —se quejó intentando atrapar sus manos.

—Haz un esfuerzo. Intenta hablar como un *highlander*.

—*Tomorrow, and tomorrow and tomorrow…* —dijo recitando *Macbeth* con un acento, en justicia, muy parecido al de Magnus Ogilvy.

—Carter… Es importante.

Pero, por una extraña magia, estaba de nuevo entre sus brazos, y si la bella Helena podía volver inmortal a Paris con un beso, quizá una editora en prácticas pudiese restituirle la memoria a un traductor medio inglés en una terraza de madrugada.

—Si vuelves a besarme así —la advirtió Carter sin aliento— no me acordaré siquiera de cómo me llamo. Está bien —se rindió cuando Beatriz lo cogió de la mano y empezó a tirar de él en dirección a la puerta—, dijo algo así como que pedía asilo en nombre de la amistad con Bruno y por lo que le había enviado. Pensé que había entrado en el Taller Masriera acogiéndose a sagrado, como un Van Helsing que…

—¡Piper! Buen chico. Entremos en casa, vamos.

Se precipitó escaleras abajo, precedida por un perro medio dormido y tirando de un desconcertado traductor. Cruzó el salón, ignorando las observaciones de Carter sobre la brevedad de su biblioteca, entró en la antigua habitación de Marta y se arrodilló junto al arcón de los adornos navideños. Carter se asomó curioso por encima de su hombro para ver el contenido cuando lo abrió.

—Se me ocurren un montón de cosas para hacer contigo de manera urgente en estos momentos —dijo sin inmutarse—, pero ninguna de ellas es adornar el árbol de Navidad.

Pasando por alto el comentario, Beatriz rescató del fondo del arcón, bajo los espumillones y las lucecitas enredadas, los documentos que había enterrado allí la semana anterior.

—Mira —le mostró el sobre abultado tamaño folio—, la carta de Ogilvy para mi tío. La envió hace medio año y seguía arrinconada detrás de la puerta de su despacho.

—Si ha esperado tanto tiempo puede hacerlo una noche más —se quejó Carter.

—Bruno sospechaba algo tras hablar con Ogilvy sobre esta carta. Y es demasiado grande para contener solo su correspondencia.

—¿Crees que escribió ahí todo el último tercio de su novela?

—¿Y se le ha olvidado?

—No cree en los móviles ni en el correo electrónico, es un guardabosques jubilado de Inverness, escribe sobre el monstruo del lago Ness y es amigo de tu tío. ¿Qué parte de todo eso te parece normal?

Beatriz no contestó. Sujetaba el sobre como si estuviese a punto de descubrir que contenía el Santo Grial.

—¿Qué piensas que vas a encontrar ahí? —preguntó Carter al fin.

—¿Y si hay un manuscrito? Ogilvy te dijo que le había enviado algo. Algo importante.

—No te sigo.

—Mi tío está obsesionado con la keraunopatología. ¿Qué probabilidades hay de que te caiga un rayo? Casi las mismas que de encontrar el *Codex pluviae* en Nueva Zelanda.

—¿Crees que Ogilvy le ha enviado otra pista sobre dónde buscar ese dichoso libro?

—Creo que esto es el *Codex pluviae*.

Beatriz rasgó la parte superior del sobre y sacó un centenar de folios. En los dos primeros, Carter reconoció la letra infernal de Magnus Ogilvy. La periodista se los tendió para examinar con cierto nerviosismo el resto de la resma de papel. Se trataba de una fotocopia de un documento escrito en inglés antiguo. La primera página estaba encabezada por nombres, lugares y un preámbulo, pero el título y su autoría… Beatriz pasó con rapidez el resto de las hojas; el documento escaneado o fotocopiado parecía íntegro.

—Ogilvy lo encontró —murmuró Carter con asombro.

A menudo, la vida tiene un sentido del humor algo retorcido. El tío Bruno llevaba años suspirando por leer el *Codex pluviae*, había viajado hasta Nueva Zelanda para encontrarlo y había vuelto con las manos vacías y el corazón prendado de una meteoróloga, sin sospechar siquiera que un guardabosques jubilado, al que había conocido tiempo atrás en una fabulosa librería de viejo en Inverness, se lo había enviado por correo.

—No podemos decírselo al tío Bruno —se lamentó en voz baja.

—¿Por qué? Por fin dejará de darnos la lata con su códex. Ah, ya, piensas que encontrará otra obsesión con la que atormentarnos y que tal vez sea peor que la de un libro sobre hadas meteorológicas que nunca escucharon hablar del cambio climático.

—A mi tío le encantan las historias más fabulosas. Lo que de verdad le gusta del *Codex pluviae* es la búsqueda de un manuscrito que, en el fondo, sabe que probablemente no exista.

—¿Como la sensatez de los escritores o los editores con tiempo libre?

—Si le entregamos esto, no solo habrá terminado su aventura. Temo que se sienta defraudado. ¿Qué clase de historia fabulosa es que un *highlander* haya fotocopiado el *Codex pluviae*?

—Pues teniendo en cuenta que Ogilvy no cree en la tecnología y que todavía no sabemos cómo o dónde lo encontró… A mí me parece que aún puede contarle a tu tío una buena historia.

—Pero viajó a Nueva Zelanda en vano.

Carter se la quedó mirando con una expresión indescifrable.

—No del todo.

Lavanda y encaje antiguo

Vivimos demasiado deprisa, nos atropellan las circunstancias mientras corremos de una tarea a otra, de un compromiso a otro… sin tiempo para detenernos. Llegamos tarde a menudo, como el Conejo Blanco, a la hora del té o al partido de críquet. Y aunque sabemos que no nos cortarán la cabeza, desearíamos quitárnosla solo un ratito, para dejar de darle vueltas a ese pensamiento intrusivo, al estrés del horario autoimpuesto, a todo lo que queda por hacer y no nos deja descansar.

ÁNGELA G. TORRES,
Consejos para insomnes

Y si en medio de esa locura, de ese exceso de ruido y prisa, encontráramos un oasis? Un lugar de calma, en donde acomodarnos, escuchar música relajante o solo un poco de silencio entre el agradable tintineo de las tazas y los cubiertos, el arrullo del aroma del café y los cruasanes de mantequilla todavía calientes. Un lugar donde la temperatura fuese agradable y el aire limpio, las sillas acogedoras y la luz tenue. Sin fluorescentes, sin música estridente, sin presiones para dejar la mesa libre para otro. Un lugar para olvidar las prisas. Un momento de autocuidado. Dedicarnos tiempos, escucharnos, detenernos para coger impulso y salir ahí afuera a comernos el mundo.

Silvia Durán se levantó, encendió las luces de la sala de reuniones número cinco de Ollivander & Fuchs y levantó los dos pulgares hacia arriba, con una sonrisa sincera animándole las facciones.

—Me dijo que encontrase la historia —aclaró Beatriz con timidez—. Creo que la llevaba dentro, solo que no lo sabía.

La directora de publicidad asintió y le lanzó una pregunta:

—¿Qué te ha ayudado a sacarla a la luz?

—Permitirme un descanso. Me habían sucedido varios

desastres casi a la vez: quedarme sin trabajo, encontrar uno nuevo, descubrir un tesoro, enamorarme de un traductor sin hogar, acompañar a un perro gigante, practicar la arqueología en un laberinto… Necesitaba parar un momento para reseguir el hilo de todo eso y tejerlo en una historia, mi propia historia. También me ha ayudado leer *Consejos para insomnes*, de Ángela Torres. Se lo recomiendo —añadió poniéndose un poco colorada porque sabía que aquella era su primera prescripción literaria de un título del que además se sentía en parte responsable.

—Sabía que podías hacerlo mejor —afirmó Silvia manteniendo la sonrisa, pero sin tomar nota del título del libro recomendado—, que encontrarías la historia. Este es, en esencia, el secreto de nuestra profesión. No vendemos productos, ni promesas, ni emociones. Vendemos historias.

—Como las editoriales.

—Nosotros somos un poco más breves, más impacto en menos tiempo.

—Pero el tiempo es necesario para entender. La literatura no se lleva bien con las prisas.

—La publicidad es distinta, seductora. Te va a encantar. Si me acompañas, te haré un tour rápido por las oficinas y luego te dejo en manos de recursos humanos para que resuelvas el papeleo.

Casi tres meses después de que Beatriz se sentara por primera vez en el desastre que Bruno Bennet tenía por despacho en uno de los palacios neoclásicos más hermosos de la ciudad, la escena se repetía. Aunque no del todo: faltaba Piper, que había seguido a sir Blackstone hasta la biblioteca, y el estado de ánimo de sobrina y tío eran distintos que en aquella ocasión; Beatriz había dejado atrás los velos de melancólica soledad que la envolvían y Bruno, aunque seguía siendo el mismo editor optimista y excéntrico, la miraba con cierta inquietud, quizá porque, por primera vez en mucho tiempo, no era capaz de leer con tanta facilidad en la expresión de su sobrina.

La lluvia y el viento azotaban las ventanas de la habitación y las intrincadas sombras de las hierbas colgantes del exterior bailaban entre el laberinto de manuscritos. La magia del Taller Masriera perduraba a través de los siglos, pese a sus paredes y suelos desconchados, pues había sido construido para cautivar una luz comadrona de artistas.

—Tío Bruno —dijo Beatriz, que no sabía demasiado bien por dónde empezar—, cuando la semana pasada te pregunté cómo sabría qué manuscrito debía publicar, me contestaste que esa era la parte más difícil.

—Los editores no nos equivocamos nunca, así que debe de ser cierto.

—Me mandaste a casa, pero me dijiste que cuando volviese a la editorial me harías una pregunta y lo sabría.

Por la cara de velociraptor desconcertado al que acababan de birlarle el desayuno delante de sus narices que ponía su tío, Beatriz tenía más que una ligera sospecha de que ignoraba de lo que le estaba hablando.

—Que sabría qué título debía publicar —insistió con énfasis.

—Ah, eso… sí.

—No te acuerdas.

—Padezco del síndrome de la página en blanco.

—Eso es para los escritores.

—Los muy malditos se apropian de todo.

—Tío Bruno…

—Veamos. —Intentó sonar resignado, aunque no le quedó demasiado bien, mientras se reclinaba en la silla y miraba al techo en un simulacro de reflexión que le salió algo mejor—. Te llevaste tres manuscritos porque te gustaban.

—Siguiendo tus instrucciones, los metí en un cajón en cuanto llegué a casa y allí siguen.

—Y a lo largo de ese tiempo en el que dejaste de leerlos y releerlos, ¿cuál era el que volvía a tu mente una y otra vez?

Beatriz, que durante los días en los que había permanecido fuera de Dalia había estado pensando sobre todo en sir Carter Blackstone, puso cara de culpabilidad.

—En… ninguno.

—Pues ahí tienes tu respuesta —dijo triunfal—. La gente cree que ser editor es sencillo: lees un manuscrito, ves sus posibilidades, lo corriges hasta transformarlo en una obra maestra —señaló sin pizca de humildad—, lo publicas y triunfas en las listas de los más vendidos del *New York Times*.

—Pero no es así.

—Chica lista.

—Me ofreciste trabajo en Dalia, contigo —subrayó—, ¿la oferta sigue en pie?

—¿Qué ha cambiado?

—Yo, tío Bruno. Estaba tan preocupada por controlar todo lo que andaba mal en mi vida que se me olvidó lo importante.

—¿Cepillarte los dientes dos veces al día?

—Sentirme bien con mis propias elecciones y no con las expectativas de los demás.

—¿Y qué elecciones son esas?

—Leer historias fabulosas, aprender a publicar algunas de ellas para que también las disfruten otros y pasar tiempo con mis personas preferidas.

—¿Dónde deja eso a tu poni?

—Pasar tiempo con mis seres preferidos —rectificó para no dejar a Piper fuera de sus deseos.

—Así que quieres unirte al equipo… Espera un momento —frunció el ceño cayendo en la cuenta—, ¿y los de las varitas Puig?

—Ayer fui a la entrevista de Ollivander & Fuchs, la agencia de publicidad, si te refieres a eso. Les di calabazas.

—Espero que no las convirtiesen en carrozas —bromeó el editor—. Lo siento, me cuesta creer que te dejasen escapar.

—Me temo que Silvia Durán, la directora que me entrevistó, se enfadó un poquito. Tuve que disculparme una docena de veces por hacerle perder el tiempo.

—Perder el tiempo… cosas peores obran esos entrevistadores. Te vengaste por ti y por tus compañeros.

—Fui a por todas en la entrevista, quería hacerlo bien para demostrarme a mí misma que podía. Necesitaba la certeza de que se me abría un nuevo rumbo profesional por mis propios méritos.

—Y no porque te lo ofreciese tu tío Bruno. Ay, cielo —se lamentó mirándola con tanto cariño que a su sobrina le dio un vuelco el corazón—, si no fueses Beatriz Valerio Bennet, con todas tus inseguridades, tu fatalismo, esa incapacidad crónica para negarte cuando te piden que adoptes un poni y tu pésima comprensión lectora de mis listas de instrucciones, no te hubiese pedido que me echaras una mano en Dalia. Me pareciste muy interesada en ese otro empleo, casi te daba por perdida. ¿Qué te hizo cambiar de opinión y rechazar la oferta de las Olivas Fuig?

—Ollivander & Fuchs —lo rectificó—. Fue por lo que me dijo la directora cuando terminé mi presentación sobre una cadena de cafeterías. También por lo que dejó que leyese entre líneas y en su actitud. Me transmitió una sensación de rapidez, de urgencia, de agresividad y competitividad. Ese concepto espantoso de labrarse una carrera profesional que siempre es sinónimo de renunciar a la vida personal y familiar. De pronto fui muy consciente de que si aceptaba recuperaría los horarios interminables y que no podría llevarme a Piper a la oficina y debería buscarle un lugar donde lo acogiesen durante todo el día y que corría el riesgo de que volviese a sentirse abandonado, ahora que por fin confía en que no voy a dejarlo.

Prefirió callarse que también había pensado en Carter, en lo mucho que echaría de menos tomarse el té de media mañana con él, salir cargados con bolsas pesadísimas de las librerías, discutir sobre el futuro de la sociedad Blackstone & Poe o saber que no tenía más que bajar sus escaleras, subir las del ala este y encontrarlo apoltronado en el sillón orejero de su despacho con un clásico victoriano entre las manos o una traducción en el portátil. Probablemente, en Ollivander no tenían guapos bibliotecarios oxonienses que ofrecieran galletas de chocolate con la promesa de una tormenta gris en la mirada, ni un roble en medio de la sala de reuniones o una pareja de cuervos en el despacho. Pero, sobre todo, no tenían un editor preocupado por la keraunopatología, la búsqueda incansable de maravillas imposibles, un exceso de generosidad y una mal disimulada filantropía.

—¿Has renunciado a los Olivanderes por el poni?

A Beatriz no se le pasó por alto el tono de reproche en la pregunta de su tío. Bruno le había ofrecido formar parte de Dalia, su proyecto vital más querido, la editorial de su alma, la niña de sus ojos, y su sobrina se comportaba como si la oferta no fuese suficiente. Estaba a punto de aclarar ese punto cuando fueron interrumpidos.

—Buenos días —saludó uno de los Pyp desde el umbral del despacho con un tono tan lúgubre que bien podría haber sido un verdugo arrepentido en día de ejecución.

El tío Bruno miró ostensiblemente en dirección a la ventana y sacudió la cabeza: llovía a cántaros.

—Disculpad la interrupción —siguió Pyp imperturbable y sombrío—, pero nos acaba de llegar el diseño de cubierta para *El lago infinito*, la novela de Magnus Ogilvy.

Recorrió deprisa el pasillo de manuscritos, sin rozar siquiera uno de ellos, hasta la mesa del editor y les mostró la pantalla del portátil. Beatriz solo fue capaz de vislumbrar un fondo gris tras el título, el nombre del autor y el logotipo de Dalia.

—Es una de las fotografías submarinas de Nessie, tomada por Robert Rines —los informó el tío Bruno ajustándose las gafas—. Se les pasó a los diseñadores después de que Magnus comprobara que estaba libre de derechos de autor.

Pyp intercambió una rápida mirada con Beatriz antes de darle la vuelta al portátil para cerciorarse de que le había enseñado la cubierta correcta al editor.

—Pero... solo es un montón de gris —murmuró el hombre rubio desconcertado.

—¡Brunoooo!

Los tres ocupantes del despacho se sobresaltaron con el alarido.

—Viene de abajo —dijo Pyp.

—Es Sonia, la telefonista.

El tío Bruno movió alguna de las pilas que tenía sobre la mesa en busca del teléfono, pero no encontró nada más que tazas vacías, nubecillas de polvo y más papeles. Tomando la iniciativa, Beatriz salió del despacho y se asomó por la baranda superior a la derecha del mostrador de la recepcionista. La chica del pelo violeta, de ojos somnolientos tras sus gafas, dio un respingo cuando la interpeló por su nombre.

—Aquí arriba —la llamó Beatriz.

—Tengo una llamada para tu tío, pero no me coge el teléfono.

—Me temo que se ha perdido.

—Una vez lo encontramos en la selva del patio interior.

—¿El teléfono?

—No, a tu tío. Sir Blackstone salió en su busca y cuando lo localizó entre los hierbajos tan crecidos, junto a los limoneros de atrás, dijo eso tan gracioso de «el señor Livingstone, supongo».

—Sonia, ¿quién es?

—Un explorador victoriano que...

—Quién es la persona que tienes esperando al teléfono —aclaró Beatriz simulando una paciencia que estaba muy cerca de agotar—. La llamada para mi tío —insistió por si la telefonista seguía sin entenderla.

—Ah, disculpa. Es Torres.

Un escalofrío le recorrió la espalda.

—¿Augustus o Ángela? —preguntó con un hilo de voz, parte de su seguridad de editora principiante esfumada en un segundo casi por arte de magia.

—Sonaba como una señora.

—Es Ángela —la tranquilizó Bruno acodándose a su lado en la barandilla como si se tratase de un palco del teatro y la telefonista estuviese a punto de deleitarlos con una representación—. No es la primera vez que llama. Quiere hablar contigo. Dile que la llamaremos nosotros más tarde —le indicó a Sonia.

Cuando Beatriz tenía unos doce años, Bruno la había llevado al Gran Teatre del Liceu para asistir a la representación de la ópera *Turandot*. Por aquel entonces, su tío todavía trabajaba en el bufete de abogados y podía permitirse localidades de palco. En el intermedio de la ópera se apretujaron en uno de los banquitos tapizados de terciopelo rojo del pasillo para comer los bocadillos que había traído Bruno —honrando la tradición burguesa catalana del siglo anterior— y después bajaron al *foyer* para brindar con cava. A la joven Beatriz le espantó la irresponsabilidad de un adulto que parecía del todo ajeno a lo inadecuado que resultaba ofrecer alcohol a una menor y había dejado su copa Pompadour intacta. Pero le había encantado la ópera. Terminó la función apoyada en la baranda del palco, aplaudiendo a rabiar y deshecha en un llanto inconsolable mientras Bruno gritaba «bravo bravísimo» como un descosido y atraía, para su mayor euforia, la mirada orgullosa de la *prima dona*. Habían pasado más de veinticinco años desde aquella noche en el Liceu, pero acodada en esa otra baranda histórica, Beatriz miraba a su tío y pensaba en lo poco que había cambiado en todo ese tiempo: seguía pareciéndole que lo animaba un entusiasmo casi irresponsable, y aún la sorprendía.

—Está escribiendo otra historia —le explicó el editor sin inmutarse por la mirada de incredulidad con la que lo taladraba—, pero antes de decidir nada más, quiere hablar contigo. Dice que fuiste muy amable, y que la ayudaste a entender no sé qué sobre los errores y que quedó con alguien después de mucho tiempo... En ocasiones —agregó tras una breve pausa—, para creer en uno mismo solo hace falta que otra persona crea primero en ti.

Beatriz se obligó a respirar un par de veces en profundidad y a tranquilizarse antes de replicar:

—Tío Bruno, ¿y no se te ha ocurrido contármelo antes?

—Pensé que resultaba obvio que si me marchaba de viaje y te dejaba a cargo de mi editorial era porque creía en ti.

—Te lo agradezco de corazón, pero me refería a por qué no me has explicado antes lo de Ángela Torres. Cuando te preguntaba sobre cómo sabría qué manuscrito era el indicado para estrenarme como editora. La primera vez que...

—Pero ya escogiste tu primer manuscrito y fue un éxito —protestó el editor.

Y Beatriz se dio cuenta de que era cierto.

—*Consejos para insomnes* —dijo estupefacta—, de Ángela G. Torres.

—No lo elegí yo, cariño, sino tú.

—Carter me lo recuerda siempre que puede —gruñó—. Pero fue un accidente, una confusión —insistió cada vez con menos convencimiento.

—Pues ahora se te presenta la ocasión de hacerlo a propósito.

—Lo cierto es que no consigo quitarme su libro de la cabeza. Qué extraña es la vida a veces.

—Casi todo el tiempo. ¿Estás contenta?

Asintió con un nudo en la garganta porque sí lo estaba. Si no hubiese sido tan mayor y le pudiese la vergüenza, se hubiese entregado al mismo llanto emocionado que el de aquella niña de doce años que acababa de asistir a la representación de *Turandot*.

—Tío Bruno —dijo con voz ahogada—, no rechacé la oferta de la agencia de publicidad por Piper. Es porque prefiero trabajar aquí, en Dalia, contigo, con Carter, con Pyp, la bella durmiente que tienes por telefonista, los cuervos y ese magnífico roble resquebrajando las paredes de la biblioteca y que algún día será el culpable de que se nos caiga el edificio sobre nuestras atribuladas cabezas.

—¿Es ilusión eso que veo en tus ojos, querida mía? —le preguntó su tío preferido con una sonrisa de oreja a oreja.

—Quiero ser editora. Como tú.

—Eso es imposible —negó Bruno pareciéndose más que nunca a Tim Burton—. Serás muchísimo mejor.

Carter no se había percatado de que silbaba alegremente una melodía hasta que uno de los cuervos le lanzó un graznido muy indignado. Piper ladró en respuesta y al traductor le pareció que aquella editorial cada vez se parecía más a un zoo y menos a un gabinete de curiosidades. No sabía si eso mejoraba en algo el futuro de Dalia, pero aquel día sentía como si nada pudiese empañar su felicidad. Desde la madrugada del domingo en el que había besado por primera vez a la musa descalza, entendía a Bruno Bennet cuando citaba aquello de que era capaz de creer en seis cosas imposibles antes del desayuno. No es que se hubiese puesto a buscar casa o que hubiera perdido cualquier miedo a abrirse a los demás, pero contar en voz alta el episodio más oscuro de su pasado le había ayudado a darse cuenta de que ya no dolía, de que la enorme roca que atoraba su camino se había ido desgastando con el tiempo y la distancia y ya no suponía más que un guijarro pulido y negro que cabía en el bolsillo. Puede que todavía no se viese capaz de volar, pero se había deshecho de un lastre muy pesado. Todo era posible.

Sentado tras el escritorio que una vez improvisó para Beatriz, hojeó por última vez el Trollope navideño con satisfacción. En enero, le había propuesto a Bruno traducir y publicar *Christmas at Thompson Hall*, el hilarante relato de Anthony Trollope y, para su sorpresa, la idea había entusiasmado al editor. Hacía apenas una hora que Carter había vuelto de la imprenta para revisar las pruebas y dar luz verde a la tirada. Se había traído un solo ejemplar, el primero que salió de máquinas. Encuadernado en tapa dura, con un diseño de cubierta en donde el acebo y el muérdago se entrelazaban en tonos verdes con el rojo y el dorado de las bayas silvestres, el librito había quedado perfecto. Lo envolvió en papel de estraza, lo aseguró con el mismo cordel al que ató una pequeña nota para Beatriz y se lo guardó en el bolsillo interior de la americana. No le importó que todavía quedase más de un mes para Navidad, se lo regalaría esa misma noche. Había algo delicado y reconfortante en sorprender con un libro a quien amabas.

Miraba por la ventana rota, a través de las ramas cargadas de bellotas del enorme árbol, con el pensamiento perdido entre la lluvia y el olor a tierra mojada por encima de cualquier civilización, cuando Beatriz fue a su encuentro.

—Me abruma el nivel de estrés de mi traductor.

—Recuerda que Ogilvy todavía tiene que pasarme el último tercio… Un momento, ¿me has llamado *mi traductor*?

—Vengo de hablar con el tío Bruno…

—¿A quién le importa? Vuelve a decir *mi traductor*.

Beatriz se rio bajito y se acomodó tranquila en su abrazo. Carter todavía sentía vértigo cada vez que la tocaba, no quería acostumbrarse nunca a la sensación de la piel desnuda en la punta de sus dedos, la palma acariciando la nuca bajo los largos cabellos de la musa, el roce de su mejilla… Y, sin embargo, ahí estaba Beatriz, abandonada en sus brazos con la naturalidad con la que debía de enfundarse el abrigo antes de salir de casa, confiada.

Habían cenado juntos la noche anterior y la periodista le había contado el resultado de su entrevista en la agencia de publicidad y su decisión de quedarse en Dalia Ediciones. Carter intentaba reprimir la euforia cuando le preguntó si estaba segura.

—No quiero cargar con la culpa de haber frustrado la carrera publicitaria de la mujer más brillante de este siglo —le había confesado.

—Vaya, menudo ego pensar que he rechazado el puesto en Ollivander por tu culpa.

—Reconozco que, en mi cabeza, mis escrúpulos sonaban más shakesperianos. «Vete, mancha maldita, ¿no se lavarán nunca mis manos?». Y todo eso.

—Te absuelvo, sir Carter Blackstone —dijo la musa con burlona generosidad—. Si alguien tiene la culpa de que me quede a trabajar contigo soy yo. Bueno, y esas galletas de chocolate tan buenas que me traes para acompañar el té de media mañana.

El traductor todavía no estaba seguro de haber terminado de procesar que habría de desayunar con semejante criatura casi todos los días del mundo. La condena no le pareció desagradable.

Aquella mañana oscura, con el sonido de la lluvia acallando la ciudad y su aroma exuberante colándose por entre los cristales rotos, el viento racheado meciendo las ramas más altas y sembrando el suelo centenario de bellotas, seguía siendo cierto. Todo era posible, se recordó Carter mientras Beatriz lo besaba distraída en la comisura de los labios antes de acercarse a la estantería de los clásicos de Dalia. Sacó *Cuentos de almas en pena y corazones encogidos* y *Espíritus que habitan el arte*, de Samuel Taylor Coleridge, y miró divertida el sobre abultado escondido en el hueco que dejaban los libros.

—¿Cuándo vamos a decirle que hemos encontrado el *Codex pluviae*? —preguntó Beatriz.

—He hablado con Ogilvy. Ha accedido a inventarse una historia fabulosa sobre cómo llegó esa copia a sus manos. Cuando esté preparado, invitaremos a Bruno a cenar y se la contaremos.

Carter había averiguado que el guardabosques jubilado nunca tuvo acceso al manuscrito original o a alguna de sus copias medievales sino que, durante una investigación sobre avistamientos del monstruo del lago Ness, encontró el documento escaneado en la mediateca de Edimburgo. Ogilvy le había contado que le apareció en la carpeta de «Testimonios sobrenaturales en la Edad Media», que lo hojeó por curiosidad y aburrimiento —no estaba siendo un viaje provechoso en lo que a Nessie se refería y además había tenido que romper su regla antitecnología al acceder a los lectores de microfichas— y que pidió que se lo imprimieran pensando que quizá le interesaría a su amigo Bruno Bennet.

—Mr. Bennet siempre fantasea con jubilarse cuando publique su Nessie particular: un cuento raro sobre rayos y truenos escrito por una bruja —le había explicado el escocés—. Me sonaba el título, así que se lo envié junto con una nota en la que le informaba de que vendría a Barcelona en noviembre y que necesitaba un lugar donde quedarme.

Todavía no había tenido tiempo de contárselo a Beatriz, quizá aquella noche, después de cenar, en esa terraza que era un paréntesis acogedor de la ciudad, con las notas de fondo de una violonchelista gótica. También podría acostumbrarse a eso.

—Pobre tío Bruno —suspiró Beatriz devolviéndolo al presente—, su aventura lo llevó a los confines del planeta y tenía lo que más deseaba detrás de la puerta de su despacho.

—A mí no me da tanta pena —observó Carter.

Quizá Bruno no le había contado nada a su sobrina sobre la mujer que había conocido en Mount Victoria. Estaba a punto de preguntarle a Beatriz al respecto cuando cayó en la cuenta del tormento dialéctico al que los sometería el editor cuando se enterase de su versión 2.0 de Dante y Beatriz.

—¿Crees que el fantasma que tira los libros de Coleridge se molestará si guardamos ahí el *Codex pluviae* durante unos días más?

—Le estamos haciendo un favor dejándole algo para leer. Los espíritus se suelen aburrir mucho, por eso se entretienen arrastrando cadenas por los castillos, rodando canicas por los techos de los edificios y lanzando libros al suelo.

—Quizá Wraxford pueda informarnos.

—Preferiría que me envenenases el té, gracias.

—Pues, ahora que lo mencionas —exclamó alegremente Bruno irrumpiendo en la biblioteca a toda máquina enarbolando un libro viejísimo—, he estado leyendo la obra de teatro clásica de Joseph Kesselring, *Arsenic and Old Lace*.

—¿Está muerto? —preguntó Beatriz apartándose con disimulo del estante de la letra C.

—¿Kesselring? Bastante.

—Mírate —le guiñó un ojo Carter—, cinco minutos como editora y ya temes a los autores vivos.

—Excepto a Ángela Torres —lo corrigió Bruno—, no te olvides. La encuentra encantadora.

—Tanto, que decidió publicar su libro.

—Pese a que nadie se lo había pedido.

—Ni siquiera la propia Ángela.

—¿Adónde vas, Beatriz?

—A por el arsénico para vuestro té.

—Quédate, querida —le pidió su tío muy serio—. Hoy tomaré café.

Piper decidió que era un buen momento para suspender su siesta mañanera. Bostezó, se desperezó, bebió un poco de agua y se acercó alegre hasta el escritorio tras el que se había sentado Beatriz un poco enfurruñada. El perro apoyó la cabezota sobre las rodillas de su humana y la contempló con embeleso. Carter entendía bien lo que sentía.

Carraspeó y se obligó a mirar cualquier otra cosa que no fuesen la musa y su poni. Para disimular la cara de tonto que sabía que se le estaba quedando, intentó parecer muy intelectual y literario asombrándolos con su sapiencia:

—*Arsenic and Old Lace* —dijo arrebatándole el libro de las manos a Bruno— está inspirada en una obra de la escritora estadounidense Myrtle Reed.

—Inédita en castellano —apuntó el editor.

—*Lavender and Old Lace*.

—Piper opina que Myrtle es nombre de señora timorata que viste encaje antiguo y aromatiza sus armarios con lavanda —intervino Beatriz simulando seguir un poco enfurruñada.

—Pues dile a tu poni que esa señora timorata fue autora de media docena de best sellers a principios del siglo pasado —gruñó su tío marchándose de la biblioteca con la misma rapidez con la que había llegado y sin dejar de parlotear por el camino—: Me acordé de esta obra en la librería de Wellington de aquella chica tan guapa; tenía un estante que hacía referencia a la obra de Kesselring. ¡Voy a consultar los derechos de autor! —gritó trotando escaleras abajo.

—Ahí va un hombre feliz —sonrió Beatriz.

—No tanto como el que se queda contigo.

Sir Carter Blackstone, que no conocía las estadísticas de la incidencia de los rayos ni había abierto jamás en su vida un libro sobre keraunopatología ni tenía intención alguna de hacerlo en los próximos cien años, pensó en otras probabilidades, como la de enamorarse de una editora novel con tendencia a dudar de sí misma. Al fin y al cabo, encontrar a una buena persona debía de ser tan azaroso como tropezar con un buen libro y él tenía mucha experiencia con los clásicos del tío Bruno.

—Acabo de darme cuenta de algo —gruñó con la súbita idea de que ninguna felicidad era completa cuando se trataba de los clásicos de Bruno—: el maldito *Codex pluviae* está en inglés antiguo. ¿Adivina a quién le tocará traducirlo?

—¿Tienes miedo, sir Blackstone? —preguntó la musa descalza con una sonrisa juguetona acercándosele con cuidado de no pisar las bellotas. Un relámpago iluminó el cielo como preludio del trueno justo antes de que Beatriz posara los brazos sobre su pecho y se alzara de puntillas para besarlo.

—Un poco —le confesó hundiendo las manos en su largo pelo castaño—, pero seguiré adelante de todas formas.

Índice